ミネルヴァ日本評伝選

智恵子と遊ぶ夢幻の生

高村光太郎

湯原かの子著

ミネルヴァ書房

刊行の趣意

「学問は歴史に極まり候ことに候」とは、先哲荻生徂徠のことばである。

歴史のなかにこそ人間の智恵は宿されている。人間の愚かさもそこにはあらわだ。この歴史を探り、歴史に学んでこそ、人間はようやくみずからの正体を知り、いくらかは賢くなることができる。新しい勇気を得て未来に向かうことができる。徂徠はそう言いたかったのだろう。

「ミネルヴァ日本評伝選」は、私たちの直接の先人について、この人間知を学びなおそうという試みである。日本列島の過去に生きた人々の言行を、深く、くわしく探って、そこに現代への批判を聴きとろうとする試みである。日本人ばかりではない。列島の歴史にかかわった多くの異国の人々の声にも耳を傾けよう。

先人たちの書き残した文章をそのひだにまで立ち入って読み、彼らの旅した跡をたどりなおし、彼らのなしとげた事業を広い文脈のなかで注意深く観察しなおす――そのとき、はじめて先人たちはいまの私たちのかたわらによみがえってくる。彼らのなまの声で歴史の智恵を、また人間であることのよろこびと苦しみを、私たちに伝えてくれもするだろう。

この「評伝選」のつらなりのなかから、列島の歴史はおのずからその複雑さと奥ゆきの深さをもって浮かび上がってくるはずだ。これを読むとき、私たちのなかに新たな自信と勇気が湧いてきて、その矜持と勇気をもって「グローバリゼーション」の世紀に立ち向かってゆくことができる――そのような「ミネルヴァ日本評伝選」にしたいと、私たちは願っている。

平成十五年（二〇〇三）九月

上横手雅敬
芳賀　徹

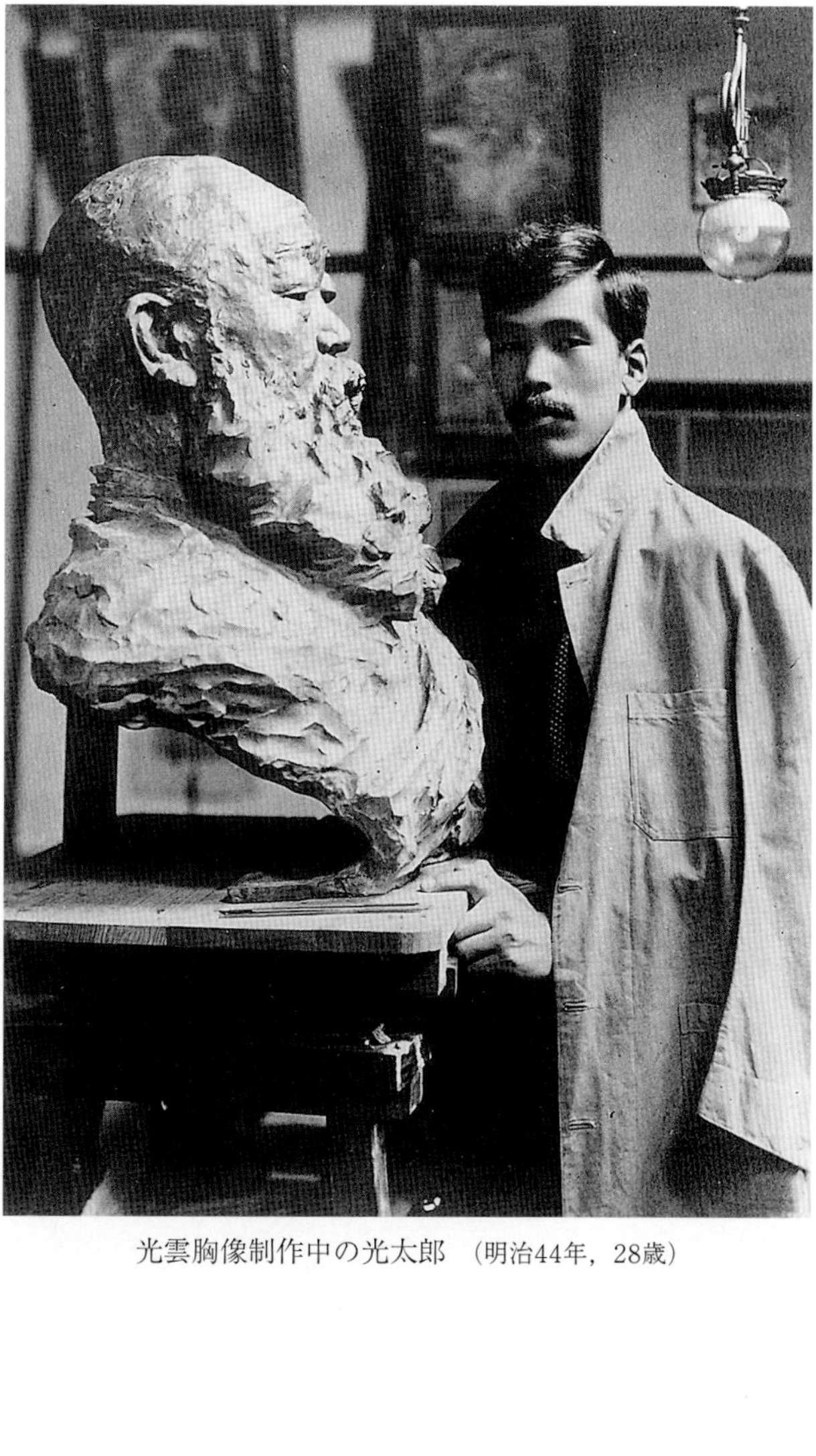

光雲胸像制作中の光太郎　（明治44年，28歳）

智恵子作の紙絵「いちご」

十和田湖畔裸婦群像「みちのく」

はしがき

晩秋の十和田《とわだ》は、紅葉から落葉の季節を迎えようとしていた。盛岡から乗った高速バスは、美しく色づいた山間を走っていく。半時間ほどいったところで、にわか雨がざぁっと通りすぎ、と間もなく、空にはひと刷毛《はけ》描いたような虹がかかった。バスが展望台にさしかかる。雨上がりのまだ黒雲の残る雲間から午後の陽光が差し込むなか、眼下には、十和田湖が幻想的な姿をあらわした。

夕暮れの、人影まばらな湖畔を散歩する。光太郎《こうたろう》の最後の彫像作品、十和田湖畔の乙女像は、夕日を浴びて立っていた。斜から差す光線の加減が、背中の肉付きや背骨のくぼみなどに立体感を与えている。時折、雨がぱらつき、一群の風が紅葉した木々をざわざわと揺さぶる。風に舞う落葉は、雨にぬれた乙女像に降りかかった。

台座の脇の石板には、光太郎がこの像のために作った詩、「十和田湖畔の裸像に与ふ」が刻まれている。

すさまじい十和田湖の円錐（えんすい）空間にはまりこんで

天然四元の平手打ちをまともにうける
銅とスズとの合金で出来た
女の裸像が二人
影と形のように立っている。
いさぎよい非情の金属が青くさびて
地上に割れてくづれるまで
この原始林の圧力に堪えて
立つなら幾千年でも黙って立ってろ。

雨風に打たれてたたずむ裸婦像は、私に光太郎のもう一つの詩、「雨にうたるるカテドラル」を想い起こさせた。嵐のなかに泰然と屹立《きつりつ》するパリのノートル・ダム大聖堂をうたい、フランスに寄せる熱い思いを吐露《とろ》した若い頃の詩である。

実際、ギリシャ・ローマの古典以来、西洋の造形美術では人体比例論といって、理想的な人体のプロポーションは世界の構造の原理であり、宇宙の神秘の反映であるとする考え方があり、神殿や教会建築などもその比例に基づいて設計されたのだった。光太郎もロダンを通じてこうした西洋の造形理論を学んだはずである。とすれば、十和田湖畔の裸婦を構想したとき、光太郎の脳裏にセーヌ河岸に建つノートル・ダム大聖堂のイメージが浮かんだとしても、あながち不思議はないだろう……。

明治末期に、将来を嘱目《しょくもく》される青年彫刻家として海外に遊学し、鮮烈な異文化体験をして以来、西欧文化にとりつかれ、生涯、「西洋」と格闘し続けた日本人、高村光太郎――。決して美しいとは言いがたい、むしろ見事な失敗作といったほうがいいような湖畔の彫像は、私の目には、時代の波に翻弄《ほんろう》されながら、西洋と東洋の間を揺れ動き、真摯に、かつ「愚直」に生きた光太郎の一生を反映しているようにも見えてくるのだった。

いったい、光太郎はどのような経緯で欧米に遊学し、そこで何を体験したのだろうか？　帰国後はどのような気持ちで西洋と東洋のはざまを生きたのだろうか？　戦争中の愛国主義的言動への悔恨の情から、山中にこもった晩年の歳月、光太郎の心中にはどんな思いが去来していたのだろうか？

明治から昭和へかけての激動の時代で、光太郎が身をもって生きた異文化体験、西洋文化への憧憬《どうけい》と劣等感、その受容と反動、そして東西文化融合の試みは、今日なお、私たちが異文化との出合いのなかで体験する問題を提示しているのではないだろうか。

そして智恵子――。この裸婦は智恵子観音《かんのん》としてイメージしたものだと、かつて光太郎は語った。芸術への才能に多分に恵まれ、光太郎との愛と芸術の生活を情熱的に生きることを夢見た智恵子、近代の自我に目覚めた女性の一人であった智恵子は、しかし、二人の関係のなかで才能を開花できないまま、精神のバランスを崩して悲劇的最後を遂げる。そしていま、物言わぬ彫像としてブロンズの中に閉じ込められて、無惨に裸体をさらしている。

光太郎が一つの彫像に、自分のイメージする「智恵子」を表象化し、彼女をも巻き込んだ自分の人生を収斂《しゅうれん》させようとすればするだけ、生身の智恵子はそこから抜け落ちていくように、私には思われた。智恵子が望んだ愛と芸術の生活とその悲劇的結末も、光太郎の西洋と東洋に引き裂かれた自己とその女性観との関係性のなかでこそ、その真の意味を表してくるのではないか――。

これまで数々の光太郎論が書かれている。しかし、日本文学の分野での研究が主であり、西洋との関わりにおいて、彫刻家としての光太郎にも目を配りながら、その生涯と作品を総合的に論じたものはなかったように思う。ロダンに傾倒し、彫刻を勉強しに行ったフランス留学で、見るべき作品を残せなかったのはなぜなのか、日本のモデルを使って制作をしたいと帰国したはずなのに、裸婦像をほとんど作らなかったのはなぜか、近代日本の彫刻家として、いったいどんな彫刻を目指そうとしたのか、そうした疑問に答えてくれる論考はなかった。

数ある『智恵子抄』論にしても、光太郎が目指した愛の関係とその破綻を、西洋をめぐる葛藤とその女性像の揺らぎ、日本の近代化にともなう愛の観念の変化と新しい男女関係の模索というコンテクストのなかで読み解く、という視点が欠けていたように思う。また、戦後の山中での蟄居《ちっきょ》生活は、日本回帰として片付けられ、光太郎が将来の日本文化の在り方についてどんな思索をしたのか、充分に論議を尽くされていなかったように思う。

本書では、日本の近代化という時代を背景にしながら展開した光太郎の内面の相剋《そうこく》と、智恵子を巻き添えにした愛のドラマを、とりわけ彼の敬愛したフランスの芸術家や詩人との影響関係を縦糸に辿っていきたいと思う。光太郎のなかで、ある時は西洋的父性と結びつき、ある時は日本的母性と結びついてあらわれる「自然」、創造のエネルギーとしても恋愛の情念としても発現する根源的生命力としてのエロス、そしてその具現化である女性のイメージを緯糸としながら——。

高村光太郎――智恵子と遊ぶ夢幻の生　目次

目次

図版写真一覧

光太郎・縁りの地
岩木山
青森
十和田湖
（裸婦像）
八幡平
秋田
岩手山
盛岡
花巻市郊外
（高村山荘と記念館）
三陸海岸
仙台
蔵王山
新潟
裏磐梯五色沼
福島県安達町
（智恵子の生家と記念館，智恵子の杜公園）
磐梯山
安達太良山
志賀高原
那須岳
長野県穂高町
（碌山美術館）
草津温泉
上高地
東京
（高村家，ゼームズ坂病院）
富士山
犬吠崎
九十九里浜

第一章　西洋文化との出会い（一八八三〜一九〇九）

1　近代的彫刻家を目指して

高村光太郎は一八八三年（明治一六）三月一三日、東京下谷《したや》西町に、父光雲《こううん》と母わかの長男として生を受けた。父の高村光雲（一八五二〜一九三四）は、江戸の末期に生まれ、職人的な仏像彫刻師から身を起こし、近代化という時代の流れに乗って、明治の美術界を代表する彫刻家となった人物である。その総領息子、光太郎の彫刻家としての目覚めや歩みは、明治から大正にかけての近代日本の時代の流れと深くかかわりながら展開する。(1)

まずは、明治の彫刻界の動向から見ていくことにしよう。

父光雲と明治の彫刻界

明治時代初期の美術界は、維新（一八六八）という大きな時代変革のあと、しばらくは混沌とした状態にあったが、なかでも彫刻界はかつてない厳しい状況におかれていた。というのも、神仏混淆《しんぶつこんこう》の風習を打破し、神道による民族的な統一を推し進めた新政府の政策のもと、廃仏毀釈《はいぶつきしゃく》の嵐が全国的に吹き荒れ、仏像や仏具の注文が激減して、仏師や彫刻師は未曾有《みぞう》の窮状に追い込まれていたからである。

のちに光太郎の父親となる中村光蔵《みつぞう》少年が、手先の器用さを見込まれて十二歳で江戸の仏師高村東《とう》雲《うん》のもとに弟子入りしたのは、維新を遡《さかのぼ》る一八六三年（文久三）のことだった。十年間の丁稚《でっち》奉公とさらに一年間のお礼奉公を勤めたのち、晴れて光雲の雅号を許されたのは一八七四年（明治七）。光雲は一人前の仏師になるや否や、仏師という職業が従来通りやっていけるのかどうか、厳しい時代の変化の風にまともに身をさらすことになった。

神仏混肴廃止の影響はとりわけ京都で著《いちじる》しかったが、東京では横浜貿易の興隆とともに、彫刻品の輸出という市場が開け、新しい気運が起こってきた。なかでも精巧な細工を施した象牙彫《ぞうげぼり》は欧米人に珍重《ちんちょう》され、一八七五〜七六年頃からは主要貿易品として、石川光明《こうめい》らによって盛んに制作されるようになった。

一八七七年（明治一〇）には上野公園で政府主催の第一回内国勧業博覧会が開催されたが、首席の龍紋賞《りゅうもんしょう》を受賞したのは、光雲が師匠の代作で出品した『白衣観音』だった。この作品に外国人の買い手がつくと、光雲のもとには輸出用の置物などの注文が相次ぐようになった。貿易品としての彫物の需要が増加し、牙彫《げちょう》が隆盛するなか、光雲はしかし、あくまで木彫にこだわり、輸出向けに仏教臭くない写実的な作品を作る工夫をしながら、新しい時代を模索していく。

高村光雲の木彫と、石川光明に代表される牙彫とを日本古来の伝統を引き継ぐ彫刻の流れとするなら、もう一方の流れは洋風彫刻によってもたらされた。一八七六年（明治九）、政府の欧化政策の一環として、イタリア人芸術家を招聘《しょうへい》して設立された工部美術学校である。この時、来日したのが画家のアントニオ・フォンタネージ、彫刻家のヴィンツェンツォ・ラグーザ、建築家のカペレッティの三人で、彫刻科の教師として就任したラグーザは、油土による実物写生、石膏《せっこう》への移し、大理石彫刻の技法など、彫塑《ちょうそ》芸術の紹介に努めたのだった。

ところが、一時の西欧崇拝の波がおさまると、日本固有の美術工芸に対する愛好と保護の気運が復活する。一八七九年（明治一二）には中央の有力者の支援のもと、龍池会《りゅうちかい》や観古《かんこ》美術会が結成された。また西南戦争後の財政逼迫《ひっぱく》と国粋主義の台頭とともに、洋風美術への圧迫も始まる。工部美術学校彫刻学科は一八八二年（明治一五）に閉鎖され、ラグーザは帰国の途につき、翌年には工部美術学校そのものも廃校の憂き目を見るのである。ラグーザの滞日は七年足らずだったが、大熊氏広《うじひろ》はじめ二十人の門下生が輩出し、また校外でも、日本における最初の大理石彫刻家として知られる小倉惣次郎が薫陶《くんとう》を受けた。そしてその門下からは新海竹太郎《しんかいたけたろう》、北村四海《しかい》などが育成される。洋風彫刻の足跡は着実に刻まれたのである。

一方、伝統彫刻では一八八六年（明治一九）、木彫の一品制作を手がけていた光雲を中心に、木彫家と牙彫家が集まって東京彫工会が発足する。この会は会員三百人以上という盛況で、一八八八年（明治二一）には上野の美術協会陳列館で第一回彫刻競技会を開くなど、彫刻界を風靡《ふうび》する勢いをみせた。

一八八九年（明治二二）になると、岡倉天心やフェノロサら伝統尊重的進歩主義者の運動によって東京美術学校（美校）が創立された。伝統を尊重しつつも革新的であること、西洋美術を参考にしつつも、日本独自のものを生みだしていくことを標榜《ひょうぼう》する美校では、当初、絵画部門は日本画のみ、彫刻も塑像や石彫は除かれ、木彫を中心とする教育内容だった。彫刻科の実技のなかに塑造《そぞう》が加えられるには一八九八年（明治三一）を、さらに塑造科が新設されるには一八九九年を待たねばならない。

さて一八九〇年（明治二三）、彫刻科の初代教授として迎え入れられたのが、高村光雲だった。光雲はこれを機に、名実ともに当時の彫刻界の中心となっていく。めまぐるしく変動していく時代の中で、仏像彫刻の技法の土台に洋風のリアリズムを導入し、面目一新の木彫を創作することによって近代彫刻の草分けとなった光雲は、さらにアカデミズムの中心に上《のぼ》りつめていくのである。彼は、江戸の伝統的な仏師から明治の近代的な彫刻家へと転身をとげた職人の、代表的な例といってよいだろう。

子供時代の光太郎

光太郎が生まれた一八八三年（明治一六）といえば、光雲が美校の教授職を得る以前のことである。廃仏毀釈で仏像の注文はなく、かといって流行の牙彫には手を染める気になれず、木彫でもってなんとか生計を立てようと、必死の努力をしている困難な時期だった。光太郎が生まれ育ったのは下谷西町の長屋で、「揺籃《ようらん》の歌」で回想しているところによれば、父母が悪戦苦闘してやっと生活していたもっとも貧しく苦しい時代だったという。

光太郎はどんな子供時代を送ったのだろうか。光雲は典型的な江戸の職人気質《かたぎ》だったらしい。仕事にかけては頑固一徹で、弟子に対しては太っ腹な親分肌、義理人情に厚く、陽気な派手好みで、お上《かみ》には絶対服従する町人タイプである。一方、母わかは江戸下町の中流以下の出身で、無学だが律儀、献身的に夫や子供に尽くす古風な女である。光太郎には姉が二人あったが、下の姉うめは彼が生まれた年に五歳で夭折《ようせつ》し、上の姉さくも光太郎が十歳のときに十六歳の若さで亡くなる。しかし、妹のしづ、弟の道利、豊周《とよちか》、孟彦が次々に誕生していく。家では一家の大黒柱たる父親はワンマンそのもの。光太郎は幼少時代、父よりも偉い人はいないと崇拝し、その一言一句は〝金科玉条〟だったという。それに対し、いわゆる良妻賢母のわかは情愛の対象だった。その母のことを光太郎は、

私は母の暖かい乳くさい懐の中で蒸されるようにして育った。母は無学であったから私をあやすにもただ祖先伝来の子守歌を繰り返すほかに術(すべ)はなかった。だがあの「坊やはいい子だ、ねんねしな」の無限のリフレインの何と私の心身を快よくしてくれたことだろう。私は今でもその声の和らかさと軽く背中を叩かれる時の溶けるような安心さとを忘れない。（「揺籃の歌」）

と懐かしみ、「親類の人が馬鹿可愛がりと言った程愛情をそそいでくれた」、「あの時代の理想的な母、典型的な女性だった」（「母のこと」）と述べている。

また、母と並んで大きな影響を及ぼしたのが、「姉のことなど」で回想しているように、長姉さく

だった。しっかり者で絵のうまい姉を、光太郎は子供心に崇拝していたが、若くして病で亡くなった。その年は光雲の厄年にあたったので、さくは父の無事息災《そくさい》を祈って願かけし、災難の場合にはその身代わりになるようにと、毎日欠かさず宮参りしていたのだった。この夭折した姉の作品を、光太郎は宝物のように大事にとっていた。また美校の学生時代には、怠け心を起こしたときなど、姉を思って自分をいさめたという。後年、ロダンにも若くして亡くなった姉があり、特別な愛情で結ばれていたことを知ると、自分（光太郎）と姉との関係をロダンと姉との関係になぞらえてみるようになるのである。

光雲は次第に世間から認められ、暮らし向きもよくなっていった。それにつれ、家も下谷仲御徒町《なかおかちまち》へ、さらに下谷谷中町《やなかまち》へと転居した。家には弟子や雇い人や商人たちが出入りした。光太郎は七歳頃には仕事場で弟子たちにまじって、見よう見真似で小刀をいじり始める。そして十一歳の頃には『もみぢ』や『宝珠』などの作品をものしていた。光太郎にとって、生まれたときから「彫刻即ち世界であり、世界が即ち彫刻」であった。彼はこう書いている。

私は若い時に他の多くの人々のように、生涯の職業を選択するという一つの困難な過程を通らなかった。それが果して自分にとって幸福なことであったか或はまた不幸なことであったか分らないが、木彫をしていた父光雲の長男として生まれた私は、総領は必ずその家の家業をつぐという昔ながらの伝統に従って、父の仕事をそのままつぐことが当然であると自分自身も考え、また周囲の者もそう思って少しも疑いをさしはさまなかったのである。物心ついてから彫刻こそ自分の天職である、自分の血液の中には彫刻の生命が流れているのだということをかたく信じ切っていて、どうにかしてそれを育ててゆきたいということばかり考えていた。この信念はやや成長した学生時代になっても少しも変わることなく、極めて自然な心持で父と同じ芸術の方に入って行った。（「子供の頃」）

権威を体現する存在としての父親と、盲目的な情愛をそそぐ母親――明治の典型的な下町職人の家庭の長男として、病弱ではあったが満たされた幼年時代を過ごした光太郎は、なんの迷いもなく、天職として彫刻の道を目指すのである。

芸術への目覚め

光太郎は一八九七年（明治三〇）九月、十四歳で東京美術学校予科に入学し、翌年九月、本科彫刻科に進学する。美校では一八九九年（明治三二）に彫刻科に木彫科と並んで塑造科が新設され、ヴェネチアに学んだ長沼守敬《もりよし》が教授として迎えられて、本格的に西洋彫刻が研究されるようになった。木彫の学生にも研究の機会が与えられ、光太郎も初めてモデルを使って塑造を試みたりした。

美校時代は、のちに彫刻家としてよりもむしろ詩人として名声をうる光太郎にとって、文学的な目覚めのときでもあった(2)。祖母の影響か、子供のときから読書が好きで、父に隠れて本を読み、小学生の頃には『八犬伝』や近松物、『平家物語』や『国史眼』を愛読し、同級生と回覧雑誌を作ったりもしていたのだが、学生になると文学への関心も本格化し、古典や漢文、俳句や和歌を積極的に勉強するようになった。折から、一九〇〇年（明治三三）、感覚の解放と自然（太古、原始）への情熱、そしてインターナショナルな視野を掲げる『明星』の文学運動が始まる。光太郎もさっそく新詩社の同人に加わり、篁《たかむら》砕雨の名で『明星』に短歌、戯曲、詩などを発表したのだった。

初恋めいたものを経験したのも、美校時代である。学校に行く途中、せんべい屋の前を通り、そこの娘の顔を見ると、なぜか胸がドキドキして顔がほてってったという。当時の純情な青年のこと、娘との関係がそれ以上に発展することはなかったのだが……。性への関心も芽生え、人間の性の秘密を知りたいと、勇気をふるって購入した本を、上野の清水寺の構内で人目を偲《しの》んで読み耽《ふけ》ったのも、この頃の思い出である（「わたしの青銅時代」）。

青年期特有の形而上《けいじじょう》学的な悩みとも無縁ではなかった。高村家はとりたてて信仰心の厚い家庭ではなかった。父も母も民間信仰の迷信や禁忌などは数多く持っていたが、特定の宗教は信じず、ただ家内安全無事息災を祈るくらいだった。しかし光太郎は、ものごとの分別がつき、迷信から脱却する二十歳の頃になると、人生に対する疑問に真面目に答えてくれる真実の宗教を求めて苦悶《くもん》した。田中智《ち》学《がく》の法華経に熱中して本門寺の説教に通ったり、臨済宗に傾倒して禾山和尚のもとで参禅してみたり、あるいはまたキリスト教に心引かれて、友人の水野葉舟《ようしゅう》の手引きで植村正久《まさひさ》の家を訪ねたりもした。しかし、信仰を得るにはいたらず、精神の彷徨《ほうこう》を繰り返したのだった。

このように光太郎は、文学、芸術、宗教に関心をもち、また音楽や芝居にもひろく興味をもって、感受性の強い青春時代を過ごすのである。

光太郎が『明星』に発表したなかに、「毒うつぎ」という作品がある。赤城山《あかぎ》に写生旅行に来た都会の青年画家と、神が妬《ねた》むほど美しい山の娘とのあいだの、ある夏の恋をよんだ相聞歌《そうもんか》である。――娘には母が決めた許婚《いいなずけ》で、心になじまない山の男がいた。秋になって画家は春に再会を約して都会に帰り、以来、二人は文を交していたが、ある時、山の男の知るところとなる。嫉妬に駆られた男は娘を責め苛《さいな》み、娘は山を捨てれば神罰が下ることを知りながら、恋する青年画家のもとへ行こうと、ある夜、山を下る。ところが、途中で神罰にあって虫取り菫《すみれ》に変身させられてしまう――。

光太郎にはまだ特定の恋愛相手はいなかった。が、ユング心理学でいうところのアニマ、すなわち無意識内に存在する心の像としての女性が、山の娘という形で光太郎の想像世界のなかに初めて姿を現わしている。こうした意味で心にとめておきたい悲恋物語りである。

海外留学への道

美校時代に光太郎は、彫刻を学ぶうえで覚醒的ともいうべき体験をする。その一つは仏像体験である。一九〇二年（明治三五）七月、十九歳で彫刻科木彫を卒業するのだが、その前年、修学旅行で訪れた奈良で仏像の傑作を目にし、衝撃的な感銘を受けたのである。彼はその時の感動を次のように述懐している。

奈良の仏像をみて非常に驚いたものであった。学校でうつらうつらと空っぽのような勉強をしていて、だしぬけに非常にちがったものを見たわけで、本物とは似ても似つかない形のものが、素晴しい迫真力をもって迫ってきた。それで、学校で自分達がやった柔弱な人形みたいなものは、実にく

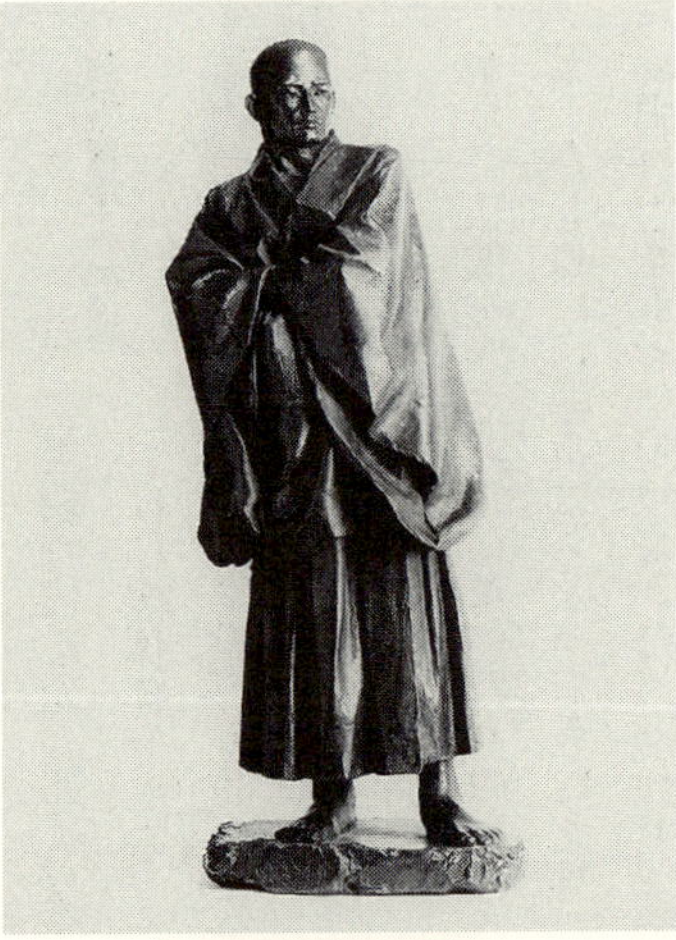

光太郎作「獅子吼」

だらなく感じられてきた。そして奈良の仏像の、――本物とはまるで離れたようないろいろな恰好をした仏像が、何故そんなに強く人を感動させるのかということについて深く考えさせられた。なんだか彫刻というのは、いままでやっていたものと違うと言うことを感じた。

（「わたしの青銅時代」）

彫刻の奥の深さを仏像によって教えられた光太郎は、卒業制作に『獅子吼《ししく》』と題する法華経の坊主の像を作った。そして卒業後も研究科に残り、彫塑同窓会に所属して制作を続けることにした。この頃の作品としては、浅草の玉乗りの少女の情景を造形化した『薄命児』、若い裸女が岩に身を寄せている『うつぶせの裸婦』などがある。

さて、もう一つの体験は、フランスの現代彫刻家、オーギュスト・ロダン（Auguste Rodin 一八四〇～一九一七）、の作品を知ったことである。が、光太郎のロダン体験について語るまえに、日本におけるロダンの受容について一言、触れておこう。(3)

ロダンが日本に初めて紹介されたのは、二〇世紀の幕開けを記念して一九〇〇年（明治三三）に開催されたパリ万博の折のことである。この博覧会に日本は数百点の美術品をもって参加し、敷地内には日本庭園を造園する熱の入れようだった。万博に時を合わせ、ロダンはアルマ広場に設けられた特設会場で、自作品を大々的に陳列して回顧展を開催した。日本からは博覧会を視察するために数人の美術家が派遣されたが、一行の一人、久米桂一郎は、帰国後に執筆した報告書の「仏国現代の美術」（一九〇二）と題された文で、ロダンについて言及した。この記事は時をおかず美術雑誌『美術新報』に掲載されて、日本におけるロダン紹介の端緒となった。このなかで、ロダンは卓絶した霊能をもって現代彫刻の手法を一変した偉才、として紹介されたのである。

この記事は、しかし、光太郎の目には触れなかったらしい。彼が初めてロダンの名を耳にしたのは、彫刻科を卒業して研究科に席をおいていた時のことだからである。当時、美校ではフランス帰りの彫刻家白井雨山が教鞭《きょうべん》をとり、新知識を生徒に披露していたが、そのなかにロダンの名があったのだ。光太郎がいろいろ質問すると、「ロダンは狂人のような彫刻家で、奇矯《ききょう》な作をつくる。あんなまねは為ない方がいい」といわれたという。そういわれると、ますます好奇心がつのる。何とか写真を見たいものだと思っていた光太郎は、雑誌『スチュディオ』の一九〇四年（明治三七）二月号のなかに、ようやく『考える人』の小さな横向きの写真を見つけた。その時の感激を彼はこう記している。

私がロダンの彫刻の写真を見たのは此れが最初であった。私の二十二歳の時にあたる。その「考える人」にひどく打たれた。これまで見た西洋彫刻のような作りものの感じが無くて、何だかもっと単純で、生きもののような気がした。父にその写真を見せても父の同感は得られなかったが、私は急にこの彫刻家の事がもっと知りたくなった。
（「ロダンの手記談話録」）

翌年、丸善でカミーユ・モークレールの評伝『オーギュスト・ロダン』（一九〇五）の英訳をみつけて手にいれてからは、ロダンへの傾倒はますます強くなった。

ロダンの作品「黄銅時代」をはじめ、多くの「胸像」、「ユウゴオ」、「カレエの市民」、「考える人」、いろいろの「女体」、それに「バルザック」までずらりと写真が載っているので、一度に咽喉がつまりそうな気がした。これまで知っていたサロン系統の西洋彫刻家とはまるで類を異にしていて、むしろ日本人のほうに近い彫刻家のように感じた。何だか、異人のような気がしなかった。伝記を読んでは更にその強靭な性格と、純粋な美術家精神とに感心し、「のろいという事は一つの美です」という気で少しも焦らずに、最後の完遂を信じきって仕事に打ち込んで行く堂々たる態度に深く教えられた。これこそ自分の歩むべき道だとその時思いこんだ。
（同右）

そうしてもう一度勉強をやり直そうと決意して、一九〇五年（明治三八）、西洋画科に再入学するのである。教授陣には黒田清輝《せいき》、藤島武二《たけじ》らの著名な画家が、また同級生には藤田嗣治《つぐはる》や岡本一平《いっぺい》などがいた。

ロダンを知ったことは、西洋近代彫刻への目を開かれ、それがパリ留学につながったという意味でも、そしてそのことによって父光雲と、また光雲に代表される日本の彫刻界と深刻な亀裂が生じることになるという意味でも、光太郎の人生にとって決定的な出来事となるのである。

美校では、美術史や英語を教えていたフランス帰りの美術批評家、岩村透が光太郎の才能を評価し、彫刻を本気でやるつもりなら外国に行ってじかに勉強したほうがいい、と外遊を勧めた。「光雲のたった一つの傑作は光太郎君だ」と、岩村からいわれて父光雲もその気になり、本人が迷っているうちに留学の話はどんどん具体化していく。

こうして一九〇六年（明治三九）二月、岩村透からアメリカの彫刻家にあてた紹介状を何通か手に、光太郎はアゼニアン号に乗ってニューヨークへ向けて出航するのである。

旅立ちの不安

光太郎は渡米の船旅のことを、「節分の鬼やらいの数日後だったからか、何だか自分が日本から追い払われるような妙な気持ちに襲われ、父や母から永久に遠ざかるもののような厭な予感を感じた」（「アトリエにて3」）と記している。留学が、西洋彫刻を学びたいという熱意はあったものの、決して意気揚々と行われたものではないこと、いわばへその緒をくっつけたままでの不安な旅立ちでもあったことを示す言葉である。

光太郎は文学への情熱をもちつづけ、新詩社との交友は留学中も続く。ニューヨークから同人にあてた手紙で、『明星』（明治三九年九月号）に掲載されたなかに、故国を懐かしむ、次のようなくだりがある。

夏になると赤城山の大洞をおもい出し、「大さん」を思い出し、更に千代さんをおもい出し候。小生此までは故郷というものを有たざりし身、今度此地に来りてはじめて故国のなつかしさを知り申し候。母をおもい、父をおもい候時は、実に涙のあふれ出づるをとどめあえぬ事に候。親というものほどありがたきものは無之きかな。

（「紐育《ニューヨーク》より」）

この手紙と関連し、アメリカ留学中に作り、『明星』（明治四〇年五月号）に発表された、「秒刻」という詩に注目したい。光太郎のこの頃の心象風景と、自然と女性というライト・モチーフがよく表れている作品だからである。(4)

酔ひごこち、我をむかしに
かへすらし。かへすと言ふや、
今見れば、大沼《おほぬ》の岸に
母います、我をまねきて。

赤城の奥のあさぎりは、
藍に胡《ぐ》粉をさす、黒檜山《くろひやま》。

我は今、母とあゆめり、
しら樺の白き枝さす、
うすみどり、空すく森に。
母黙《もだ》し、我ももだせり。
かかる時、大沼《おほぬ》をすべり
こだまして啼く鳥の声。

　声せし方《かた》をながむると、
　右をひだりに寝返りぬ

あないかに。かへりみしたる
一瞬に消えし母かな。
おどろきて叫ぶとすれば、
ふくいくと薫る手ありて
我が口をかろく掩ひぬ。
眼にみるは昔の少女。

阿片のにほひ身をまきて、
物もおぼえず、草の上《へ》に。

我がねむる耳にけぢかく、
あたたかき息こそかかれ。
『君は世に何を欲りして、
かく遠き海のあなたに
おはするや。』泣くとひびきて
休み無き昔の声す。

この詩にうたわれている情景は、——朝方、物音に目覚めた「我」が、夢うつつのまま、はるか昔から聞こえてくるような声を耳にし、ふと見ると、赤城山の山奥の大沼の岸辺に母がたたづみ、手招きしている。母と二人、自然のなかを黙って歩くが、その母の姿は一瞬にしてかき消えてしまう。驚いて叫ぼうとすると、昔の少女が現れる。そして耳の近くに暖かい息を吹きかけて、あなたは何を欲して遠い海の彼方にいってしまったのか、と泣きながらいう——、というものである。山の少女と青年というモチーフは、前に引用した「毒うつぎ」にも、赤城山の山の娘と都会の青年画家の悲恋の相聞歌としてうたわれていた。光太郎にとっては重要なモチーフといってよいだろう。

「秒刻」においては、「大沼」、すなわち水は無意識を表わし、その岸辺にいる母は太母を表わすもの、と解釈できよう。少女はアニマであり、女性性を表わすエロスでもあるだろう。少女に付されている性質、「ふくいくと薫る手」で軽く青年の口を拭《ぬぐ》ったり、「阿片」の香りさせている、という特性は、少女が醸《かも》しだすうっとりと眠っているような気分や、人を酔わせるような陶然とした雰囲気を表わしており、少女がエロス的存在であることを示している。

ところで、ユング心理学の基本概念であるラテン語のアニマ・アニムスは、ギリシャ語の anemos（風）と同じ言葉であり、「こころ」あるいは「たましい」が「息」や「動く空気」の表象と深い関連をもっているところからきている、という（河合隼雄『ユング心理学入門』）。とすると、少女が青年の耳に暖かい息を吹きかけるのも、アニマとしてきわめて象徴的な行為といえるだろう。

この詩では、母のイメージと昔の少女のイメージが一瞬のうちに入れ替わり、赤城山と大沼という自然のなかで融け合っている点が注目される。すなわち、〝母なるもの〟（太母）と〝エロス的なるもの〟（アニマ・異性）とが対立・葛藤することがないままに、自然のなかで、さらには自然とも、渾然一体と融合しているのである。話者である「我」は、何かを求めて遠き海へと旅立っている。その青年とは、西洋彫刻の勉強をするため、また彫刻家として一人立ちするために、心理学用語を用いるなら個性化の過程を歩み、個人としての意識化に踏み出すために、日本を後にした光太郎その人であろう。それに対し、母＝少女は、はるか彼方の昔、すなわち無意識の奥底から、青年に帰ってくるようにと呼びかけ、手招いているのである。

同じ年、『明星』に発表された作品、「あらそひ」、「博士」、「敗闕録」などには少女のテーマが頻繁《ひんぱん》に現れる。こうした詩のなかでは、まだ見ぬ夢の少女へのほのかな期待、女性への憧れ、そして性の目覚めがうたわれ、いささか猟奇《りょうき》的でエロチックなテーマもほの見えている。いずれにしろ、初期作品では、少女の属性は山の住人であったり、夢のなかの人だったり、あるいは死と隣接していたり、いまだはっきりとした形をとらない存在なのである。

光太郎にとって、母親が太母として無意識の〝母なるもの〟を体現していたとすれば、姉は女性の理知的で知性的な面を体現していたといえるだろう。さらに、女性のエロス的な面は、まだ現実の女性の形はとっていないものの、初期の詩のなかに少女というイメージとなって登場しているのである。光太郎のなかでは、母と姉と少女を合わせたような異性が、心のなかの女性像として、すなわちアニマとして、いまだ対象をもたないままに待望されていた、といってよいだろう。

なかでも「秒刻」には、西洋のロゴスの原理にもとづいて意識化＝個性化へ向かおうとする青年＝光太郎の希望と不安、すなわち家庭や日本文化というそれまで自分を規定してきた枠組みからはずれることへの不安、呑み込み包み込む〝母なるもの〟へと回帰したい無意識の欲望、にもかかわらずそれは過去のことであり、はるか昔のことだという意識、などがよく表れている。と同時に、〝母なる自然〟との分離の痛み、そしてこれからゆくべき自立の道の困難をも予兆させるのである。

江戸から明治にかけての変革の時代にあって、時代の波に乗り、前時代的な仏師から近代的な彫刻家へと外面上は変貌をとげた父光雲、そして西洋の近代彫刻を学ぶべく、日本を後にし海外へと旅立つ息子の光太郎——。西洋と日本、近代と伝統との矛盾葛藤、そしてのちにロダンによって体現される西洋的父性と、日本の伝統を体現する父光雲とをめぐる内面のジレンマ、さらに西洋的な理法としての〝父なる自然〟と、日本的〝母なる自然〟との相剋——。光太郎の内面ドラマは、日本の近代彫刻界の黎明を背景として、壮絶に繰り広げられることになるだろう。

2　光太郎のフランス体験——彫刻の裸体表現をめぐって

光太郎は近代彫刻を勉強すべく、一九〇六年（明治三九）二月、ニューヨークに渡り、その後ロンドン（一九〇七年六月〜一九〇八年六月）、パリ（一九〇八年六月〜一九〇九年三月）滞在を経て、イタリア旅行（同年四〜五月）の後、一九〇九年六月に帰国の途に着いた。将来を期待される若き芸術家にとって欧米留学、とりわけ芸術の都、パリ滞在が決定的な体験であったことは想像に難くない。ところが不思議なことに、留学の成果ともいうべき彫刻作品は、アメリカでボーグラムの原作を模写した『ラスキン胸像』以外、何も残されていないのである。

光太郎にとってフランス滞在が生涯の重大事であったことは、すでに多くの研究者によって指摘されてきた。たとえば、吉本隆明氏は「『出さずにしまった手紙の一束』のこと」という一文において、パリから友人にあてて書かれた手紙という形式をとった「出さずにしまった手紙の一束」と、パリでの一夜の体験を語った「珈琲店より」に注目し、光太郎がフランス留学から持ち帰ったのは、父光雲に対する相剋の心理と、西欧に対する人種的・文化的劣等感という〝破壊的な内部世界〟であったと看破《かんぱ》し、粟津則夫氏は「高村光太郎の青春とフランス」と題されたエッセイで、先の二作品のほかに長詩「雨にうたるるカテドラル」と「暗愚小伝」のなかの「パリ」という詩を引き、フランス滞在が光太郎のうちに、一方で西欧の思想や芸術に感服し共感しながらも激しい孤独感を味わい、他方では日本に対して嫌悪を感じつつも愛着を捨て切れないという〝苦しい内的対立〟を生みだしたことを指摘した。

また、町沢静夫《しずお》氏は『高村光太郎　芸術と病理』で病跡学の立場から留学体験を取り扱い、今橋映子氏は『異都憧憬　日本人のパリ』において、比較文学の視点から「雨にうたるるカテドラル」を再考することによって、光太郎におけるパリへの一体化願望と〝心理的乖離《かいり》〟の位相に鋭い分析を加えている。いずれも、異文化との接触が光太郎のうちに日本と西欧の激しい内的分裂を引き起こしたことを指摘する論稿である。

ところが、青年彫刻家が敬愛するロダンの国で何を経験したのか、彫刻を勉強しに行ったはずなのに見るべき作品が残っていないのはなぜなのか、については依然、謎のままなのである。確かに、光太郎が直接、フランス滞在について語った資料は上記のものしかなく、体験の具体的な内容については彼自身が告白めいた文章やまとまった回想録を残していないこともあって、いまひとつはっきりしないのが実情である。しかし、エッセイや談話筆録などで、間接的にではあるがフランス体験に触れたものがいくつかある。そうした文献を注意深く読むなら、もう少し見えてくるものがあるのではないか？

本節では、もう一度資料を読み直し、あわせて当時のフランス文化の状況を考察することによって、彫刻家高村光太郎におけるフランス体験の内実を探《さぐ》ってみることにしたい。

初めての異文化体験

一九〇六年二月、アメリカへ向け船出した光太郎は、一カ月程の船旅の後、西海岸のヴァンクーバーに到着。さらに一週間の大陸横断の旅を経て、ニューヨークにたどり着く。そして下宿に落ち着くと、ナショナル・アカデミー・オブ・デザインの美術研究所に通い始めた。五月になると父が用意してくれた留学費用も乏しくなったので、彫刻家ボーグラムの通勤助手として昼間はアトリエで働き、夜間は美術研究所で勉強を続けることになった。一〇月から翌年五月までは、アメリカン・アート・ステューデント・リーグの夜学生となって木炭画や彫塑を学んでいる。美術館や図書館に足繁《あししげ》く通い、仕事も生活も充実した日々で、その充実ぶりは「精神と肉体とは毎日必ず〝生れて初めて〟のことを経験し、吸収した。世界中が新鮮だった」（「アトリエにて3」）という言葉にも表れていよう。初めてロダンの本物、『ヨハネの首』のブロンズ像を見て感激したのも、メトロポリタン美術館でのことである。

絵画を勉強に来ていた若い日本の芸術家たち、白滝幾之助や柳敬助との出会いもあった。なかでも、彫刻を目指す荻原守衛《おぎわらもりえ》（碌山《ろくざん》）と知り合ったことは意義深い。荻原守衛（一八七八〜一九一〇）は信州

荻原守衛

出身のもともとは画家志望の青年で、上京して勉強した後、一九〇一年、二十三歳のときに渡米した。そしてニューヨークとパリを往来しながら、七年間の遊学生活を送ったが、一九〇四年、パリのサロンでロダンの作品『考える人』に接して激しく魂を揺さぶられ、彫刻に転向する決意をしたのだった。彼は学費かせぎをすべくニューヨークに戻ったが、ここで、同じくロダンに心酔する光太郎と出会ったのである。光太郎はメトロポリタン美術館でロダンの彫刻の本物を目にして感激したものだが、荻原は「紐育《ニューヨーク》なんどに来ているロダンの小さなものを見たって駄目さ。あんなものを見てロダンに感心している様ぢゃロダンがまるで解らねえだ」といった調子で、江戸っ子の光太郎には大言壮語する田舎者のように感じられて、第一印象ははなはだ悪かった（「死んだ荻原守衛君」）。しかし、程なくパリへ行って彫刻を始めた荻原から習作の写真が送ってきたり、手紙のやり取りがあって、近代彫刻を目指す日本人青年二人の親交は急速に深まるのである。

さて、アメリカでの生活を振り返って、後に光太郎はこう書いている。

> アメリカで私の得たものは、結局日本的倫理観からの解放ということであったろう。祖父と父と母とに囲まれた旧江戸的倫理の延長の空気の中で育った私は、アメリカで毎日人間行動の基本的相違に驚かされた。あのつつましい謙遜の徳とか、金銭に対する潔癖感とかいうものがまるで問題にな

らないほど無視されている若々しい人間の気概にまづ気づいた。（……）私は社会的に弱小な一ジャップとして、一方アメリカ人の、偽善とまでは言えないだろうが、妙に宗教くさい、善意的強圧力に反撥を感じながら、一方アメリカ人のあけっ放しの人間性に魅惑された。アメリカの一年半は結局私から荒っぽく日本的着衣をひきはがしたに過ぎず、積極的な「西洋」を感じさせるまでには至らなかった。

（「アトリエにて3」）

光太郎はボーグラムから優遇され、美術研究所でも成績優秀で、一九〇七年五月には翌年度の特待生に選ばれた。にもかかわらず、西洋をもっと濃厚に体験すべく、以前から興味を持っていたイギリスに渡る決意を固めるのである。そして光雲の働きかけで農商務省の海外実業研究生の資格を得て、六月に渡英を実現させる。

ロンドンでも毎日が新しい経験の連続である。彼はしばらく美術研究所の彫刻科で勉強するが、イギリスの彫刻からは得るところが少ないと分かってからは、むしろ伝統的文化や生活について学ぶことに重点をおくことにした。そうしてポリテクニック（現ロンドン大学）の図書館や大英博物館に足繁く通い、音楽会や劇場に行き、西洋文明の歴史や芸術についての思索を深め、アメリカでは経験しなかった西洋に慣れ親しむのである。

私はロンドンの一年間で真のアングロサクソンの魂に触れたように思った。実に厚みのある、頼りになる、悠々とした、物に驚かず、あわてない人間生活のよさを眼のあたり見た。そしていかにも「西洋」であるものを感じとった。これはアメリカに居た時にはまるで感じなかった一つの深い文化の特質であった。私はそれに馴れ、そしてよいと思った。

（「アトリエにて3」）

と彼は書いている。

この年の八月、荻原守衛が、根をつめて仕事をしすぎて疲れたのか、気分転換のためにロンドンにやってきた。荻原はニューヨークで二年間学費かせぎに従事した後、一九〇六年一〇月、再度パリを訪れ、アカデミー・ジュリアンという画塾に入学して彫刻の勉強を始めていた。パリには官立の美術学校、エコール・デ・ボザールの他に多くの画塾があったが、日本人画家たちが学んだのは、主として、アカデミー・ド・ラ・グランド・ショーミエールかアカデミー・ジュリアンだった。前者では、黒田清輝が師事したラファエル・コランが教鞭をとり、後者ではロダンの友人のジャン・ポール・ローランスが教えていた。

荻原はまた、崇拝するロダンの、日本人としては初めての弟子になり、アトリエに通って教えを受けながら、ロダンの影響の強い作品をエネルギッシュに制作していたのである。のみならず、校内のコンクールにも積極的に出品して、上位を獲得する活躍振りだった。二人は美術館や大英博物館を見て歩き、テームズ河畔を散歩し、芸術について酔ったように語りあった。そして荻原は、彫刻をするならパリ、ロダンを解りたいならパリと、光太郎に大いに吹聴《ふいちょう》していったのである。

こうして一一月、光太郎は初めて短期のパリ旅行を実現した。熱烈なロダンの賛美者である二人は、連れ立ってムードンの自宅を訪問したらしい。が、師には会えなかった[5]。光太郎はまた、荻原に案内されたアカデミー・ジュリアンでは、彼の最近の習作『坑夫』の首を見せられて、その急激な進歩と力量の非凡さに感心したのだった。そして光太郎のうちにはフランス留学の思いが高じていった。

それからおよそ半年後の一九〇八年六月、ロンドン生活で自分のなかに充分な成熟を感じ、「自分の彫刻を育てるために、もう巴里《パリ》にゆかねばならぬ」との思いにいたった光太郎は、英仏（ドーバー）海峡を渡った。何よりも彫刻を勉強するため、ロダン作品を実際に目にし理解するための留学だった。荻原はすでにフランスを引き上げ、イタリア、エジプトを回って帰朝していた。その際荻原が持ち帰ったのは、光太郎の強い勧めで石膏にとった『坑夫』と、『小さな女のトルソ』の二点だけだった。

パリ留学中、荻原がロダンに物おじすることなく接近し、若いエネルギーをぶつけて見よう見まねで制作し、コンクールにも参加するなど、全身全霊で彫刻に取り組んだのに対し、理知がかっていた光太郎は、フランス文化のエッセンスを吸収することには熱心だったが、都会人の遠慮からか、心酔するロダンにもとうとう会わずじまいで、見るべき作品も持ち帰らなかった。二人の気質の違いだろうか。とはいえ、近代日本の彫刻界を代表する双璧が、そろってロダンの強い影響を受けたことは特筆すべきことだろう。

パリの青春——感覚と官能の成熟

光太郎は、モンパルナス界隈のカンパーニュ・プルミエール通りにある貸アトリエに住みついた。カンパーニュ・プルミエール通りはかつて荻原も住んでいたところで、近くには有島生馬《いくま》や山下新太郎、少しはなれたところには安井曾太郎《そうたろう》や津田青楓《せいふう》などの日本人画家が居住していた。光太郎は「僕の青春らしい青春は、パリから始まったような気がする」(「青春の日」)、と述懐しているが、パリでの体験とは一体どんなものだったのだろうか？

イギリスからフランスに渡った光太郎を何よりも驚かせたのは、「ここでは、みんながほんとうに自由に呼吸ができるような空気である」(「遍歴の日」)、「全体の空気が芸術を発達せしめるようになっている」(「フランスから帰って」)と後年回想しているように、同じ西洋とはいえ、より一層コスモポリタンなフランス文化の特質であり、フランス社会に行き渡る美意識と自由な精神だった。

当時のフランスは、一九世紀後半に起こった芸術運動、文学でいえばボードレール、ヴェルレーヌからマラルメ、ヴァレリーにいたる象徴主義が芳醇《ほうじゅん》に花開き、絵画ではモネやルノワールに代表される印象主義から、ゴッホやゴーギャンなど後期印象派を経て、フォーヴィスムやキュビスムなどの現代絵画が起こってくる、まさに文化の最盛期にあった。こうした芸術運動のもとには、人間の諸感覚を目覚めさせ、各自に固有の感受性を尊重していこうとする精神があり、自由で開かれた空気がパリにはみなぎっていたのである。

そのような精神風土のなかで、光太郎はかつてなかったほどの感覚の覚醒と成熟を経験する。それは彼がすでに二年あまりにわたるアメリカ・イギリス滞在を経て、成熟したフランス文化を受け入れ吸収するまでに心身ともに成長していたことによるのだろう。

人間は感覚の力に依るの外、生の強度な充実を得る道はない。感覚の存在が「自己」の存在である。感覚は自然の生んだものである。あらゆる人間の思索はこの感覚の上に立っている。感覚は実在である。思索は実在の影である。（……）感覚の権威を認める事に於いて、人間の「生きている」という事に絶大な価値が出て来るのである。（……）十九世紀末から起こった芸術の新運動は、此の確かな地盤の上に立っていたのである。

（「静物画の新意義」）

と、光太郎は帰国後の評論で、感覚と思索と生の充実について書いているが、この考察はフランス経験から生まれた言葉に違いない。

フランスにおける感覚の成熟の、具体的な現われの一つとしてあげられるものに象徴詩への目覚めがある。光太郎はロンドンで知り合った友人の美術家バーナード・リーチから紹介されて、ドイツ系男性と結婚していた若い女性で、日本美術研究家でもあるノートリンゲル女史と交換教授をすることになったのだが、そのノートリンゲル女史からフランス詩、とりわけ象徴詩の面白さを教授される。

私がベルレーヌの詩を心から面白いと思込んだのは彼女の感化だ。マラルメなどを読んでいるのを聴くと、面白くて堪らぬらしい。韻の踏んである所、終りの母音を長く発音する、それが重なってでも来るともうこたえられないと言った風だ。音楽的の面白味である。言葉の有する人格と、音楽的の旋律《リツム》とが一所になるのだ。（……）文字の有する人格と気分とがぴたりと一致する所に無上の興味が感じられるのだ。

（「感覚の鋭鈍と趣味生活」）

というように、まさに言葉の官能的なまでの味わい方を彼は知るのである。

彫刻の裸体表現への開眼も、このような感覚の成熟と同一線上にあるといってよいだろう。人間の肉体を直接表現する彫刻ほど、視覚、触覚はじめ肉体の生《なま》の感覚と体感、そして官能にかかわる芸術はないからである。

光太郎は「モデルいろいろ」と題したエッセイで、美術学校時代を振り返り、芸術における裸体表現を可能ならしめる、人間の肉体への燃えるような欲望と性本能との間の根源的な関連について、以下のように書いている。

私はその頃十代の若者であったが、身を持すること堅固で、おしゃれを知らず、ぜいたくを知らず、酒をのまず、女には近寄らず、ニキビを出しながら、ただ一心不乱に勉強に熱中していた。その勉強というのが書物とか語学とか、ただ無茶苦茶な木彫修業とか、めくら滅法なモデル写生とかいうことばかりで、生きている自分の生命には更に気づかず、人間としては頭ばかりの勉強で、第一、人間の肉体への渇望などはまるでなかった。古往今来、彫刻の裸像がこんなにあるのは、皆人間の肉体への渇望、性本能から発する食い入るような、貪婪《どんらん》な、悲しい人間の肉体への欲情に基づくものであって、この原動力がなくては裸像などほんとに作れるものでなく、学校でやっていた習作の如きは、雛人形《ひなにんぎょう》にも及ばないつくり物に過ぎなかったのである。

そして、その「モデルの肉体を見ても大した肉感は感ぜず、いはばハルトマン審美学のいわゆる〝仮象〟としてしか眼にうつらなかった」晩生《おくて》の少年の、海外留学中の変貌をこう続けている。

この間に私はやっと一人前の大人となり、ともかくも一個の人格を形成したのであった。この足かけ四年間の私の全存在の活動力は異常なものだったといえるであろう。無限の吸収力を以て身辺一切の事物なり、思想なりを吸収した。私は急激に成長し、突変的に成人した。もうモデルを見る眼も美術学校時代のようなぼんくらではなくなった。

アメリカ・イギリス滞在を経て準備された心身の成熟が、まさにパリで一挙に花開いた感がある。光太郎にとってパリは、何よりも感覚と官能の成熟の場としてあったのである。そうして「いつも身体の中に火が燃えているように感じ」(「遍歴の日」)ながら、光太郎はパリの街を彷徨する。美術館や図書館通い、教会や記念碑の見学、画廊の個展や展覧会、観劇や音楽会、カフェの探訪や夜の街の冒険……。

「珈琲店より」で語られるエピソードは、それが事実であれ、文学的虚構を交えたものであれ、その頃の光太郎のきわめてセンシュアルな体験を物語るものであろう。

——ある春の夜、光太郎はオペラのはねたあとの街路を、夜風にほてった頬をさらしながら、追うともなく三人の女性の後を歩いている。彼の「すべての物を彫刻的に感じる」官能は、衣服を通して見える裸体の動きの美しさに陶然となる。「三人の女の體は皆まるで違っている。その違った體のMOUVEMENTが入りみだれて、しみじみと美しい」。気がつくと、彼は三人の後を追って吸い込まれるようにカフェに入っていた。

僕は、體中の神経が皆皮膚の表面に出てしまった様になった。女等の眼、女等の声、女等の香いが鋭い力で僕の触感から僕を刺戟する様であった。言うがままに三人の女に酒をとった。僕も飲んだ。三人は唄った。僕は手拍子をとった。やがて、蒸された肉に麝香《じゃこう》を染み込ました様な心になって一人を連れて珈琲店《カフェ》を出た。今夜ほど皮膚の新鮮をあぢわった事はないと思った。

光太郎が「パリ」と題された詩で、「私はパリで大人になった。／はじめて異性に触れたのもパリ。／はじめて魂の解放を得たのもパリ。／（……）／私はパリではじめて彫刻を悟り、／詩の真実に開眼され、／そこの庶民の一人一人に／文化のいわれをみてとった」とうたい、「アトリエにて3」でも同様に、「パリで私は完全に大人になった。考えることをおぼえ、仕事することをおぼえ、当時の世界の最新に属する知識に養われ、酒を知り、女をも知り、解放された庶民の生活を知った」と書いているのは、感覚の成熟と思索の深化、そして生の充実とが一体となったところに醸し出されるフランスの精神文化に、自らも身を浸し、成熟を実感した体験をいっているのだろう。

ロダン彫刻の衝撃

ところで光太郎は、肝心の彫刻の勉強はどのようにしていたのだろうか？　正規の美術学校や画塾には登録せず、アカデミー・ド・ラ・グランド・ショーミエールの夜間クラスでクロッキーを勉強したくらいで、昼間は自分のアトリエにこもって粘土で胸像などを作り、あとの時間はもっぱら美術館での勉強や自由な見学に費やしたという。

ロダンへの心酔は相変わらずだった。しかし、展覧会場などでは時々姿を見かける大家に話しかける度胸も、パリのアトリエを訪ねていく勇気もなかった。「むやみと人を訪問して、仕事の邪魔をする無作法と厚かましさ」を、父や祖父から固く戒められていたから、と述べているが（「オーギュスト・ロダン」）、パリに来るにもロンドンで充分な心の準備をしてからでなくては来れなかった光太郎のこと、ロダンに対する尊敬と畏怖の念が強ければ強いほど、気後《きおく》れと恐怖を感じたのだろう。有島生馬や山下新太郎の発案でムードンのロダンの家を訪ねることになったのは、故意《こい》にそうしたのか偶然なのか、ロダンが留守の日だった。その主人不在の家で、光太郎は作品を心ゆくまで堪能する。

> 僕はロダンの椅子に腰かけ、床の上にうず高く積み重ねてあるたくさんのデッサンをあかず見た。一枚一枚台紙に貼って整理されている無数のデッサンを次々に見ていると、実に威圧される感じだった。庭に出ると、ちょうど白い布をグルグル巻いてバルザックの像が立っていた。布でつつんであっても、大きな量塊の感じが強く出ていて、今でもそれが印象にのこっている。
>
> （「遍歴の日」）

ロダン作「永遠の青春」

その年の五月にベルギーから出版されたジュディット・クラデル著の大冊『オーギュスト・ロダン』を、毎日のように本屋で眺め、ついには日々の食事を切り詰めて、ようやく手にしたのであった。

ロダンはいうまでもなく、近代彫刻の革新者である。西洋彫刻はギリシャにおいて人間の肉体のもつ神々しいまでの美を表現する芸術として開花したが、キリスト教の浸透とともに中世においては裸体像は影をひそめ、代わってロマネスクやゴチック教会では天上の霊的世界を表わした浮彫彫刻や聖人をかたどった人柱彫刻が壁面や扉を飾った。そしてルネサンスとともに古代の理想美が復活し、ドナテルロやミケランジェロによって力強い人体彫刻が試みられたものの、その後は、彫刻本来の彫塑的要因や触覚よりも絵画的要因や視覚が重要視され、感覚的な新しさを喜ぶような傾向に陥っていた。その新古典主義の形式に堕していた彫刻に、ロダンはミケランジェロの研究を通じて再び力強い息吹を吹き込んだのである。そうして自然主義的方法とロマン主義的感性によって、人間の生命と情熱を普遍的な彫刻表現として造形化した。

なかでも、ダンテの『神曲』やボードレールの『悪の華』から影響を受けて制作された『地獄の門』は、人間の情念のドラマ、性愛の歓喜と苦悩を余すことなく表象したロダン畢竟《ひっきょう》の傑作だが、光太郎を何よりも魅了したのは、『地獄の門』の、あるいはそこから作品として独立した女性裸像あるいは男女群像の、生命感あふれる力強い人体表現であり、彫像の発散する強い官能性であった。そして「人が居なければ彼の NYMPHE の大理石像を抱いて寝るがなあ。RODIN の女は実際僕の肋《ろっ》骨《こつ》で出来た様な気がする」（「出さずにしまった手紙の一束」）と書くほどに、その官能性に感応するのである。

ロダンはまた、晩年はエロティックな裸婦のデッサンを数多く残しているが、そうしたデッサンの展覧会を見に行ったときも、光太郎は、葉巻の先から立ち上る煙のように「不思議な生きた細い線が夢の様に渦巻いて出来ている」女の体の線の美しさに、言葉では言い尽くせないほどの感激をおぼえるのだった。彼はこう記している。

僕はその素画を見ていると人間の肌から出る一種の匂いと熱とを感じる。僕の體もその女のMOUVEMENT と共に捩《よ》ぢられる様だ。古来の芸術に肉の MORBIDEZZA を通して女の體の無限の魔力を此程強く表現し得たものは無いと言いたい。（「出さずにしまった手紙の一束」）

そしてロダンに代表される近代フランス彫刻芸術との出会いは、光太郎をして、それまでは尊敬していた父光雲の江戸職人的な彫刻の在り方に対する懐疑へ、さらには苦汁に満ちた父子の葛藤へと導くことになる。

親と子は実際講和の出来ない戦闘を続けなければならない。親が強ければ子を堕落させて所謂《いわゆる》孝子に為てしまう。子が強ければ鈴虫の様に親を喰い殺してしまうのだ。ああ、厭だ。僕が子になったのは為方《しかた》がない。親にだけは何うしてもなりたくない。（……）今考えると、僕を外国に寄来《よこ》したのは親爺の一生の誤りだった。（……）僕自身でも取り返しのつかぬ人間に僕はなってしまったのだよ。僕は今に鈴虫の様な事をやるにきまっている。RODIN は僕の最も崇拝する芸術家であり人物である。が、若し僕が RODIN の子であったら何うだろう。此を思うと林檎《りんご》の実を喰った罪の怖ろしさに顫《ふる》えるのだ！

（同右）

心理学的にいえば、子供は成長する発達段階において、自分の行く手に立ちはだかる親の権威に挑み、それを否定し、乗り越えて行かねばならない。それを象徴的に表わすのが、オイディプス神話などに描かれる親殺しの物語である。光太郎は彫刻家として独り立ちするために、ここでいわば精神的な父親殺しを行い、かわりにロダンを精神的父として選択しているのである。しかし、もしロダンが実父だったとしたら、そのロダンを否定し、乗り越えて行かねばならないだろう――。光太郎を襲った戦慄は、その困難を想像してのことだろう。

ではなぜ、師とも父とも仰ぐロダンにならって彫刻作品の制作に励まなかったのか？　次に、光太郎におけるロダン体験の意味するところをもう少し掘り下げて考えてみたい。

西洋芸術における肉体の形而上学

ロダンの彫刻を目にした光太郎の衝撃を理解するために、ここで、森有正《ありまさ》が『バビロンの流れのほとりにて』において、フィレンツェでミケランジェロの作品を目にして受けた深い感動について述べている箇所を参照したい。森有正は、『ダヴィド』像の汚れのない精力が充実している純真な青年の肉体の美しさに完全なる男性の普遍的な性質を認め、『パストリーナのピエタ』では、十字架から降下された死せるキリストの、生命が去ったとはいえ単なる物質ではない霊的な肉体と、それを支える聖母の全身で表現される深い人間感情に打たれる。さらにまた、メディチ家のシャペルにある朝、昼、夕、夜の四人の裸体の男女像では、肉体がただその美しさと強さで価値を持っているという真実に驚嘆する。そして次のように述べている。

ミケランジェロは、人間の肉体において、精神的なものから、肉体そのものの美と力、更に肉欲まで、人間のすべての面を表現した、すばらしい大作家だと思う。（……）この彫刻群だけを見ても、かれが自分の中に一つの宇宙をもっていたということが言える。それは精神の高みから肉欲にまで至る実に大きいスケールを持つ人間像で、かれの当時のフィレンツェの人々の生活態度のみならず、「ヨーロッパ」というものがもつ大きい空間的時間的音階にひろがる全音階を表わした、一種の複音楽的大作家（……）であると思う。

ところが、それぞれの彫像に息もつまるほど感動しながら、悲しいことに彼は「自分が分裂する」のを感じるのである。そしてそれは、「その感動を一つに結びつける主体、あるいは主体的な曲線が自分の中にない」からだろうと、分析している。

さらに、光太郎の年若い友人で、パリで三十年近く生活した彫刻家の高田博厚《ひろあつ》を引用しよう。彼は、自分の非力さを見せつけられたロダン体験の衝撃をこう述懐している。

私は二十年前にフランスに来て、すぐロダンの全作品を見て打たれ切った時、ひそかに思ったのであった。「自分は肖像作家としてのみ、何とか示せるものがあるだろう。」他ではさかさまになっても及ばない日本人的貧困さを自分にしみじみ感じたのである。

（『フランスから』）

高田博厚はまた、「高村光太郎」と題したエッセイで、木彫を伝統とする日本の彫刻にとって「西欧の彫刻感覚が内蔵している岩石の構造に至りつくのは実に難道」であるばかりか、「西欧の彫刻が感動させるのは（木彫美とは）もっと異ったディマンシオン」なのだと述べている。そして「たくましい生命の鼓動が素材の法則をも破るかに見えるロダンの動勢《ムーヴマン》」に、青年期の光太郎がどれほど目眩《めくるめ》くほどの感動を覚えたか、また「さながらカテドラルの正面《ファサド》のように、多様で豊かで素朴で堅固な（……）高い芸術の蓄積に」、いかに茫然《ぼうぜん》としたかを、自己の経験と照らして想像しているのである。

人間の肉体を主なる表現主題とする彫刻は、それぞれの文化の持つ身体観ととりわけ関連の深い芸術だといえるだろう。たとえばギリシャ時代においては、肉体の美すなわち精神の美であり、完璧な美を備えた神々は人間の精神と肉体の理想としてあった。それゆえ、ギリシャ彫刻においては肉体の美は神的な価値さえ持つものものとして賛美されたのであった。それに対し、中世キリスト教世界では、肉体は魂を地上に留めおく牢獄であり、罪の温床であるとみなされて、裸体彫刻は姿を消す。代って、キリストの〝Corps Mystique〟（神秘的な身体）を象徴する教会は、石像彫刻に聖人や聖なる歴史を刻み、天上への希求と救済への祈りを表現したのである。

そしてルネサンスの人間賛歌を経て、一九世紀はまた新たに人間の感覚や肉体を発見する。たとえば絵画において、印象派は自らの視覚に頼って外界を発見し、聖書や神話の人物ではない、生身の裸婦を画布に登場させた。文学においても象徴派の詩的運動にみられるように、個人が各々の肉体の感覚によって世界を認識し、真実を把握し、さらには触知できる世界から触知できない不可視の世界に至ること、感性を通して存在の本質へ至ることが探求されたのである。そうした芸術運動に共通するのは、個人の感覚を大事にし、それに頼りながら、個を超えた普遍の価値へと、ある絶対的な思念（イデア）へと至ろうとする精神である。それはギリシャのヘレニズムとキリスト教によって養われた西洋文化が、長い歴史の中で育てあげてきた精神でもあった。

ロダンの彫刻も、そうした西欧精神と無関係ではありえない。生命力が横溢《おういつ》する若くたくましい青年の肉体、愛の歓喜と苦悩に息づく女の肉体、人生の退廃をにじませた老女の肉体……さまざまな人体が織り成すロダンの彫刻世界は、ダンテの『神曲』（ディヴィーヌ・コメディ）やバルザックの「人間喜劇《コメディ・ユメーヌ》」にも匹敵《ひってき》する人生の有機的かつ総合的なドラマである。確かに、ロダンはキリスト教的な神の観念には縁遠く、むしろ汎神論・自然宗教的な信仰に近くあったとはいえ、肉体の美と真実を執拗に追い求める精神の在り方は、キリスト教の形而上学にも通じる、ある絶対的なものを希求し、その神秘なるものに自らの魂を一致させようとする精神そのものである。ロダンの彫刻芸術はまさしく西洋文化の伝統の上に花開いた表現世界なのである。

光太郎はロダン芸術との出会いを通じて、そうした西洋文化の真髄《しんずい》に触れたに違いない。そしてその伝統の厚みと、東洋文化との質の差異に、さぞかし愕然《がくぜん》とした思いを味わったことだろう。ギリシャの肉体賛美も、キリスト教の霊肉の相剋も肉体の形而上学ももたない東洋の、しがない彫刻家である自分に一体何ができるというのだろうか？　光太郎を襲ったのは、ミケランジェロの彫刻を見て森有正が感じたのと同じ〝自己分裂〟ではなかったろうか？

引き裂かれたエロス

森有正は「異郷の、しかも高度に達した文明、その密度の高さに接することは、殆ど人を一種の病的状態に陥れる」と書き、その病気の本態を「絶望」と名づけて、それをどう生き抜くかというところに「ヨーロッパ経験」の本質を求めている（高田博厚『フランスから』の序文）。

光太郎が経験したのは、そうした種類の〝絶望〟だっただろう。その絶望は彼が人間の肉体を対象とする彫刻家だったがゆえにいっそう深刻で、実存の根底から、すなわち生命力の源泉であるとともに、想像力と創作力の源泉でもあるエロスの次元から、光太郎を引き裂いたのではないだろうか？　光太郎自身、異国にある孤独、寂寥《せきりょう》感を「出さずにしまった手紙の一束」で吐露している。たとえば彼は、「巴里の市街の歓楽の声は僕を憂鬱の底無し井戸へ投げ込もうとしている」と書き、あたかも動物園の動物になったかのように自らを感じさせる周囲の無関心、「彼等の心と何等の相通ずる処も無い冷やかなINDIFÉRENCE」を嘆いて、こう続けている。

僕には又白色人種が解き尽くされない謎である。僕には彼等の手の指の微動をすら了解する事は出来ない。相抱き相擁しながらも僕は石を抱き死骸を擁していると思わずにはいられない。その真白な蝋の様な胸にぐさと小刀《クウトウ》をつっ込んだらばと、思うことが屡々《しばしば》あるのだ。僕の身の周囲には金網が張ってある。どんな談笑の中団楽の中へ行っても此の金網が邪魔をする。海の魚は河に入る可《べ》からず、河の魚は海に入る可からず。駄目だ。早く帰って心と心とをしゃりしゃりと擦《す》り合せたい。

研究者たちはこの一節に代表される「手紙」に、光太郎の陥った文化的疎外感、人種的疎外感を読み取り、また有島生馬が「パリ時代の高村君」で証言するような、仲間うちで「高村の神懸《かみがか》り」とあだ名されていた状態――アトリエで彫刻している様子もなく、毎日どこをどう歩きまわっているのか、時に姿を見せると、パリの空を飛べそうな気がした話や、セーヌ河が真っ赤な血を流していた話を、真面目にぽつぽつと語ったという——に、光太郎の精神的不安定を見てきた。町沢静夫氏は精神医学者の立場から、そうした症状を「故郷喪失感、根こぎ感、自己同一性の拡散」であり、「離人体験」であると指摘している。

確かにその通りではあるが、彫刻家光太郎にとってのロダン・フランス体験は、単に異郷にある孤独とか、文化的・人種的疎外感、あるいは自己同一性の危機として片付けてしまうにはあまりに大きな絶望体験であり、芸術家としての実存の危機をともなったのではないだろうか。

光太郎は芸術上の苦悩を、「モデルいろいろ」で次のように回想している。

やがてパリの自分のアトリエでモデル勉強をしながら、私はそれに疑問を持ちはじめ、ついには絶望を感ずるようになった。モデルを眼の前に見ながら、それがどうしても分らない。いはば徹底的にモデルの中に飛びこめない。一体になれない。自分の彫刻とモデルとの間の関係がどうしても冷たい。ロダンの彫刻にあるような、あのような熱烈な一体性が得られない。

あるいはまた、ロダンの裸婦デッサンの「芳烈な匂い」に感嘆した「手紙」では、「僕には何故こう動物電気が足らないのだろう。よくいうようだが、張り切った女の胸にぐさと刀を通して迸《ほとばし》り出る其の血を飲みたい」と、嘆いている（「出さずにしまった手紙の一束」）。

しかし、ロダン彫刻のようなモデルとの一体性が得られないのは、なにも光太郎の〝動物電気〟が足りないせいでも、東洋人が西洋人に比べて性的欲望が希薄なせいでもないだろう。それはむしろ、対象との合一を執拗なまでに求めていく心的エネルギー、触知したものにフォルムを与え、肉感から精神へ、感覚からイデアへ、個から普遍へと至る形而上学、そしてテーゼとアンチ・テーゼを止揚しながら絶対を求めていく弁証法的な精神の運動、そういった西洋思想や芸術の根底にある精神を、東洋は育ててこなかったし、そのような回路を文化のなかに持たなかった、ということによるのではないだろうか。

もし、光太郎がフランス人の〝アミー（恋人）〟を持っていたら、すなわち心のアニマを生身のフランス女性に投影でき、そしてその感情と精神をともなった肉体を通じてフランス文化に触れ、フランス精神の内奥に参入することができたなら、おそらく事態は違っていただろう。実際、彼の近所にいた日本人の芸術家たちは「大てい一人ぐらいのアミーをモデルに持っていた」（「モデルいろいろ」）という。ところが、光太郎はアトリエでモデルをつかって仕事はしたが、特定のアミーはいなかったようである。それは、光太郎自身の解釈によれば、性に対する関心が旺盛な思春期に人目を偲《しの》んで買求め、寺の境内でこっそり読んだ性に関する書物のせいで、病気の怖さを強烈にインプリントされていたからである。

それで、外国に行っても、——パリのモデルなんかたいへんなものなのだが、——どんなことをされても、「こいつらはばい菌のかたまりだ」と、こう思った。すぐ清水寺で読んだことが頭に出てくる……。そうすると、どうしても彼女らと遊ぶ気にならない。(……)女と遊ぶということは、およそ不潔な気がして、ほんとうにできなかった。(「わたしの青銅時代」)

もちろん、「珈琲店より」で語られるような一夜の情事、あるいはそれに類した恋愛事件がなかったわけではないだろう。ところが翌朝、洗面所に立って、はからずも鏡のなかの自分を認めたときの驚愕《きょうがく》――

「ああ、僕はやっぱり日本人だ。JAPONAISだ。MONGOLだ。LE JAUNEだ。」と頭の中で弾《ば》機《ね》の外れた様な声がした。夢の様な心は此の時、AVALANCHEとなって根から崩れた。その朝、早々に女から逃れた。そして、画室の寒い板の間に長い間座り込んで、しみじみと苦しい思いを味わった。

と、前夜の夢の様な気分が現実を目の前にしてもろくも崩れさる様が自嘲を込めて描かれているように、せっかくの出会いも、自分の方から逃避してしまう。

このように、性的潔癖症のため、あるいは人種的コンプレックスのために、光太郎はフランス人女性と対等な男女関係を築くことができないのである。ユング派の心理学者ノイマンは、人間の意識の発達過程において、太母からの分離独立は大蛇退治として象徴的に体験される、と述べているが

（『意識の起源史』）、光太郎がフランス女性と恋愛できなかったのは、そのような心理的段階を経ておらず、いわば母親とへその緒が切れていなかったからだろう。フランスで感覚と官能の成熟を経験したとはいえ、フランス女性と恋愛ができるほどには十分に自我が成熟していなかったのだ。

そのような状態であるから、モデルを使って仕事をしていても、「モデルの内面がわからない」。そして「人種の差別から来る不安かと思ったり、何か到底のり超えられないものがモデルと自分との間にあるようなオブセッションにとりつかれて、神経衰弱のように」さえなってしまう（「モデルいろいろ」）。そうなってはもはや、制作どころではないだろう。ついには「ゴミのようなモデルでもいいから、やはり日本人のモデルで勉強しなければ本当には行けない」と思いだし、両親からの帰国を促《うなが》す手紙に郷愁を覚え、急遽《きゅうきょ》、帰国を思い立つのである。

このとき決定的な役割を果たしたのが、あろうことかな、母からの手紙だった。光太郎はこの手紙を、「僕への母の手紙は何気ない文字ではあったが、それは愛のほとぼしった一篇の詩になっていた」（「母のこと」）と回想しているが、その金釘流《かなくぎりゅう》の文字を眼にしたとき、彼は帰国を決意したのである。このことは、アメリカ留学中に作った「秒刻」という詩でうたわれた、手招きし、呼び戻そうとする母のイメージを想い起こすなら、光太郎における母なるものの重要さを物語っていて興味深いものがある。

ところで、先に引用した「パリ」という詩の後半に、世界の都パリと比較して故国日本が、「故郷は遠く小さくけちくさく、／うるさい田舎のようだった」と、想起されている。そして、「悲しい思で是非もなく、／比べようもない落差を感じた。／日本の事物国柄の一切を／なつかしみながら否定した」といって詩は結ばれる。しかし、光太郎は本当に故国を否定したのだろうか？

たしかに頭のなかでは否定したかもしれない。が、心の内奥ではそう簡単ではなかった。光太郎には「夢遊病というか、どうかすると一種の幻覚を見る傾向」があり、夜中、自分ではまったく覚えがないのに、朝起きてみたら男のマスクができていた、などということがあったらしいが（高村豊周『定本　光太郎回想』）、パリ時代にも、芸術上のジレンマにありながら、ある晩、知らないうちに父光雲の像を作っていた、というエピソードが残されている。このことは、父をロダンと引き比べ意識の上では否定しながら、根っこの部分では否定しきれない、実存の深部で東洋と西洋に引き裂かれた光太郎の無意識の葛藤を露見しているようである。そして帰国を決意させた、言い換えるなら母胎回帰を促したのが母の手紙であったという事実とあわせて、きわめて象徴的なことのように思われるのだ。

このように、光太郎はロダンの彫刻、とりわけその裸体像の官能的表現に心酔し、ロダンを通じて西洋彫刻の真髄に触れた。それはギリシャの肉体賛美とキリスト教の霊肉の相剋の伝統に培われながら、近代的な個人の感覚を重視し、人体の普遍的な美と真実を追求する芸術世界であった。その伝統の厚みと日本彫刻との質の違いは、光太郎のうちに深い絶望体験を引き起こし、彼は芸術家としてのエロスの根源から引き裂かれてしまった。フランスで感覚の成熟を経験しながら、見るべき作品を作ることができなかったのは、決して技量が足りなかったからではない。肉体の感覚にフォルムを与える経路、感性から存在の本質へと至る精神の回路が、光太郎が拠って立つ日本文化の伝統の中には十分に発達していなかったからである。それなしで形だけ似せてみても、魂を欠いた猿真似でしかないだろう。ヨーロッパ体験は、光太郎が彫刻家であったがゆえにいっそう深刻だったといわねばなるまい。

第二章　西洋体験の咀嚼と同化（一九〇九〜一九二三）

1　精神的支柱としてのロダン

二十六歳で帰国した光太郎は、日本の美術界に背を向け、ロダンを精神的な師と仰ぎ、近代的な芸術家となるべく努力する。ロダンほど彫刻家としてのみならず人生の先達として、光太郎に強い影響を与えた芸術家はいない。三十代の光太郎は自己確立の過程でロダンから何を学び、いかなる影響を受けたのだろうか、またロダン像は光太郎のなかでどのように変容していっただろうか。

帰国後の困難

光太郎が三年半の海外留学を終えて帰着したのは、一九〇九年（明治四二）七月のことだった。いったん海外生活を経験し、自由な外界と広い世界を知った後には、日本社会に再適応することに困難を伴うことが時として生じるが、光太郎の場合も例外ではなかった。

彼は早くも、上陸した神戸港が欧米の風物を見慣れた目には「ただ乱雑なけち臭い船着場」にしか見えず、汽車の窓から見える景色はまるで「箱庭のよう」で、以前は偉容《いよう》を誇ると見えた富士山さえ「意外に小さい」のに驚くのである。

また迎える家族のほうも、光太郎の変貌ぶりに戸惑《とまど》いを隠せなかった。弟の高村豊周《とよちか》はこう回想している。「東京の家に帰りついてはじめて会った兄は外国人みたいで、人違いするほどだった。出掛ける時五分刈だった髪の毛もボヘミアンの様にふさふさしているし、ひげを生やしてなんだか変にバタ臭い感じだった。」(『定本　光太郎回想』)

帰国後の光太郎を困惑させたのは、まず彼自身と彼を取り巻く家族や社会との間にできた意識の落差である。光太郎は欧米で学んだことをもとに、日本で彫刻の真の勉強を続けたいと思って帰ってきた。ところが迎える家族は、洋行帰りの総領息子に家業をつがせ、さらなる発展をはかろうと期待している。光太郎は神戸から東京へ向かう車中、父光雲から聞かされた将来計画に心底驚愕《きょうがく》したのだった。

「弟子たちとも話し合ったんだが、ひとつどうだろう、銅像会社というようなものを作って、お前をまんなかにして、弟子たちにもそれぞれ腕をふるわせて、手びろく、銅像の仕事をやったら。なかなか見込みがあると思うが、よく考えてごらん。」というようなことだったが、私はがんと頭をなぐられたような気がして、ろくに返事も出来ず、うやむやにしてしまった。何だか悲しいような戸惑いを感じて、あまり口がきけなくなった。（「アトリエにて4」）

銅像会社とは、光太郎にとってはいかにも突飛な、まさに晴天の霹靂《へきれき》ともいうべき提案だったが、光雲にしてみれば大真面目な計画だった。というのも、明治になって西洋から導入された文化のなかで、銅像という表現様式ほど時代が要求する芸術として画期的な成功を収めた分野はなかったからである。事実、権力の側から推奨され、また民衆の嗜好にも一致するような、新しい時代を切り開いた英雄たちが、数多く銅像に鋳造され、人間の記念碑として公共の場に置かれたが、それを担っていたのが、光雲をはじめとする伝統的彫刻家たちだったのだ。（田中修二『近代日本の初の彫刻家』）

光太郎が考えている芸術との何という隔たりだろう。家族の出迎え、母の喜び、一族が集まっての歓迎会……光太郎は「汽車の中の一件から心の底に恐ろしい断層を感じながらも、眼の前に展開される肉親の愛や周囲の花やいだ空気にまみれて」（「アトリエにて4」）、暗澹《あんたん》たる思いで帰国後の日々を過ごしたのである。

それにもまして光太郎を落胆させたのが、日本の美術界の現状だった。明治末期の彫刻界では、一九〇七年（明治四〇）に文部省指導のもと、日本美術界を統括するかたちで組織された文部省美術展覧会、いわゆる文展がアカデミズムの牙城をなしていた。その彫塑部の審査員には伝統彫刻に高村光雲や石川光明《こうめい》、洋風彫刻に長沼守敬《もりよし》、白井雨山、大熊氏広《うじひろ》などの各派閥の重鎮が顔を並べていたのである。光太郎には、形だけを真似て独自の主義主張のない洋風彫刻のレベルの低さは言うに及ばず、なまじ光雲を通じて美術界の内情を知っていただけに、そこに蔓延《まんえん》する「卑屈な事大主義」や「けち臭い派閥主義」など一切のことがまんならず、「日本芸術の代表者のような顔をしていた文展の如きも浅薄卑俗な表面技術の勧工場にしか見えなかった」のである。

フランスで高度に発達した西洋文化・芸術の真髄に接し、目くるめくような感動と憧憬《どうけい》を覚えながらも、自分が決してその文化の伝統に参与することはできないという深い絶望を味わい、そうして故国に逃げるように帰ってきた光太郎だったが、帰ってみれば日本のすべてはあまりにけち臭く見える。しかし、自分は紛れもなくその日本人なのだ。西洋では異邦人として疎外感を抱き、かといって祖国では日本という枠からはみ出してしまった、そのやり場のなさ。帰国後に作られた詩「根付けの国」において、光太郎は日本に対する絶望を、日本人であることの自嘲《じちょう》をこめて、「魂をぬかれた様にぽかんとして／（……）／小さく固まって、納まり返った／猿の様な、狐の様な、（……）茶碗のかけらのような日本人」と、吐き棄てるように書いている。

日本に在ることの出口のない失望感、青年期特有の潔癖感と反抗心は、そうした日本の伝統を担い美術界に君臨する父親に対する激しい反撥と嫌悪となって現われた。

父の得意とするところをめちゃめちゃに踏みにじり、父の望むところを悉《ことごと》く逆に行くという羽目になった。汽車の中で話のあった銅像会社はおろか、文展へは出品せず、（……）いわゆるパトロンを求めず、道具屋の世話を拒絶し、父の息のかかった所へは一切関係せず、すすめられた美校教授の職は引きうけず、何から何まで父の意志に反する行動をとるようになり、父の方から見れば、何の為に外国へまでやって勉強させたのか、わけの分らない仕儀になってしまった。二代目光雲どころか、とんでもない鬼っ子が出来上がってしまったのである。（「アトリエにて4」）

日本で彫刻をすることの困難を痛感した光太郎は、彫刻家として華々しくデビューするどころか、文展に作品も発表せず、彫刻界から引っ込んでしまうのである。

評論活動

帰国後の光太郎が活動の舞台をもったのは、むしろ文芸の世界においてであった。「僕は芸術界の絶対の自由を求めている」で始まる「緑色の太陽」（一九一〇）は、芸術家は自分の感覚にしたがって自由に表現すべきだという信条を宣言した芸術論で、当時の文芸界に鮮烈な反響を引き起こした。彼はまた、新進気鋭《きえい》の芸術家や文学者が集まるパンの会や、アカデミズムに飽き足らない洋画家たちが結成するフュウザン会に加わり、詩や評論を書いたり、油絵を描いたりして青春の気炎《きえん》を上げた。そしていわゆる女遊びも含め、デカダンスの時代を送るのである。

さて、一足先に帰国していた荻原守衛《おぎわらもりえ》はどうしていただろうか？　彼もまた日本の彫刻界の現状に失望し、辛辣《しんらつ》な舌鋒《ぜっぽう》で美術批評をしたり、ロダン芸術の紹介をしたり（「仏国彫刻界」）と、日本彫刻界の覚醒に努めていた。制作においては、内向する光太郎とは対照的に、帰国した一九〇八年（明治四一）の秋さっそく、第二回文展にパリから持ち帰った二作品と新しく制作した『文覚《もんがく》』をもって臨み、第三回文展には『北条虎吉像』を、第四回文展には絶作となった『女』を出品するなど精力的な活動を見せた。ところが、他の追随を許さぬ技量と表現力を示していたにもかかわらず、いずれも三等賞という平凡な成績に終わったのである。

このあまりの結果に義憤にかられた光太郎は、「第三回文部省展覧会の最後の一瞥《いちべつ》」と題する批評文で、他の作品を容赦なく批判したあと、荻原の作品について、この展覧会で初めて「一個の芸術作品に接したような感じがした」と書き、その「自然を見る眼」の鋭さと、作品に「生《ラ・ヴィ》」がほのめいている」点を称賛し、ロダンの芸術観の影響の強く感じられる鑑識眼でもって友人の援護射撃をしたのだった。のちに光太郎は次のように回想している。

日本の近代彫刻は荻原守衛から始まる、とは今日史家の常説であるが、これは確に間違いない。世界の彫刻界は当時既にロダン旋風に吹きまくられ、いかにしてロダンから脱却し得るかが問題になっていたのであったが、日本美術界の長夜の夢は未だ黙めず、彫刻といえば旧幕時代延長の木彫か、原理を持たない幼稚なモデル写生のくり返しか、あとは張りぼてのような銅像彫刻が世上にあふれていて、彫刻家自身方途にまよい、わづかに表面技術の巧拙《こうせつ》を争ってその日ぐらしをしていたのである。（……）そういう日本彫刻界のくらやみの中へ荻原守衛はロダンの洗礼をうけ、全く感覚を新しくして飛びこんだのである。そして無邪気に泥沼のような文展へどしどし出品しはじめた。この珍奇のちん入者を文展の方ではもてあましたらしかったが、ともかくも技術があるので無下《むげ》に排斥もならず、時には三等賞ぐらいつけて、度量のあるところを見せたものである。彫刻の質に於いて、彼等と彼とは全くちがっているのだということにはまるで気がつかない時代であった。

（「荻原守衛―アトリエにて5―」）

実作者としての荻原に対する期待が大きかっただけに、一九一〇年（明治四三）、帰国後二年にしてわずか三十二歳で夭折した友の死は、光太郎にとって大きな打撃であった(1)。のちに光太郎は、畏友を偲《しの》んで肖像彫刻『荻原守衛の首』の制作を一九一四～一六年（大正三～五）にかけて試みる。荻原の七回忌に間に合うようにと依頼された胸像だったが、完成させることができずに終るのである。

光太郎は歯に衣を着せぬ評論活動をする一方、自分なりの生き方を求めて試行錯誤を繰り返した。一九一〇年には画廊「琅玕洞《ろうかんどう》」を開いて良質の芸術の普及に意欲を燃やすものの、経営不振で一年で閉鎖に追い込まれ、次には、大自然のなかで牧畜をしながら芸術創造しようと北海道移住計画をたてるが、都会育ちの坊ちゃんの理想主義は自然の厳しさの前に挫折する。そのうえに心身をすりへらす頽廃的な女性遍歴……。そうした一切に疲労した光太郎は、一九一一年暮れに友人の紹介で知り合った長沼智恵子と、一九一三年（大正二）秋に婚約するにいたる。時に光太郎三十歳。そして翌年の一二月には結

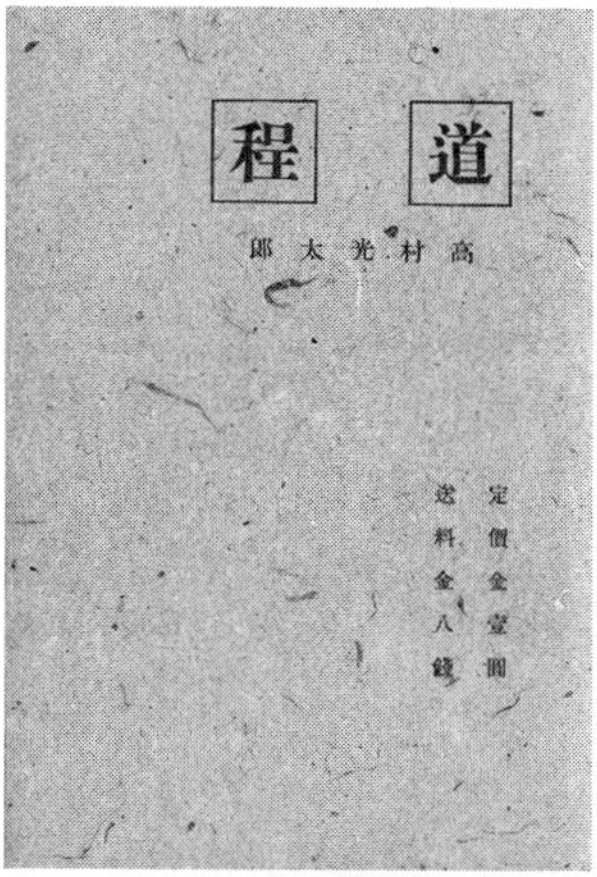

『道程』表紙

婚生活に入り、放蕩《ほうとう》時代に終止符を打つのである。
この年の一〇月には生涯の一つの締めくくりとして、最初の詩集『道程』(一九一四)を刊行する。ロダンの訳業に本格的に取りかかるのもこの頃のことである。以後、光太郎は翻訳の原稿料と父光雲から依頼される彫刻の下請け仕事で生活費を得ながら、ロダンによって示された真の彫刻の勉強を自分だけで続けていくことになる。

「道程」におけるロダンの影

「道程」は詩集『道程』の中の代表作である。青年が自立して自分の道を生きようとする決意を表明した清々《すがすが》しい詩として親しまれているが、ここで当時の光太郎の置かれていた状況を考えながら読み直してみよう。

僕の前に道はない
僕の後ろに道は出来る
ああ、自然よ
父よ
僕を一人立ちにさせた広大な父よ
僕から目を離さないで守る事をせよ
常に父の気魄を僕に充たせよ
この遠い道程のため

この遠い道程のため

「僕」は「自然」に対し「父よ」と呼びかけている。この自然が、日本的な〝母なる自然〟ではなく、〝父なる自然〟である点がまず注目される。

ところで、光太郎がロダンによって近代彫刻に目覚め、父光雲に代表される日本の彫刻界を否定したことはすでに述べた。だとすれば、光太郎にとってロダンは、「旧弊な彫刻師高村光雲に代わるべく出現した父性像」(平川祐弘「高村光太郎と西洋」)としての意味を持つだろう。そしていま、光太郎はロダンによって示された近代彫刻の道を一人で歩もうとしている。そのロダンは何よりも自然の理法に学んだ彫刻家で、自ら「ナチュラリスト」と称した。光太郎の彫刻観における理法としての〈自然〉の概念にロダンの影響があることは、吉本隆明氏の指摘にもあるとおりだが、そうしたこと一切を考え合わせると、「父＝自然」のうしろにロダンの影が透けて見えてくるのではないだろうか。

実際、「ロダン程、円く、大きく、自然そのものの感じを私に起こさせる芸術家は、ルネサンス以降に無い」(「ロダンの死を聞いて」)と光太郎は後年、述懐しているが、それほど彼にとってロダンは自然に近しい芸術家だったのである。

では「道程」を発表した頃、光太郎がどのような心境にあったかを、もう少し詳しく見てみることにしよう。同じ頃に書かれたエッセイで、

「来るべきところへ来た。行くべきところへ行かないでは居ないだろう。」これが正直な、私自身の現状に対して私の有っている心である。私の歩いて来た道は随分多岐であった。（……）そして、其がある法則の下にちゃんと縒《よ》れ合って大きな一本の道に為りつつある事を現在に強く感じている。私は自分の伸びる時が刻々に近づいて来るのを予感せずには居られない。

（「文展第二部に連関する雑感」）

と心境を語っている。また、別の文章では彫刻と自分との関係を述べて、

私は自然を信ずる。そして自然の広大と微妙と深奥とにいつも新らしく驚かされて居る。自然というのは眼前に動いている万象と共に、その万象を公約する永遠の理法（例えば因果律其他）、其の永遠の理法の一源たる宇宙（世界の総体）の意志をいうのである。自然が何を為《し》ようとしているかを計画のように知る事は出来ない。（……）その為ようという意志を私は私自身の内に感ずる。

（「大正博覧会の彫刻を見て所感を記す」）

と高揚した調子で書いている。そして、「自己の内に自然の意志を感ずる」ことのできる芸術家のみが「動き流れる自然の命」をとらえ、「自然の命と有機的な関係のある」作品を作ることができるのだと述べ、さらに、「私自身の内に自然の意志をだんだんはっきり感じられて来た」とまで言ってい

るのである。

すなわち、光太郎はこの時期、宇宙に秩序を与え万象の生成流転《せいせいるてん》の運動を司《つかさど》る自然の力を、また自分を超えた大きな神秘的な力の意志を自己の内に感じ、万物に命あらしめる自然の生命力にあずかることよって、自分の彫刻の本道を確立していこうという自覚にいたっていた、ということが見てとれるだろう。

「道程」はまさしく、芸術家としての自己確立の決意表明ともいえる詩である。その孤独で困難な道を行くにあたって、光太郎は精神的父であるロダンに、自分を見守っていてほしいと呼びかけ加護を求めている。「道程」はそのように読めるのではないだろうか。ここで、ロダンは西洋的父性であり、意識的自己であり、理法としての〝父なる自然〟である。そのことは、かつて「秒刻」の詩でよまれた、渾沌《こんとん》へと呼び戻す存在としての無意識のなかの母、〝母なる自然〟と対照してみると、きわめて興味深く思われる。

光太郎によるロダンの翻訳・紹介

大正時代に、近代ヨーロッパの芸術や美術思想が西洋文化摂取の一環として進歩的な文学者たちによって紹介されるようになるにつれ、ロダンは文学運動の流れのなかで多く取り上げられようになった。なかでもロダニズムの鼓吹《こすい》に貢献したのは、白樺派だった。

文学畑でも、すでに島村抱月《ほうげつ》が「欧州近代の彫刻を論ずる書」(『早稲田文学』明治四〇年)においてロダンの自然主義と生命の芸術について紹介していたが、『白樺』が創刊されるや、ロダン七十歳の一九一〇年（明治四三）には日本で初のロダン特集号が、一九一七年一一月にロダンが死去すると翌年明けには追悼号（大正七年一月号）が企画されるなど、ロダンの名は知識人のあいだに急速に浸透していった。そうしたなかで、一躍ロダンの名を広く知らしめたのが、光太郎による翻訳紹介だった。

光太郎の訳業は、イギリスの詩人であり評論家でもあるアーサー・シモンズの「ロダン論」を『現代の洋画』の特別号（一九一四）に掲載したのを皮切りに、ロダン自身の唯一の著作である『フランスのカテドラル』の部分訳や、晩年のロダンと親交を持った文筆家のジュディット・クラデル、美術評論家のカミーユ・モークレール、ギュスターヴ・コキヨ、ポール・グゼル、あるいはロダンの秘書兼翻訳者を務めたことのあるフレデリック・ロートンなどの著作に収められた、ロダンの言葉の筆録から抜粋訳をして、『アルス』や『帝国文学』などの雑誌に発表する、というかたちで進められた。そうした記事は、のちに『ロダンの言葉』（一九一六）や『続ロダンの言葉』（一九二〇）としてまとめて刊行され、芸術を志す若者たちの必読書となったばかりか、一般知識人に広く読まれたのである。

高村豊周は次のように書いている。

上野の美術学校では、主だった学生はみなあの本を持っていて、クリスチャンの学生がバイブルを読むように、学生達に大きい感化を与えている。実際、バイブルを持つように若い学生は『ロダンの言葉』を抱えて歩いていた。その感化も表面的、技巧的ではなしに、もっと深いところで、彫刻のみならず、絵でも建築でも、あらゆる芸術に通ずるものの見方、芸術家の生き方の根本で人々の心を動かした。(……)ロダンという一人の優れた芸術家の言葉に導かれて、人々は自分の生を考える。(……)だからあの本の影響の範囲は思いがけないほど広く、まるで分野の違う人が、若い頃にあの本を読んだ感動を語っている。

(『定本　光太郎回想』)

また、一九二四〜二五年(大正一三〜一四)頃に彫刻を学び始めたという本郷新《しん》は、次のように回想している。——当時の彫刻界は、一方にラグーザの流れを汲む、日本の彫刻に輸入され日本的嗜好に変貌した洋風彫刻と、また一方に木彫の伝統的な技法であたかも仏像や置物を作るかのごとく裸体や動物を作る摩訶《まか》不思議な彫刻とがあり、それがアカデミズムの主流を占めていた。そのなかにあって、西洋近代彫刻の本質的何かをつかんで帰ってきた高村光太郎や藤川勇造《ゆうぞう》など、ごく少数の彫刻家がアンチテーゼをなし、とくに光太郎は彫刻界の封建的仕組みから一人超然と孤高を守っていた。その光太郎の『ロダンの言葉』は若い者に非常な刺激を与えた。のみならず、光太郎は若い者に極めて親切でいろいろな意見をいってくれた(「日本の近代彫刻に持ち込んだ造形の原理」)。

それでは、こうした訳業を通して光太郎はロダンから何を学び、いかなる影響を受けたのだろうか。まず第一に挙げられるのは、西洋彫刻の技術的な知識や専門的な概念である。たとえば、動勢(mouvement)、肉づけ(model)、増盛(amplification)、刳型《くりがた》(moulure)など、日本語で訳語をみつけるのさえ一苦労な専門語とその概念、そして何より、彫刻はマッスで表現される第三次元的な立体芸術である、という造形の原理がもたらされたのは、光太郎によってであった。さきの本郷新は、彫刻といえばモデルを丸写しにするか、玩具じみた細工ものをこしらえるかであった当時の彫刻界にあって、彫刻が量と組み立てをもった芸術であるという概念や、空間における形を意識的に知的に操作して造形するという彫刻の原理をもたらした光太郎の貢献がいかに大きかったかを、指摘している。

彫刻は、彫刻以外の要因（絵画的要因や装飾性、作品の含有する物語性など）によって評価されるべきではない、という考え方も、ロダンと西洋彫刻の研究から光太郎が学んだことである。光太郎はある時期、さかんに彫刻から文学性を取り除くということを主張し、自分の青年時代の作品があまりにも文学趣味であったことを反省しているが、それは、彫刻作品が造形芸術であるためには、物語や感傷性などの要因から独立して、それ自体がマッスと構造をもった一個の造形作品でなければならない、ということをいっているのだろう。

第二として、光太郎が最も影響を受けたのは、ロダンの自然主義と生命の芸術論である。ロダンは自然の探究を通して造形の理法に到達した芸術家である。「自然は決してやり損なわない。自然はいつでも傑作を作る。此こそわれわれの大きな唯一の何につけても の学校だ。他の学校は皆本能も天才もないものの為に出来たものだ！」、あるいは「芸術に於て、人は何も創造しない！　自分自身の気質に従って自然を通訳する。それだけだ！」（『ロダンの言葉』）などの言葉は、自然から学ぶことを鉄則とするロダンの姿勢をよく示している。

ロダンにとって芸術とは自然の研究であったが、それは自然の釣合《つりあい》や調和の原理を理解することを意味した。芸術家とは、自然を観察することによって宇宙の理法や物の内面的本質を捉えることのできる人のことだった。そして創作とは、単に自然を模写することではなく、自然の本質的理解にたって自然のもつ生命力を表現することに他ならない。「彫刻に独創はいらない。生命がいる」とロダンはいう。自然の生命こそが美しく、真実だからである。

こうしたロダンの芸術観は、光太郎の芸術論にそのまま血肉化された。たとえば光太郎は文展の彫刻部門の評論で、「私は生《ラ・ヴィ》を欲する。ただ生《ラ・ヴィ》を欲する」といって作品の生命の有無を価値基準にする芸術観を展開したり、奈良や京都の古代の木彫が優れているのは、「唯自然に従ったまで」であり、「自然をよく見て会得《えとく》」し、「人体の理法」を研究したからだ、と述べている（「文展の彫刻」）。また「芸術は精力」である、芸術には「自然界に充満する此の素晴しい精力が無くては駄目」であり、「人間精神の最も熾烈な顕現が芸術」なのだ、ともいっている（「文展分評、彫刻」）。こうした言葉はロダン自身の言葉かと見まがうばかりである。

ロダンにおいて芸術は自然の賛歌そのものだった。そしてその自然主義的芸術観は、「自然と寛容さはわれわれに感謝の念を起させる。此の感謝の表現が芸術である。自然に向かって愛と讃嘆とに満ちた人間の自然礼拝が芸術である」、あるいは「芸術は此の自然の大宗教の調和ある儀式である」、などの言葉にも表われているように、ある種の宗教的領域に達していた。彼はこうも言っている。

> （宗教というものは）宇宙的法則を維持し、又万物の種を保存する「知られぬ力」の礼拝です。「自然」の中で（……）われわれの肉眼でも心眼でも見る事の出来ないものの無辺世界の推測です。其

れは又無限界、永遠界に向っての、窮《きわま》り無き知恵と愛に向ってのわれわれの意識の飛躍です。（……）真の芸術家は、要するに、人間の中の一番宗教的な人間です。

（『ロダンの言葉』）

ロダンのこのような自然との親和性や宗教観は、古来、自然との融合に美的・宗教的境地を求めてきた日本文化の伝統に馴染《なじ》みやすいものでもあった。それこそ、ロダンが光太郎はじめ大正期の知識人に広く受容されたゆえんでもあろう。

古典と伝統の再発見

光太郎がロダンから学んだ第三点として、古典と伝統の再発見が挙げられよう。ロダンはその芸術観にエジプトやギリシャの古代彫刻の研究を通して到達した。古代芸術が偉大であるのは、古代人が自然の真摯《しんし》な観察者であり、その自然観察の熟達によって物事の本質を把握し、そして生命を訳出することができたからだ、とロダンは考える。彼はそのような理想の実現を、フランスにおいてはゴチック教会建築に見いだした。

調和は、生体にあっては、互いに退《ど》かし合う容積《マッス》の拮抗の釣合から生ずる。本寺は生体の例にならって建てられて居る。其の和合、其の平衡は明確に自然の秩序に属し、普遍的法則を持って居る。此等の不思議な建築物を築き上げた大家達は一切の知識を持って居て又其を応用する力があった。彼等は其を自然の、原始の泉から汲んだからである。又知識が彼等の中で生きて居たからである。

（『ロダンの言葉』）

「ゴチックは石に移された、又石に見い出された自然」である、とロダンはいう。しかもゴチック教会建築は、その優美さ、力強さ、調和によって、建築全体が一つの自然であり、一つの生き物のようでもある。それは、ギリシャ彫刻や神殿が地中海の自然から生まれたように、何よりもフランスの自然の中から生まれたものなのだ。「本寺は国土の綜合である。（……）岩石、庭園、北国の太陽、其等の一切は此の巨大な体の中に縮写されて居る。われわれのフランスは　悉《ことごと》くわれわれの本寺の中にある。ギリシヤが悉くパルテノンの中に縮写されて居るように」、ともロダンは言っている。

また、外壁には聖なる歴史が彫刻され、内部にはオルガンが響き、ステンドグラスを通して陽光が差し込み、人々を神秘な世界に導く中世教会芸術は、総合芸術であると同時に、「圧縮された世界そのもの」でもある。「ゴチック芸術こそ、フランスの感知し得る、触知し得る魂である。フランス雰囲気の宗教である！」。このような言葉は、いかにゴチック教会建築がロダンにとってフランス文化のエッセンスであり、フランスの魂そのものであったかを示していよう。

ロダンは美の本質を問い、古代彫刻やゴチック教会建築など過去の偉大な芸術を研究する過程において、フランス文化・芸術の源泉にたどり着いたわけだが、ロダンにおける民族固有の文化や伝統の再評価は、ロダンを師として西洋彫刻の勉強をしていた光太郎に、自国文化の見直しを迫らないではいないであろう。

さて第四として、自然主義的芸術観と伝統文化の再評価と関連し、美の本質の普遍性という考え方が注目できる。ロダンは時代や場所を問わず、どの民族も自然の綿密な研究によって物事の本質を理解し、その基本の原理に基づいて創作するとき、民族の気質にしたがって固有の偉大な芸術を生みだすことができる、と指摘した。また、たとえ表現の方法は異なっても、美の本質は普遍である、と主張した。たとえばシャルトル大聖堂とカンボジヤ民族舞踊とでは、形式は異なるが、にもかかわらずその両者ともが宗教的美的感動をもたらすことについて、ロダンは次のような考察をしている。

あらゆる時代のあらゆる人間の美しい表現の間に於ける相似性は、芸術家にとって、自然の統一に対する深い信念を肯定させ又感激させる。種々の違った宗教は、此の点で一致しつつ調和ある大きな手話法《ミミック》の訶護《かご》者のようなものであった。此の手話法によって人性は其の歓喜や、其の苦痛や、其の確信を表現する。「極西」と「極東」とは、芸術家が人間の本質的なものを以て人間を表現した其の最高の製作に於いて、此所で互に接近しなければならなかった。（同右）

西洋も東洋も美の本質は変わらない、表現の方法が異なるのだ、というわけである。光太郎は芸術における世界性（普遍性）と地方性（民族性）ということを問題にし、西洋文化に対し日本文化が普遍性を持ちうるかどうか、持つとしたらどのような点においてか、ということに関心を持っていくが、そこにロダンからの影響を見逃すわけにはいかない。

最後に挙げておきたいのは、芸術家の在り方である。ロダンは次のようにいう。

天才人とは外でも無い、本質の知識を持っていて、其を完全の域に到達した手業で作り出す者の事です。本質的人間の事です。

真の芸術家は創造の原始的原理に透徹しなければならぬ。美しきものを会得することによってのみ彼は霊感を得る。決して彼の感受性の出し抜けな目覚めからではなく、のろくさい洞察と理解とにより辛抱強い愛によって得るのである。心は敏捷であるに及ばぬ。なぜといえばのろい進歩はあらゆる方面に念を押す事になるからである。（同右）

これらの言葉は、ロダンがいかに一瞬の霊感（インスピレーション）ではなく、こつこつとなされる日々の辛抱強い手仕事を大事にしたかを語っている。

ロダンはアカデミズムに抗し、世間の無理解と非難に激しく戦いながら、自分が正しいと信じる彫刻の本道を進んできたが、晩年には、個々の芸術家は幾世紀を経て脈々と続く美の伝統の「大きな連鎖の中の一つの鎖の輪」にすぎない、という境地にいたる。そして、そのような芸術を残した人々の魂の状態に自らも連なろう、と思うのである。最晩年、彼は後に続く若い芸術家たちに、次のような言葉を残している。

辛抱です！　神来を頼みにするな。そんなものは存在しません。芸術家の資格は唯智恵と、注意と、誠実と、意志とだけです。正直な労働者のように君達の仕事をやり遂げよ。君達の先輩を模倣せぬ様に戒めよ。伝統を尊敬しながらも、伝統が含むところの永久に実あるものを識別することを知れ。それは「自然の愛」と「誠実」とです。此は天才の二つの強い情熱です。天才は皆自然を崇拝したし又決して偽らなかった。かくして伝統は君達にきまり切った途から脱け出る力になる鍵を与えるのです。伝統そのものこそ君達に絶えず「現実」を窺ふ事をすすめて或る大家に盲目的に君達が服従する事を防ぐのです。（同右）

このようなロダンの芸術観や人生観は、日本の彫刻界に反旗を翻《ひるがえ》して孤独のうちに道を究めていく光太郎にとって、大きな拠り所となったに違いない。と同時に、美の源泉に立ち戻りそこから新たに汲み取ろうとするロダンの創作態度は、光太郎をして日本の伝統文化に立ち帰らせることにもなるのである。

岩石のような性格

光太郎はアーサー・シモンズの『ロダン論』から『続ロダンの言葉』にいたるまで、働き盛りの大半をロダンの訳業にあてた。その後も、評伝「オオギュスト・ロダン」（一九二七）を著《あらわ》したり、美術書に作品解説をしたりと、ロダンからは長期にわたり多くのことを学び、さまざまな影響を受けている。ではその間、光太郎のなかでロダンに対する評価、あるいはロダン像はどのように変わっただろうか？

ロダンを訳し、古典彫刻や文化の伝統について思索していく過程で、もともと彫刻といえば仏像が主流、人体の裸像の美を表現し、鑑賞する伝統のない日本で、いかなる裸婦像が可能かという疑問が起こり、ロダン流の裸婦彫刻をやることの意味がわからなくなったとしても不思議ではない。皮肉なことに、ロダンに傾倒し、ロダンに学べば学ぶほど、日本という国で自分が一個の独立した芸術家になるためには、自分が根づくべき伝統に立ち戻らなければならない、という必然性を光太郎は強く感じていく。かつてロダンの強い影響下に彫刻家の道を歩みはじめた荻原守衛が、エジプト彫刻の研究を経て、ついには日本の奈良時代の仏像彫刻を再発見したように、光太郎もまた、日本で真の近代彫刻を打ち立てるために、日本固有の伝統と古典の見直しを迫られていたのである。

実際、光太郎はロダンに対し、次第に距離をおいていくようになる。「ロダンの死を聞いて」（一九一八）において、「私自身の性情から考えると、私自身の今後の仕事は、恐らくロダンのと非常に違った傾向に向かうだろうと思っている」と、ロダンからの離脱を予感させた光太郎は、『続ロダンの言葉』の序文では、ロダンからの離別後を見据えたように、こう書いている。「私が今後どの位ロダンと離れた道を行くようになろうとも、ロダンは永久に私の心の中に高く聳《そび》えているであろう。そして常に私の感謝の対象となるだろう。ロダンを心に持つ事はやがて私を不断の幸福に導く事と思う。」

長詩「雨にうたるるカテドラル」はこのような状況のもと、『続ロダンの言葉』刊行の翌年、一九二一年（大正一〇）に発表された。それこそカテドラルのような広がりと荘重さをもつこの詩に関して、本郷新は彫刻的な空間に対する造形意識をもった詩である、といい、高田博厚《ひろあつ》は日本にいて彫刻をすることの絶望的困難を謳ったものである、と指摘し、今橋映子氏は光太郎のパリに対する合体願望と心理的乖離《かいり》の様相を表わしている、と分析している。ともに的を得た解釈だが、この詩を書いた当時の、ロダンをめぐる光太郎の内面の葛藤を考慮するなら、もう少しロダンに引き付けて読み直すことができるのではないだろうか。

パリのノートル・ダム大聖堂、すなわちカテドラルは、実にさまざまなものを象徴する。まず、ロダンにとってそうだったように、自然に学びながら幾世紀にわたって築かれてきたフランス文化の精髄であり、また自然のなかで息づく生命体であり、「石に見い出された自然」である。あるいは聖母マリアに捧げられたノートル・ダムは女性性を表わしている、とも考えられるだろう。さらに光太郎にとってのカテドラルは、ロダンによって体現されたフランス文化そのものであって、カテドラル＝ロダンという解釈も成り立つだろう。「何千年もの歴史がロダンの中に煮つめられているのを感じる」（「ロダンの死を聞いて」）という言葉からもわかるように、光太郎にとってロダンはフランス文化の体現者であるからだ。

さらにまた、ロダンの死の翌年に発表された「岩石のような性格」（一九一八）という記事では、

わたしは石を思うとまるで酔ったような気持ちになります。あの堅い、重たい、がっしりとして、黙りかえった石の静かさと深さとには魂を奪われます。（……）巴里のノオトルダムの本寺は数百

年来の石の重みで今は殆ど積み重ねられた石と石とが膠着《こうちゃく》してしまって巨大な一つの岩石のような観を呈しています。あの石が、そしてあの石の作る芸術が何《ど》の位フランス人達の偉大性を育《はぐく》み養っています事か。

と書いている。光太郎にとって石の芸術カテドラルは、フランス文化の堅牢《けんろう》性と偉大さを象徴するものなのである。彼は続けて、日本に石の芸術が発達しなかったのは、それを要求する心が国民性に欠けていたからであり、今後、日本人がもっと人間らしい仕事をするには、「岩石のような性格」を強大に育て上げなければならないだろう、と述べている。さらに、これから要求されている人間像として、「石のようにがっしりしていて、（……）常に自然と根を通じ、常に人間以上のものと交渉している人間です。至極《しごく》平凡なような英雄です」と結んでいるのだが、光太郎がイメージしていたのがロダンであることは疑うべくもないだろう。

「雨にうたるるカテドラル」をめぐって

それでは、カテドラル＝ロダンと想定してこの詩を読むと、どのような解釈が可能だろうか？

第一連では、「わたくし」のカテドラルへの思慕《しぼ》の思いが吐露《とろ》される。

おう又吹きつのるあめかぜ。
外套の襟を立てて横しぶきのこの雨にぬれながら、

あなたを見上げているのはわたくしです。
毎日一度はきっとここへ来るわたくしです。
あの日本人です。
（……）
ただわたくしは今日も此処に立って、
ノオトルダム　ド　パリのカテドラル、
あなたを見上げたいばかりにぬれて来ました、
あなたにさわりたいばかりに、
あなたの石のはだに人しれず接吻したいばかりに。

「雨にぬれながら」「あなたを見上げている」わたくし、「毎日一度はきっとここへ来る」「あの日本人」、「まだこの土地の方角が分か」らないのに、「あなたの石のはだに人しれず接吻したいばかりに」嵐の中をやってきたわたくしは、ロダン彫刻への燃えるような思いを抱きながらパリにやってきた若き苦学生、展覧会や美術館でロダンの彫像に感嘆していた日本人彫刻家、青春時代の光太郎の姿そのままである。

第二連では、雨風にさらされるパリの美しい街が描写され、「嵐はわたくしの国日本でもこのようです。／ただ聳《そび》え立つあなたの姿を見ないだけです」と結ばれる。それは美術界に吹き荒れる嵐と、そのなかで泰然自若《たいぜんじじゃく》と立っているロダンの姿と重なり、さらに日本の美術界におけるロダンに匹敵する芸術家の不在が暗示されている。

第三・四連で、嵐のなかのカテドラルの描写はますます精緻《せいち》になる。「平手打ちの風の息吹をまともにうけて」そびえ立つノートル・ダム、「この悲壮劇に似た姿」を目にして「はるか遠くの国から来たわかもの」の胸は締めつけられる。この嵐に打たれる「岩のような山のような鷲のようなうずくまる獅子のような」カテドラルは、世間の無理解と非難の嵐を受けながら、地道に仕事を続けてきた巨人、ロダンの姿を彷彿《ほうふつ》させずにはいない。

第五連では、「八世紀間の重みにがっしりと立つカテドラル、／昔の信ある人人の手で一つづつ積まれ刻まれた幾億の石のかたまり。／真理と誠実との永遠への大足場」と、風雪に耐え、時代から時代へと受け継がれてきた伝統の結晶としてのカテドラルが描かれる。そして、「あなたはただ黙って立つ、／吹きあてる嵐の力をぢっと受けて立つ。／あなたは天然の力の強さを知っている、／しかも大地のゆるがぬ限りあめかぜの跳梁に身をまかせる心の落着を持っている」という詩句によって、その伝統の継承者としてのカテドラル＝ロダンがイメージされる。

さらに連想はヴィクトル・ユゴーの小説『ノートル・ダム・ド・パリ』の、美しいエスメラルダと、彼女を慕う醜いせむし男、カテドラルに潜むクワジモトに移る。「あの怪物をあなたこそ生んだのです」とされるクワジモトは、フランス彫刻界には連なれず、日本彫刻界では〝鬼っ子〟となってしまった光太郎自身を暗示しているのだろう。それに対比される、「あなたの荘厳なしかも掩《おお》いかばう母の愛に満ちたやさしい胸に育まれて」生まれた、「せむしでない、奇怪でない、もっと明るい日常のクワジモト」は、ロダンの門下に学び、フランス文化の土壌に才能を開花させたブールデル、マイヨール、デスピオなど、光太郎が彫刻論でよく言及している一連の西洋近代彫刻家を想起させる。

最終連、「吹きつのるあめかぜの急調」、「そのまわりに旋回する乱舞曲」のなかに、カテドラルは「黙り返って聳え立つ」。そして詩はこう結ばれる。

あなたの角石《かどいし》に両手をあてて熱い頰《ほ》を
あなたのはだにぴったり寄せかけている者をぶしつけとお思い下さいますな、
酔える者なるわたくしです。
あの日本人です。

「あなた」の石肌に、陶然と身を寄せている若者は、ロダンの彫刻に陶酔した若き日の光太郎である。しかしいま、カテドラルのまわりを旋回する嵐の乱舞曲には、ロダンを取り巻く世間の批判の嵐とともに、ロダンをめぐる光太郎の心の嵐が重なって聞こえてくるのではないだろうか。するとこの日本人の姿には、燃える思いを抱いた昔日の光太郎と、ロダンからの離脱を決意した現在の光太郎とが重なり、その複雑な胸の思いがかいま見えるように思われるのである。

この詩は、当時の光太郎の内面状況を視野にいれるなら、ロダンに捧げたオマージュであるとともに、惜別《せきべつ》の詩でもある、といえるのではないだろうか。
このような解釈を許す、もう一つの根拠を挙げておこう。この詩を発表して三年後に書かれた「工房よりⅢ」（一九二四年九月一三日稿）である。このなかで光太郎は、マイヨールの優美な彫刻が日本人に分かりやすいのに比べてロダンの彫刻は分かりにくいこと、にもかかわらず、マイヨールの芸術を一つの天体とするなら、ロダンの芸術は「宇宙系」のごとく偉大であることを指摘し、しかし、ロダンの真価が本当に理解されるには現在行われている浅博《せんぱく》な理解を遠ざけねばならない、と述べて次のように続けている。

ロダンを思う度に私は雨に打たれるカテドラルを思う。ロダンに幻影を感じている者は早くその幻影をふり棄てねばならない。正直にロダンから一旦去らねばならない。そうすれば始めてわれわれの間にロダンの美の本当に分かって来る機会が近づくのである。

ここにもカテドラル＝ロダンの観念連合と、ロダンへの敬意、そして脱ロダンの必然性が表明されているのである。
そしてこれに呼応するように、同年同月、それまではロダンに習い西洋彫刻を勉強してきた光太郎が、それこそ「ロダンの幻影」を振り払うがごとく、日本の伝統彫刻である木彫を本格的に制作する決意をして、木彫小品頒布《はんぷ》会を発表するのである。

かつてフランスでロダン彫刻に深い感銘を受け、父光雲を否定、すなわち最初の父親殺しをした光太郎は、「道程」においてロダンを精神的父と仰いだ。それは日本にあって伝統を否定し、近代的彫刻家として自己確立するには必然的なことでもあっただろう。しかし、ロダンの訳業を通じて芸術について思索する過程で、他ならぬロダンによって伝統の再評価を迫られる。そしてついにロダンからの離脱を、すなわち第二の父親殺しを成し遂げるのである。ロダンに捧げられたオマージュであると同時に、惜別の詩でもある「雨にうたるるカテドラル」は、それを象徴的に物語っている。ロダンを乗り越えること、それは何より、自分自身になるために、日本の彫刻家としてアイデンティティーを確立するために必要だったのである。光太郎は以後、文化の伝統に根付きながら日本独自の近代的彫刻を打ち立てようと模索を続けるであろう。

2 「智恵子」——西洋的愛の試み

ロダンを精神的支柱に、孤独のうちに西洋文化を学び、それによって近代的な自己確立をしようと努める光太郎を、感情的に支えたのが長沼智恵子（一八八六～一九三八）であった。二人は一九一一年（明治四四）に知り合い、一九一四年（大正三）から生活を共にするようになった。智恵子はしかし、一九三一年（昭和六）頃から精神に異常をきたし、療養のかいなく、一九三八年（昭和一三）にこの世を去る。その死後三年たって刊行された、亡き妻に捧げた詩集『智恵子抄』（一九四一）は、美しい夫婦愛のモデルとして日本中を深い感動に包んだのだった。

『智恵子抄』は、二十七年間におよぶ智恵子との関係のなかで生まれた詩作品のなかからおよそ三十篇の詩と、うた六首を選び、それに散文の「智恵子の半生」と「九十九里浜の初夏」を書き加え、さらに智恵子の切抜絵作品の写真を載せて編集した詩集である。『智恵子抄』は、第一期（一九一二～一四年）の恋愛詩、第二期（一九二三～三一年）の清貧の美学に浸された芸術家夫婦の生活をよんだもの、そして第三期（一九三五～三八年）の狂気時代、さらに第四期（一九三九～四一年）の智恵子没後の詩、の四つの時期に分けて考えられる。

『智恵子抄』については、これはあくまで文学作品であって、詩にうたわれた「智恵子」との愛情生活と現実の二人の関係が必ずしも一致しないことが、すでに研究者たちによって指摘されてきた。たとえば吉本隆明氏は、『智恵子抄』は相聞歌《そうもんか》の様相をとっているが、光太郎の側からの一方通行にすぎない、と指摘し、角田《つのだ》敏郎氏は、智恵子は『智恵子抄』の世界を成立させる触媒《しょくばい》だった、と論考している。またフェミニズムの立場からは駒尺《こましゃく》喜美氏により、「智恵子」は男の側から作られた虚像であって、二人の関係が決して相互的な関係でなかったことが糾弾されている。にもかかわらず、智恵子が光太郎にとって重要な女性であった

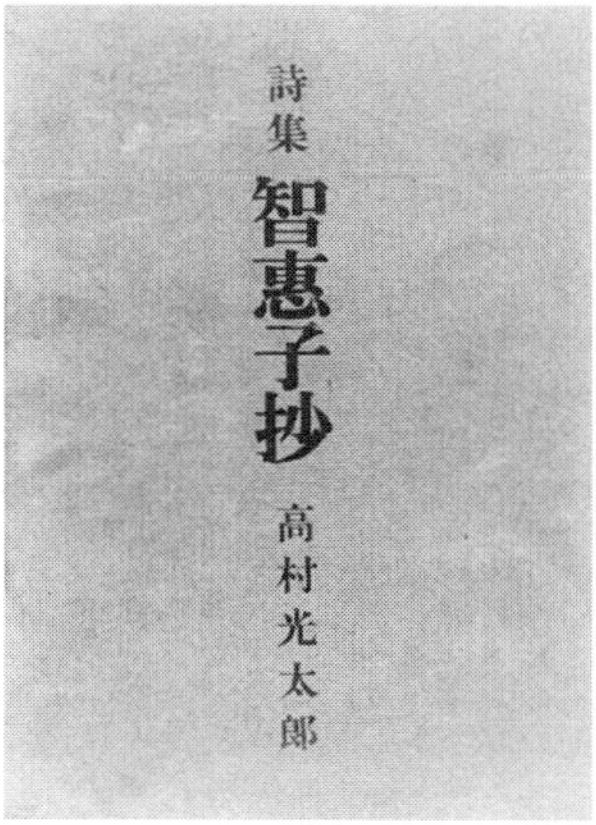

『智恵子抄』

ことは、否定しがたい事実なのである。

それでは、西洋的な自己確立の過程にあった光太郎にとって、智恵子が彼のどのような内的要求を担い、その想像世界の構築にどのようにかかわったかを、出会いから新婚時代について、『智恵子抄』前半の詩を中心に検討していくことにしよう。なお、カッコ付きの「智恵子」は光太郎のイメージする智恵子を示すものとする。

デカダンス時代

光太郎がフランス留学中は感覚と官能の成熟を経験しながら、人種的・文化的劣等感のゆえか、自我意識の発達した西洋の女性を恋愛相手にするほどには自己確立ができていなかったせいか、アニマ像を現実の女性に投影することができなかったことは、すでに考察した。では、帰国後の光太郎はどうだろうか?

日本の美術界の現状に嫌気のさした光太郎は、帰国後、吉原《よしわら》河内楼《かわちろう》の若太夫《わかだゆう》やよか楼のお梅さんなどの芸妓《げいぎ》を相手に、デカダンス時代を過ごしていた。この頃の作品には、モナ・リザと名づけた若太夫をモデルにした詩をはじめ、女性をテーマにした官能的な詩が多い。そこには、異性に対する恋情と憧憬、嫌悪と恐怖というアンビヴァラントな感情がよまれている。

たとえば、モナ・リザに捧げた詩群の LES IMPRESSIONS DES OUONNAS(一九一〇)では、フランス語を交えながら、謎めいた女の誘惑、罪と官能、といったテーマが世紀末的な雰囲気のなかに展開する。官能によって男の心を侵蝕し、男に対し邪悪な力を発揮する女、悪しきもの=女、という同様のテーマは「亡命者」（一九一二）や「侵蝕」（一九一二）にも繰り返される。これは留学中に親しんだ一九世紀のフランス詩に特徴的な「宿命の女（ファム・ファタル）」のテーマを、場所を日本に移し変え、モデルとなる日本女性を得て作品化したものだろう。

女性ないし官能のテーマは、生命力の発露としての性欲とも無関係ではない。「新緑の毒素」（一九一二）では、「狂ほしき命の力」が世に満ち、「地殻より湧き出づる精液の放射」がすべてに染みわたり、生きとし生きるものが発情する、息苦しいほどの生命の過剰がうたわれる。それはさらに、「夜半」（一九一二）や「けもの」（一九一二）においては性欲の獣性ともなって現れる。「夜半」では、年増女の肉欲に翻弄《ほんろう》される「わが官能の泣きわらひ」が、女への嫌悪感と自嘲をこめて描かれ、「けもの」では、限りない欲望をもって執拗に男に迫る「いまわしい」女は、ついに「けもの」と呼ばれるのだが、女がけものなら、その女に欲情する男もまた、けものでなくて何であろう。

愛を欠いた性は鬱屈《うっくつ》し、精神を欠いた欲望は倒錯にいたる。「ビフテキ」（一九一二）では食欲と性欲、女と血が結びつけられ、性はサディズムの色調を帯びてくる。そうして、ナイフで切られフォークでさされて「薄桃いろに散る生血」から、皿に盛られたヨハネの首からしたたる血が連想される。フランス世紀末の文学・芸術作品に尽きせぬ霊感を与えた、宿命の女＝サロメへの言及である。「恐怖」（一九一二）もまた、はだかの女、真っ赤な血、殺人、というサディスティックな詩で、光太郎の脅迫観念をかいま見せている。

光太郎はしかし、女性への嫌悪と恐怖を表明する一方で、女性への真摯な恋情と、女性による救済の希求をもうたっている。たとえば「祈祷」（一九一二）は、聖母マリアへ捧げた祈りである。このなかで光太郎は、キリスト教に感銘を受けながらも信仰するにはいたらない異教徒である「我」を、聖母の前に「いと卑しき者」「いと貧しき者」と卑下し、次のように呼びかけている。

すべてを恵《めぐ》むこころを以て、事を糺《ただ》し給ふ事なく唯憐れみをかけ給へ。
内界の母、霊魂の故郷《ふるさと》を思ふ事切なるものを。
願はくはあたたかに我を包み給へ。
安らかに我をして爾《なんじ》の懐に泣かしめ給へ。

まるでヴェルレーヌを思わせるような詩ではないか。光太郎は青年時代、キリスト教にも関心をもった時期があった。フランスの滞在経験が、光太郎のうちにキリストの母なる聖母マリアへの関心を養ったことは十分に考えられる。とはいえ、異教徒を自認する光太郎が、「我」という文学的虚構を借りたにせよ、ここで聖母に対する信仰ないし思慕を告白しているとは思われない。むしろ文学的題材として聖母を取りあげたとみる方が自然だろう。にもかかわらず、フランス文化に対する傾倒が、聖母＝魂の救済を仲介する者としての女性、というきわめて西洋的女性観を光太郎の意識のなかに植えつけた、ということは確かだろう。

実際、一九世紀のフランス文学ほど、イヴとマリアに二分される女性観、すなわちアダムを誘惑し楽園からの失墜と原罪の原因を作ったイヴと、その系譜である官能で男を誘惑し破滅へと導く罪の女たちとを一方の極みとするなら、キリストに取りなしをする者としての聖母、魂の救済を仲介する者としての永遠の女性性をもう一方の極みとする女性観を、さまざまな女性像のうちに展開させた文学はないのである。

女性に対する相反する感情を吐露してきた光太郎だが、彼はまた「泥七宝」（一九一一〜一二）と題された詩篇のなかの小曲で、こうもうたっている。「生まれてより眼に見えぬただ一人を恋ふ／さまざまの人を慕ひて／ただ此の一人の影を追ひける」。そして当時のことを回想して、のちに次のように記しているのである。「私は無意識裡に自分の夢想する一女性の原型的なものを求めて彷徨し、結局現実的には堕落した日々を送っていろいろな女性に会った」（「某月某日」）。

もとより、デカダンス時代の女性たちは詩的感興と性愛の満足をもたらしこそすれ、生涯を託せる相手ではなかった。そしてそろそろ女性遍歴にも疲労した頃、光太郎の眼の前に現れたのが、長沼智恵子であった。

智恵子との出会い

智恵子は一八八六年（明治一九）五月二〇日、福島県安達《あだち》郡の裕福な造り酒屋の長女として生まれた。小学校のときから成績優秀で、一九〇三年（明治三六）、福島高等女学校を卒業すると、上京して日本女子大学予科に入学。翌年、家政学科に進学した。智恵子は色白の童女のような顔だちをし、性格は内気で口数も少なく、非社交的で孤独を好む反面、一途で情熱的、勝ち気なところもある娘だった。女子大生時代にはテニスに熱中したり、自転車乗りをした

智恵子（明治45年，26歳）

りなど、快活な面も見せている。

女子大の一級先輩でテニス仲間だった平塚らいてうは、智恵子の打ち込む球は「まったく見かけによらない、はげしい、強い球で、ネットすれすれにとんでくるので悩まされ」たこと、「まるで骨なし人形のようなな、しずかなひとのどこからあれほどの力がでるのか」不思議だったこと、を語っている（「高村智恵子さんの印象」）。

また女子大の洋画の先生について水彩画を勉強しはじめたのもこの頃で、美術の才能を学校新聞の挿絵や、学芸会やバザーの飾り付けに発揮した。そして一九〇七年（明治四〇）に卒業すると、両親を説得して東京に残り、太平洋画会研究所に通って本格的に油絵の勉強に取り組み、洋画家としての道を歩み始めたのだった。

らいてうは、展覧会などで見かける智恵子が学生時代とはずいぶん変わって見えたと、次のように描写している。

袴《はかま》などはとうにぬぎ捨てて、きものの襟《えり》をぬき、裾《すそ》を長くひいていましたし、髪はわざと無造作に束ね、前髪は額のうえにくずれかかって、そうでなくとも狭い額をなかばかくしています。

こうしてしゃなり、しゃなり歩く智恵子さんの異様なあで姿は、とくにわたしのようなものにはなんとなく不自然に見えて正直のところあまり好感がもてないものでした。しかし、これがこの人からすれば自分自身への美の追求であり、一つの芸術的表現であったのかもしれません。（同右）

一九一一年（明治四四）にらいてうが女性のための雑誌『青鞜《せいとう》』を刊行した時、創刊号の表紙絵を制作したのは智恵子だった。彼女は青鞜社の女性解放運動に積極的に参加することはなかったものの、その周囲をとりまく「新しい女」たちの一人だった。

画家の津田青楓《せいふう》が描写している智恵子の様相、「ふだんに銘仙の派手な模様の着物をぞろりと着て」、「着物の裾からいつも真赤な長襦袢《ながじゅばん》を一二寸もちらつかせて」、「そろりそろりとお能がかりのように歩」く姿も、「物静かで多くを言わない」のに「時々因習に拘泥《こうでい》する人々を呪うように嘲笑する」話ぶりも、あるいはまた、「彼女は真綿の中に爆弾をつつんで、ふところにしのばせているんじゃないか」という印象も、この頃の彼女の雰囲気をよく伝えているのではないだろうか（『漱石と十弟子』）。

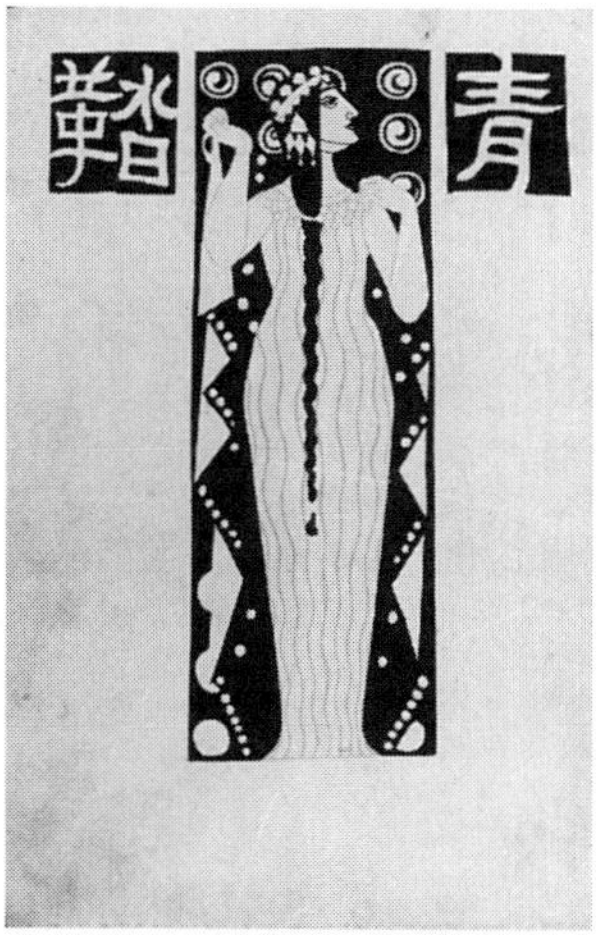

『青鞜』創刊号表紙

また、松島光秋氏は画家の小島善太郎からの聞き語りとして次のように伝えている。「長沼智恵子さんはディレッタントで、気ままな人、気位が高くてだれとも口をきかなかった。おぼれる性質があり、リアルとして掘り下げる力がなかった。ごく小柄な人で、色はとにかく白かった」。画家の目から鋭く智恵子の一面をとらえた観察である。ついでながら光太郎については、「高村光太郎氏は背の高い人で、男らしかった。書生肌で、紺絣《こんがすり》の着物にたて縞の袴をはいていた。素朴であり、きびきびしていた。ヒューマニスティックな人であった。磊落《らいらく》なコスモポリタンという感じもした。酒びたりになっていたが、厳格的、意思的な彫刻を造っていた。しかし、頭脳的に視野が広すぎたので、彫刻一途に打ち込めない人だった」と語ったという（『高村智恵子―その若き日』）。出会いの頃の光太郎と智恵子を彷彿《ほうふつ》とさせるではないか。

その智恵子が、女子大の先輩の橋本八重（光太郎の友人で詩人の柳敬助の妻になる女性）に紹介されて、フランスから帰国して以来「緑色の太陽」などの斬新な評論を次々と発表し、世間の注目を集めていた新進気鋭の芸術家高村光太郎を、駒込《こまごめ》林町の光雲邸内のアトリエに訪問したのは一九一一年一二月のことだった。当時、智恵子は画家のアトリエ巡りなどをかなり積極的に行っており、光太郎のところを訪れたのもその一環だった。智恵子はそれ以来、時々アトリエに来ては光太郎の作品を見たり、フランス絵画の話などを聞いていくようになる。翌年六月、光太郎が近くに新しいアトリエを建ててもらい独立すると、智恵子はさっそくグロキシニアの鉢植えをもって新居祝いに訪れた。当時の若い女性にしたらずいぶん積極的な、「新しい女」の面目躍如《やくじょ》のアプローチではある。

高村光雲の御曹司《おんぞうし》で洋行帰りの芸術家ともなれば、若い女たちの、とりわけ自らも芸術を目指す

「新しい女」の、憧れの的だったことは想像に難くない。智恵子の乙女心に、光太郎は気づいていただろうか？　智恵子が新居祝に現れた直後に作られた詩「あをい雨」（一九一二年六月二一日作）では、「誰か待っている／私を待っている、私を――／誰かしらぬが待っている、何処かで／ぬれしょぼたれて、私を――」という書きだしで、これまでに愛した女たちや、文学や歴史のなかのヒロインや、智恵子を連想させる「ミステリアスな南米の花グロキシニア」が列挙され、雨のなかで誰かが何処《どこ》かで自分を待っているのに、誰なのかを特定できない焦燥感がうたわれる。そして、

にくにくしい雨雲のもっと上の方に
何かが居る
もし一度でも見たら
この胸がせいせいしてしまうような
安心して倚りかかれるような
そして私までも自由自在な不思議な力を得られるような
貴い、美しい、何かが居る
そして私を呼んでいる
けれど一体私はどうしよう

と、彼方にいる至高の女性への期待感と、その呼びかけに答えようかどうかと逡巡《しゅんじゅん》する優柔不断《ゆうじゅうふだん》な思いが表現されている。無意識のなかの女性から呼びかけられる詩は「秒刻」などにもあったが、呼びかける女性はここでは〃母なるもの〃ではなく、「貴い、美しい、何か」、天上的存在であることが注目されよう。

この夏、光太郎は初めて智恵子を意識した詩「N―女史に」（七月二五日作）を書いている。のちに「人に」と改題され、内容も手直しされて、『智恵子抄』の巻頭を飾ることになる詩である。

「N―女史に」が書かれた頃、智恵子はもう二十六歳、適齢期をとうにすぎ、画家として自立できるあてのないまま東京にいつまでもいるわけにもゆかず、郷里の医師との縁談を承知しようとしていた。それを知った光太郎が、「いやなんです／あなたの往ってしまうのが」と、呼びかけたのである。

この詩は、黒澤亜里子氏の「智恵子にむかって投げられたひとつの『救命具』もしくは『罠』」（『女の首――逆光の「智恵子抄」』）という分析にもあるように、実に巧妙にできた詩である。このなかで光太郎は「あなた」を、「私の芸術を見て下すった方／芸術の悩みを味わった方／それ故、芸術の価値を知り抜いて居る方」と、芸術家として性格づける。それに対して嫁にいくことを、「あなたは其の身を売るんです／一人の世界から／万人の世界へ／そして、男に負けて子を孕んで／あの醜《みにく》い猿の児を生んで／乳をのませて／おしめを干して／ああ、何という醜悪事でしょう」と、結婚がいかに「理屈に合わない不自然」であるかを説き明かす。

そうしたうえで、「私は淋しい、かなしい」と感情吐露《とろ》し、「あのグロキシニアの／おおきな花の腐ってゆくのを見るような／私を棄てて腐って行くのを見るような／（……）／おまけに／お嫁にゆくなんて／人の男の心のままになるなんて」と、思い出の花グロキシニアを持ちだして女心をくすぐる。そして最後には、「外にはしんしんと雨がふる／男には女の肌を欲しがらせ／女には男こいしくならせるような／あの雨が――あをく、くらく／私を困らせる雨が――」と、官能にまで訴えかける。光太郎は暗に、自分と一緒になれば芸術も恋愛も手に入れられる、とほのめかしているわけである。そうして、智恵子が読むことを十分意識して雑誌に発表する。芸術を諦めて結婚しようかどうか迷っていた乙女心を揺さぶるのは、目に見えるようである。

ところが、この詩のすぐあとに作られた「おそれ」（八月作）では、

いけない、いけない
静かにしている此の水に手を触れてはいけない
まして石を投げ込んではいけない
（……）
私の心の静寂は血で買った寶《たから》である
あなたには解りようのない血を犠牲にした寶である
この静寂は私の生命《いのち》であり
この静寂は私の神である

しかも気むつかしい神である
夏の夜の食欲にさへも
尚ほ烈しい撹乱を惹《ひ》き起こすのである
あなたはその一点に手を触れようとするのか

と、女性によって心の平安を乱されることを恐れる気持ちを表現して、智恵子をめぐって揺れ動く複雑な心境をのぞかせている。

光太郎と智恵子の恋愛は、おそらく智恵子の方の一目惚れから始まったのだろう。というよりむしろ、出会う以前からすでに智恵子のうちでは恋が始まっていたのだろう。智恵子没後に書かれた「あの頃」という詩では、出会いの頃の二人が、「智恵子は頭から信じてかかつた。／いきなり内懐に飛びこまれて／わたしは自分の不良性を失つた。／（……）／智恵子のまじめな純粋な／息もつかない肉薄に／或日はつと気がついた」と、回顧されている。

女の生真面目な純情と、男の側の優柔不断――。そうした状況に変化が生じるのは九月のことである。「智恵子の半生」で回想しているところによれば、犬吠埼《いぬぼうさき》に写生旅行にでかけた光太郎は、そこで妹と友人とともにやって来た智恵子に遭遇する。智恵子は同じ宿に来て宿泊し、二人は一緒に散歩したり、写生したりして時を過ごす。滞在中、光太郎は隣の風呂場で偶然、湯気に煙る智恵子の裸体を眼にし、その均整のとれた美しさに強い印象を受け、なにか運命的な繋がりを予感する。東京に帰ってまもなく、智恵子から熱烈な手紙が来るようになり、光太郎の方も「此の人の外に心を託すべき女性は無い」と思うようになって、二人の仲は急速に接近していくのである。

アニマとしての智恵子

『智恵子抄』の第一期をなす恋愛詩を多く書き始めるのもこの頃である。「郊外の人に」（一九一二年一一月二五日作）では、「わがこころはいま大風《おおかぜ》の如く君にむかへり／愛人よ」と、智恵子を初めて「愛人」と高揚した調子で呼びかけている。そして

君こそは実《げ》にこよなき審判官《さばきのつかさ》なれ
汚れ果てたる我がかずかずの姿の中に
おさな児のまこともて
君はとうとき吾がわれをこそ見出でつれ
君の見いでつるものをわれは知らず
ただ我は君をこよなき審判官《さばきのつかさ》とすれば
君によりてこころよろこび
わがしらぬわれの
わがあたたかき肉のうちに籠れるを信ずるなり
（……）
愛人よ

こは比《たぐ》ひなき命の霊泉なり

と、堕落した自分を粛正し、新しい命を吹き込んでくれる、審判官にして救済者としての女性を智恵子のなかにイメージしていくようになる。

光太郎は冬の峻烈さを愛し、冬をテーマにいくつも詩を書いているが、「冬の朝のめざめ」（一一月三〇日作）という詩では、「冬の朝」「白き毛布」などの清浄のイメージと、「ヨルダンの川」「基督に洗礼を施すヨハネ」「よみがへりたる精霊」など、罪の浄化と蘇《よみがえ》りの聖書的なイメージとが重なりあい、「朝の光」の祝福のうちに、「わが愛人」との「清らかにしてつよき生活」を希求する「愛の頌《ほめ》歌《うた》」がうたわれている。聖書へのレフェランスは、光太郎のキリスト教への信仰的な関心というよりは西洋趣味の反映と見るべきだろう。

一九一二年から一九一三年にかけての冬、二人の関係はさらに接近し、恋人たちは幸福な時間をともに過ごす。「深夜の雪」（二月一九日作）では、雪の降る夜、ストーブがかすかな音をたてる書斎で紅茶を飲みながら、二人のあいだに満ち足りた時間が静かに流れる様子が描かれている。この詩に関しては、北原白秋の「冬の夜の物語」にも、木下杢太郎《もくたろう》の「春の夜の大雪」にも、雪の夜の二人の男女の物語という設定がすでに用いられていることが平川祐弘氏によって指摘されているのだが（「高村光太郎と西洋」）、よしんば読書体験に霊感を得たにしても、そのようなハイカラな愛の物語の相手としては、吉原の女たちではいかにも不釣り合いで、智恵子というモダンガールこそふさわしかったであろう。
そして春、万物が蘇り、自然に命が満ちる季節。「人類の泉」（三月一五日作）では、

あなたは本当に私の半身です
あなたが一番たしかに私の信を握り
あなたこそ私の肉身の痛烈を奥底から分かつのです
（……）
私の生《いのち》を根から見てくれるのは
私を全部に解してくれるのは
ただあなたです

と、智恵子は、頽廃の時代を含めてこれまでの人生すべてを分かち合い受けいれてくれる、自己の分身にして最大の理解者として位置づけられる。さらに、

私にはあなたがある
あなたがある
そしてあなたの内には大きな愛の世界があります

私は人から離れて孤独になりながら
あなたを通じて再び人類の生きた気息《きそく》に接します
ヒュウマニティの中に活躍します

と続き、かなり一方的ながら、智恵子の愛によって孤独から救われ、再び人類と自分の命が繋がることが希求されるのである。

このように、一九一一年暮の智恵子との出逢いから一九一三年春にいたる期間、光太郎の感情は次第に高まりをみせていく。初めは戸惑い迷いながら智恵子の存在を受け入れた光太郎だったが、やがて智恵子こそ自分の魂を託せる女性であると思い定め、その純粋な愛によって過去の頽廃から自分を救い、そして自己の再生を導いてくれる女性としてイメージしていくのである。そしてこれらの詩に生命を吹き込んでいるのは、疑うべくもなく智恵子その人なのである。

光太郎はこの時期に、女性問題に関していくつかの発言を残している。大正時代は欧米の新しい知識の導入とともに、「新しい女」の思想的リーダー平塚らいてうを中心として、女性の自由平等を目指す婦人運動が盛り上がりを見せていく。そしてこの時代の進歩的男女にとって、恋愛は近代的な自由と自我確立の契機でもあった。光太郎自身、恋愛を「人間の命の最高潮を成す」ものと呼んでいるが、智恵子との関係が進行中だったことが、女性の生き方について敏感にさせたのだろう。「女みづから考へよ」(一九一三)と題された雑誌記事で次のように述べている。

事柄自身に興味をもって、此を外面的に問題にして考えるのは、本当の進み方でないと思う。男も、女も、共に人間を進めてゆかねば為ようがない。（……）各人が各自の自分を見る事だ。自分の本当の生を育て上げる事だ。

男も女も、ともに人間として自分の生命を十全に生きることを考えるべきだ、という主旨である。また「女の生きて行く道」（一九一三）でも、「私の頭の中に生きている世界には古い女と言うのも新しい女と言うのもない。唯真実に生きている女と言うのがある」として、旧弊な女の生き方を批判する「新しい女」たちの婦人運動には一線を画しながら、「男に自由があるように女にも自由がある。是れが男女を通じて其の生活の根本である」といって、人間としての自由は男女共に平等だと認めている。そして「自分で自分の道を意識して、人間本来の道を行く」ことが男も女も大事であり、そのように人間として真に自己確立できた男女の間にこそ「本当の意味の恋愛も成り立つ」という、当時としては非常にリベラルな、西洋的な自由平等の精神に基づく人間観と恋愛観を展開しているのである。

こうした考え方は、智恵子のものとして記録されている言葉――「世の中の習慣なんて、どうせ人間のこしらえたものでしょう。それにしばられて一生涯自分の心を偽って暮らすのはつまらないことですわ。わたしの一生はわたしがきめればいいんですもの。たった一度きりしかない生涯ですもの」（津田青楓『漱石と十弟子』）――とも響きあう。二人の結びつきは大正リベラリズムの時代風潮を反映する、新しい男女の結合であった。

当時としては女子教育において最も進んだ女子大学で学び、絵画という芸術に情熱を燃やして自分なりの人生を求めていた智恵子は、西洋的な知性と感性を志向する新しい女の一人だった。西洋的な自己確立をしようとしていた光太郎にとって、自分の生き方を受け入れてくれ、近代的な男女関係を実現できる伴侶は是非必要だっただろう。しかも智恵子は、モダンガールのうわべのしたに、みちのくの童女のようなひたむきさと純朴さをあわせもつ。内に芯《しん》の強さを秘めながら、『青鞜』の運動に加わって声高に女性解放を叫ぶ類《たぐ》いの自己主張はせず、黙って自分についてきてくれそうな古風な面も持ち合わせていた。

光太郎にとって、母親が無意識の〝母なるもの〟を、姉が理知的で知性的な女性を、そして少女がエロス的なものを体現することはすでに指摘したが、智恵子はまさしく光太郎が無意識のなかに抱いていた、母と姉と少女を兼ね備えた女性の理想像と矛盾しない女性だったのだ。光太郎は長年、無意識に求めていた心のなかの「ただ一人」の女性、すなわちアニマを、智恵子のなかに見いだしたに違いない。弟の豊周は「兄の好きになる女性は、ずっと通して顔だちに共通のところがある」といっているが、好みの女性の外見の共通性もまた、それを裏付けているのではないだろうか。

生命の賛歌、恋愛詩

一九一三年（大正二）の夏、光太郎は上高地に写生旅行にいく。九月になると智恵子も後を追ってきて同じ宿に滞在し、一カ月ほど一緒に仕事をしてすごした。二人は婚約する。この出来事は「山上の恋」として新聞にすっぱ抜かれ、世間のうわさになったのだった。なお郷原宏《ごうはらひろし》氏は、平塚らいてうが夏目漱石の弟子で西洋の世紀末文学にかぶれる文学青年・森田草平《そうへい》と引き起した、小説を地でいくような心中未遂事件、いわゆる「煤煙《ばいえん》」事件と、光太郎と智恵子の恋愛との間に、両者とも近代的な観念によって演じられたドラマであるという同質性を指摘している（『詩人の妻　高村智恵子ノート』）。

光太郎には〝江戸前の嫁〟をと、初めは難色を示していた両親も、新聞沙汰になったのではほってもおけず、ついには結婚を承諾するにいたる。そして翌一九一四年（大正三）一二月二二日に、親しい友人を集めて結婚披露の宴がもたれた。見合い結婚が一般的だった当時にあって、二人の結婚は近代的な恋愛結婚、しかも婚姻届は二人の意志で提出されない、新しい結婚形態だった。実はこれに先立つ同年一月、「煤煙」事件の騒ぎも終結したらいてうは、新しい恋人にして〝燕《つばめ》〟たる年下の画家奥村博と、入籍をしない実質的な結婚生活に入っていた。

こうして光太郎と智恵子の芸術を目指す男女の二人だけの生活が始まる。「その時以来、智恵子さんは、わたくしからも、青鞜社のグループからも、いいえ、世の中というものから、きれいに離れていきました。——そうです、智恵子さんは、それほど高村さんとの二人きりの美と愛の世界の創造に、その探求にひた向きだったのです」（「高村光太郎と智恵子夫妻」）と、らいてうの語る結婚生活である。

それは奇妙な生活だった。光太郎と智恵子は光雲が建ててくれた木造二階建ての瀟洒《しょうしゃ》なアトリエに、閉じこもるようにして暮らした。訪れた来客は玄関の前で呼び鈴を鳴らして待つ。しばらくすると玄関扉の横にある小窓のカーテンがそっとあき、智恵子の顔が覗いてこちらをうかがう。それにパスをするとやおら中に通されるのだった。(2) 光太郎は昼間は彫刻、夜は生活費を稼ぐために原稿書きや翻訳に精をだした。智恵子は智恵子で絵の勉強に余念がなかった。仕事に興がのると、食事の支度も忘れ、生活の一切が滞《とどこお》った。定収入が無いので、金が入ったときはぱっと贅沢《ぜいたく》するが、ないとなると米びつが空っぽになるような生活だった。が、智恵子は金銭には無頓着《むとんちゃく》だった。もともと社交性に欠け孤独癖のある智恵子と、自ら〝離群性〟と称し孤高性の強い光太郎との、社会から隔絶し、生活感を欠いた共棲。しかし、それは二人にとっては内密で幸福な空間だった。少なくとも何年間かは……。

光太郎はすでに、恋愛時代、「僕等」(一九一三年一二月九日作)において、「僕のいのちと　あなたのいのちとが／よれ合い　もつれ合い　とけ合い／渾沌としたはじめにかえる」と、一心同体をうたい、智恵子の肉体と生命力を「あなたの冷たい手足／あなたの重たく　まろいからだ／あなたの燐光のような皮膚／その四肢胴体をつらぬく生きものの力／此等はみな僕の最良のいのちの糧となるものだ」と賛美したが、新婚時代には「愛の嘆美」や「晩餐《ばんさん》」で、さらに高らかに男女の愛を歌い、肉欲を肯定している。それは光太郎が肉欲を、何よりも自然の生命力の発露としてとらえていたからであろう。

彼は恋愛の本質について、こう語っている。

恋愛は本来の真を持った其人が異性にあった時、異性が自分にある影響を及ぼす力、自然に発する自然力であるから、人間の手でどうする事も出来ない。（……）如何なる世にも恋愛だけは真であった。（……）恋愛だけには人工的な理性が加わらない。昔からたった一つ、人間の姿が生き生きして出て来るものは恋愛である。

（「恋愛―結婚の話」）

だからこそ、自然力の発露としての恋愛や肉欲をうたうことに、何らのためらいも罪悪感も抱かなかったのだ。

たとえば「愛の嘆美」（一九一四年二月一二日作）、

底の知れない肉體の慾は
あげ潮どきのおそろしいちから――
なほも燃え立つ汗ばんだ火に
火龍《サラマンドラ》はてんてんと躍る

ふりしきる雪は深夜に婚姻飛揚《ヴアル・ニユプシアル》の宴《うたげ》をあげ
寂莫《じやくまく》とした空中の歓喜をさけぶ
われらは世にも美しい力にくだかれ
このとき深密《じんみつ》のながれに身をひたして

いきり立つ薔薇《ばら》いろの靄《もや》に息づき
因陀羅網《いんだらもう》の朱玉に照りかへして
われらのいのちを無盡《むじん》に鑄《い》る

冬に潜む揺籃の魔力と
冬にめぐむ下萌《したもえ》の生熱と——
すべての内に燃えるものは「時」の脈搏と共に脈うち
われらの全身に恍惚の電流をひびかす

ここでは、冷たく白く清浄なイメージ（「冬」「ふりしきる雪」）に、熱く赤い不滅の情念のエネルギー（「燃え立つ汗ばんだ火」「火龍」「薔薇いろの靄」「電流」）が対置され、下降の動き（「底の知れない」「深密のながれ」）に、躍動感にみちた上昇の運動（「躍る」「婚姻飛揚」）が交錯し、そうして肉の交わりの歓喜がうたわれる。一組の男女のあいだに流れる融合のエネルギーは、何よりも生きとし生けるものがもつ生命力の発露であり、その躍るような生命感は大自然の生成の運動と呼応し、宇宙的時間の「脈搏と共に脈う」って、二人は愛によって宇宙の「深密のながれに身をひた」すのである。

さらに続けて、官能に目覚めた肉体の運動が、それこそ彫刻家の観察眼と触覚で描かれる。そして詩人は性的恍惚の彼方にニルヴァーナをかいま見る。

われらの皮膚はすさまじくめざめ
われらの内臓は生存の喜にのたうち
毛髪は蛍光を発し
指は独自の生命を得て五體に匍ひまつわはり
道《ことば》を蔵した渾沌のまことの世界は
たちまちわれらの上にその姿をあらはす

私たちは、「出さずにしまった手紙の一束」のなかの「珈琲店より」で語られた、パリ時代のエピソードを思い出さないだろうか？　偶然出会ったパリの女と「今夜ほど皮膚の新鮮をあぢわったことはない」と思うほど意気投合し、一夜を共にした翌朝、鏡のなかに日本人である自分を発見して、一瞬の間に夢から現実に引き戻された幻滅感を――。あの苦い外傷体験を補償するかのごとく、ここでは

われらは雪にあたたかく埋もれ
天然の素中にとろけて
果てしのない地上の愛をむさぼり
はるかにわれらの生《いのち》を讃めたたへる

と、祝祭的雰囲気のうちに詩は幕を閉じる。それはあたかも、フランス文化のもつ感覚の解放にあれほど触発されながら、文化的・人種的疎外感ゆえに生きることのできなかった情念の燃焼を、智恵子という心も肉体も託せる異性を得て、いまここに成就したかのようでさえある。

そしてまた、これら肉欲を賛美した詩を支えているのは、学生時代から暗記するほど精読し、フランスではその彫像の発散する官能性に目くるめくほど感応した、あのロダンの生命賛美の美学ではなかっただろうか。ロダンは命あるものに醜はないと、自然界において生きとし生けるものすべてのなかに美を見いだし、それを貪欲なまでに味わったが、わけても人体、それも女体は、美のつきせぬ源泉であった。そしてその美的感動と賛美の念を彫像のうちに造形化したのである。かつてフランスで、妬《ねた》ましいほどの思いで見たロダン彫刻における対象との燃えるような一体感――。それをいま、光太郎は智恵子のうちに体験し、詩の形で造形化しているのではないだろうか。

光太郎はロダンの翻訳作業をしながら、次のような箇所では感慨を新たにしたに違いない。

芸術には、不道徳はあり得ません。芸術は常に神聖です。主題として最もひどい過分な淫猥《いんわい》を取る時でさえ、観察の誠実しか眼中にないので、決して下等になり得ません。真実の傑作はいつでも高貴です。なぜといって、芸術家が此を作った時には彼の感じた印象を出来るだけ良心を以て作り出そうというよりほか目当が無かったからです。すべて美しい作品は其の作家が彼の為事の困難に勝った勝利の跡です。其れはいつでも卓越した意志の例証です……だからいつでも道徳的です。

其上自然全部が芸術家のものです。生活の一切のあらわれに於て、芸術家は生活を支配する永遠な大法則を（……）示すことを知っています。何が情欲よりも強大でしょう！　そして五体狂乱の熱気にまでも至る其の獰猛《どうもう》な支配力を描き出す事をどうして芸術家は禁じられますか。

（『ロダンの言葉』）

彫刻されない裸婦

ところで生活の基盤が整い、感情生活も安定したいま、光太郎が本道と考える彫刻の勉強は進んだのだろうか？　光太郎はロダン彫刻の官能的表現に強い感銘を受け、内面がわからない白人モデルではなく、気持ちが通じ合える日本人のモデルで彫刻の勉強に取り組みたいと、帰国を急いだのではなかったか。ところが帰国後、裸婦制作はほとんどしていない。作品として残っているのは小品の『裸婦坐像』（一九一六年頃）くらいのものである。なぜだろうか？

光太郎作「裸婦坐像」

一つには「モデルいろいろ」でも述べているように、モデルの問題があった。日本ではまだ、モデルが職業として社会的に認められておらず、よいモデルを見つけるのが難しかったのだ。しかも、智恵子と結婚してからは、彼女の存在そのものがモデルを雇うことの障害になったのである。「あれほど聡明な女性であった智恵子でも私がモデルを使うことを内心よろこばなかった」――。光太郎はそれで、智恵子をモデルに使うことにした。「智恵子のからだは実に均衡のいい、美しい比例を持っていたので、私はよろこんでそれによって彫刻の勉強をした。智恵子の肉体によって人体の美の秘密を始めて知ったと思った」と、光太郎は続けて書いている。確かに、智恵子の背中を描いた素描や石膏《せっこう》塑像の『智恵子の首』（一九二七）などは現存する。しかし、芸術家としてお互いの人格を尊重するなら、モデルとしてポーズさせ、相手の創作の時間を奪ってしまうことは躊躇《ちゅうちょ》されたのではないだろうか。それに智恵子は結婚の翌年、一九一五年の夏に肋膜炎《ろくまくえん》を病んで以来、しばしば病臥《びょうが》を余儀なくされた。裸体で長時間ポーズすることなど、できなくなっただろう。

第二として、当時は裸体表現に対する偏見やタブーが強く、肉体の美に対する鑑識眼も未発達で、自由な芸術表現も許されていなかった事情がある。たとえば『白樺』は、ロダンの七十回誕生記念号（一九一八）を出版したとき、雑誌が発禁処分になるのを恐れて、口絵に使う彫刻作品の写真から『接吻』の掲載を見合わせなければならなかった。一九二三年には、日仏芸術社によって開催された第三回仏蘭西現代美術展覧会において、出品予定されていたなかからロダンの『接吻』を含む数点が、裸体美術の公開禁止のかどで当局によって特別室に押し込められる、という事件も起こった。裸婦を制作してもスキャンダルになりこそすれ、真の芸術のレベルで理解されないだろうという気持ちが、おそらく光太郎にはあっただろう。

この時代の光太郎を知る高田博厚——彼は郷里の中学を卒業して上京した一九一八年から渡仏する一九三一年まで十余年にわたり親交をもち、できあがった作品は全部見せてもらっていたという——の証言を聞こう。高田は、智恵子がよく実家に休養に帰っていたので、光太郎はほとんど一人暮らしのなかで仕事を続けていたこと、訪問客や雑用も多く、夜は翻訳や執筆の仕事で忙しく、始終「仕事するのだ」といっているわりには非常に寡作《かさく》だったこと、を想起している。そして次のように続けている。

ロダンの色情的野獣性、ブールデルの暴君的熱情、マイヨルの明朗な「女好き」。道徳的判断は別として、これらは「おそるべき創作エネルギー」の余波である。そして「芸術家」であるかぎり、表面的な「人格」はかえって「偽装」となる。（……）元来、知性なるものはただそれだけの領域で観念化、概念化しては、「知性」の意味を失う。それは精神の経験の蓄積の果実であるから、感覚、体質と全く一つになって生成するものである。だからヨーロッパ知性なるものもヨーロッパの感覚、体質と分離することなく密着しており、とくに芸術現象においては、この密度がエネルギーの泉となり、はじめて「伝統」となる。ところが大陸的でない、全く特種な感覚と体質の経路をとってきた日本は、ヨーロッパ文化に目覚めた時、それと接触できるのは知性面だけであり、感覚、体質は依然としていわゆる日本伝統の中に定着していた。（……）もっとも聡明な高村においても、彼がヨーロッパ知性に接触すればするほど、自分の中の体質的なものとの矛盾が生まれる。

（「彫刻家高村光太郎と時代」）

内省的な知性の人である光太郎が、世間で孤高な理想主義者として通っていたがゆえになおさら、日本のような箱庭的で禁欲的精神風土のなかで、感覚的にも体質的にも全く異質な西洋彫刻を続けていくことに困難を覚えたであろうことを、フランスに長く滞在した彫刻家の立場から鋭く分析した文章である。

さらにそのうえ、光太郎はロダンを翻訳する過程で、前にも触れたように、日本の古典彫刻や文化の伝統について考えていくことを強く迫られた。もともと彫刻といえば仏像が主流、人体の裸像の美を表現する伝統のない日本で、いかなる裸婦像が可能か、という疑問が光太郎のなかに起こり、ロダン流の裸婦彫刻をやることの意味がわからなくなったとしても不思議はないのである。光太郎の寡作は、この時代に生きた彫刻家の困難と限界を示しているのかもしれない。

同じく彫刻家の本郷新も、自然の内奥から生命を引き出してくる彫刻の原理を、光太郎はロダンから学んだのにもかかわらず、なぜ裸体制作がないのか、という疑問を投げかけている。それは、光太郎が木彫家の家柄に生まれ、日本の伝統という枠のなかで生きていたからではないか、と推論したうえで、本郷は、光太郎の場合、彫刻家が裸体を作ることでぶつかる問題も、彫刻を作る環境がないという苦悩も、みな詩の方にいってしまった、と指摘しているのである。

それで思い出されるのは、光太郎がよく口にする、彫刻が自分にとっては一番大事な本来の仕事で、詩は「安全弁」だ、という言葉である。つまり、彫刻から物語性や文学性などの余計な要因を取り除き、彫刻を純粋な造形芸術としてあらしめるために、胸内の感情や内面の表現欲求を文字として吐き出す必要があった、というのである。

だとすれば、智恵子との愛をうたった一連の詩は、裸体彫像の寡作を補う代償行為としての意味を強めるのではないだろうか？　それはロダンの生命の美学を詩において表象化したものともいえるだろうし、同時に、それによって光太郎は、裸婦像を制作することによってぶつかるであろう芸術上の困難や苦悩を回避したのでもあっただろう。そうした意味で、光太郎の恋愛詩はまさしく彫刻されない裸婦像であり、「安全弁」の役割をも果たしていたのではないだろうか。

ヴェルハーレンの『明るい時』と『智恵子抄』

さて、『智恵子抄』を考察するうえで忘れてはならないのは、光太郎が訳詩を発表したり、評伝を著わしたりしている、エミール・ヴェルハーレン（Emile Verhaeren 一八五五～一九一六、フランス語読みではヴェラーラン）との影響関係である。

ヴェルハーレンはベルギー出身の詩人で、のちにフランスに住み、マラルメを中心とする象徴派の詩人はじめ、ロダンやドラクロワなどの芸術家と広く交友をもった。彼は青年時代、信仰の懐疑、女性不信、極度の神経衰弱、自己破滅への欲望といった精神の危機を経験した。そしていまだ鬱《うつ》病から回復していなかった一八八九年、三十四歳のときにマルト・マッサン（二十九歳）と出逢った。マルトは孤独な影のある文学青年に一目惚れし、ヴェルハーレンは彼女の献身的な愛によって心を癒され、生きる意欲を取り戻すのを感じて、二人は熱烈な恋愛関係に陥った。それでも社会的慣習としての結婚への懐疑から、なかなか結婚に踏み切れなかったのだが、二人の深い情愛は真実のものであり、マルトなしの人生には堪えられないとの思いにいたり、一八九一年に結婚にこぎ着ける。それ以来二十五年間、一度友人の妻との情事という危機があったものの、二人は幸福な結婚生活を送り、ヴェルハーレンは「私の傍に生きる者へ」との献辞をつけて、『明るい時 *Les Heures claires*』（一八九六）、『午後の時 *Les Heures d'après-midi*』（一九〇五）、『夕べの時 *Les Heures du soir*』（一九一一）の詩集三部作をマルトへ捧げたのである。

ヴェルハーレンの翻訳は、日本では上田敏《びん》が『海潮音』で「鷺《さぎ》の歌」を紹介したのが初めである。光太郎はおそらく、フランスで象徴詩を勉強していた頃に読んだのだろう。帰国後に「あわれなるもの」の訳詩を『創作』（一九一〇年七月）に発表している。しかし、光太郎が訳業に本格的に取りかかるのは一九一九年（大正八）、三十六歳のときからで、大部分の作品は一九二一年（大正一〇）前後に訳されたと推定されている。『明るい時』の全訳が刊行されたのは一九二一年のことである。(3)

『智恵子抄』とヴェルハーレンの恋愛詩の訳詩については、吉本隆明氏がその類似性に着目し、ヴェルハーレンとマルト・マッサン夫人との夫婦愛の模倣のうえに『智恵子抄』の世界が成立したと論考し、両者の詩の類似を例証（『智恵子抄』の「僕等」と『明るい時』の6、「或る宵」と同7、「愛の嘆美」と同11、「晩餐」と同15）して以来（『高村光太郎』）、訳詩と創作詩との影響関係が一つの定説のように考えられてきた。たとえば伊藤信吉《しんきち》も、光太郎はヴェルハーレンの恋愛詩を智恵子に捧げるために訳したのであり、「恋愛詩三部作を翻訳したとき高村光太郎の愛の世界に、『智恵子抄』の原型が形をなしていた」としている（『高村光太郎　その詩と生涯』）。また、井出康子氏は吉本・伊藤両氏の説を引き継ぎ、創作詩と訳詩の類似点を検証している（『高村光太郎の生』）。

確かに、ヴェルハーレン＝マルトと、光太郎＝智恵子とのあいだには、両詩人とも青春のデカダンスと頽廃から女性の天上的な愛によって救われたこと、伴侶《はんりょ》たるマルトも智恵子もともに画家を目指す芸術家同士の結婚だったこと、またヴェルハーレンも光太郎も熱烈に自然を賛美し、理想主義的かつ矛盾に満ちた気質の持ち主だったことなど、類似性や共通点は多い。光太郎が智恵子を結婚相手として意識しはじめた頃から、自分たちの関係をヴェルハーレンとマルトとの関係になぞらえて考えていた、ということは多いにありうるだろう。また、ヴェルハーレンが愛の詩集を妻に捧げたのに倣《なら》って、亡き妻に捧げる鎮魂《ちんこん》の詩集として『智恵子抄』を編んだということも多いに考えられる。ところが留意すべきことに、光太郎が『智恵子抄』の第一期の詩群を作ってから第二期の詩作を始めるまで、実に八年間も智恵子に捧げる詩を書いていない。この間隙《かんげき》を埋め合わせるかのようになされたのが、ヴェルハーレンの恋愛詩の翻訳なのである。

前記の論考はいずれも、制作年代を問題にしていない。しかし、類似が指摘されているのは、主として『智恵子抄』第一期の恋愛詩とヴェルハーレンの『明るい時』に関してであり、しかも創作詩のほうがの訳詩より先に成立しているのである。この点を考慮するなら、ヴェルハーレンの影響下に『智恵子抄』ができたと言い切ってよいであろうか？　もしヴェルハーレンを真似て智恵子の恋愛詩を書いたのだとすれば、その霊感源である原詩を数年後に翻訳するだろうか？　その点、ヴェルハーレンの訳詩は「のちの『智恵子抄』と交響し、その空白の時期を埋める」とする北村太一《たいち》氏（『高村光太郎』）や、「訳詩が創作詩に影響を与え、また創作詩が訳詩に影響を与え、両者の間に共鳴現象が起っていた」とする平川祐弘氏（「高村光太郎と西洋」）には、創作詩と訳詩の制作年や空白に関して配慮があるように思われる。それにしても、『智恵子抄』の八年の空白は何を意味するのだろうか？

ヴェルハーレンと光太郎の影響関係については、このようにさまざまな疑問が湧いてくるのだが、こうした疑問を胸に抱きながら、『智恵子抄』第一期の恋愛詩とそれに対応するヴェルハーレン新婚時代の『明るい時』を読み比べてみよう。すると、実に似通った感情、思想、高揚した調子が散逸し、あらためてヴェルハーレンからの影響を認めないわけにはいかないのである。

たとえば、光太郎の詩「郊外の人に」に表出された、「汚れ果てた」自分の邪悪さを、「をさな児」のようなあなたの善良さが償《つぐな》ってくれた、という女性の愛による救いのテーマは、ヴェルハーレンの『明るい時』では、たとえば次のようにうたわれている。

「そこには怪物《かいぶつ》等が身をもだえ、／（……）わめき叫んで荒れくる」っていた私のもとに、「あなたはあなたの永遠の奥底から」、「もろ手の間に、熱と善とを抱いて」やって来た（同3）。

「私は自分のうちに頑固な錆《さび》をたくさん持っていました、／其が貪婪な歯で、蝕《むしば》みました、／私の心の落ちつきを。／（……）／あなたの足が私のゆく手を照らすのを見る／この不思議なほどの喜に私はあまり値しなさ過ぎます」（同5）。

「長い間私のくるしんでいた時、／（……）／あなたの親切な魂の明るさは／傷ける事なく、私の心に触れた、／まるで程よくあたたかい手のように」（同12）。

かくして愛によって救われた光太郎は、「僕等はいのちを惜しむ／（……）／僕等は高く　どこまでも高く僕等を押し上げてゆかないではいられない」（「僕等」）と、愛によって成長し、「あなたを通じて再び人類の生きた気息に接し」て（「人類の泉」）、人類との繋がりを取り戻すのだが、同じ思想が『明るい時』では、「われらの魂は、育つにつれて」、「愛する一切のものを頌めたたへ、／（……）／われらのうちに縮図せられる此の一切世界をいつくしむようになった」（同28）、と表現されている。

愛による合一の歓びは、『智恵子抄』にも『明るい時』にもみなぎっているが、特徴的なのは、両者ともに愛の合一の瞬間に、個体を超えた何か圧倒的な力、宇宙的な力を体験していることである。それがよく表れているのは、光太郎の詩「愛の嘆美」では、「われらは世にも美しい力に砕かれ／（……）／道《ことば》を蔵した混沌のまことに世界は／たちまちわれらの上にその姿をあらわす」のくだりであり、また「僕等」では、「僕のいのちと　あなたのいのちとが／よれ合い　もつれ合い　とけ合い／混沌としたはじめにかえる」という感覚であって、それは「――何という光だ　何という喜だ」という高揚感にいたる。

それに対応するのが、ヴェルハーレンにおいては、「われら以上に偉大なもの」、「われらのうちにあらわれる瞬時《しゅんじ》の神」、「あまりに烈しくあまり切にやさしいのでわれらを害《そこな》いわれらを圧倒するその神」が、われらの魂のなかに「眼ざめる」のを感じる啓示体験である（『明るい時』23）。そしてまた「われらの心のまったくいきいきして来て／原始の／その光によみがえるのを感じ／宇宙は、その光明を浴びて、われらの前にあらわれる」、「自然の法はさんぜんとわれらに輝き、火が灰にかがやくよう、／万有《ばんいう》はわれらを照らしてともし火となる」という宇宙感覚であり（同24）、「あの猛烈な喘ぎ激する愛」の「精気ある無言」のなかで「われらの曾て知らなかった言葉を語るのを」聴く、という感覚（同11）なのである。

『智恵子抄』の恋愛詩とヴェルハーレンの訳詩は、このように共通点が多くある。にもかかわらず、相違点があることも、これまでの研究では指摘されなかったが、見逃してはならないだろう。光太郎が愛の歓びをうたうとき、それは何よりも生命の賛歌であったのに対し、ヴェルハーレンにおいては、「からだを捧げるとは、魂のある以上、／二つのやさしい愛する心が／たがいに、狂おしく引かれて／触れ合う事にすぎない」（『明るい時』27）、というように、肉体の愛は魂の結合の表象にほかならない。そして、「なんと人はかかる時至上の存在の／現前《げんぜん》する中に沈み込むのだろう。／新しい神々を求めるため／なんと魂が天上界にあこがれるのだろう」（同21）と、天上界が憧憬される。

愛の合一の瞬間でさえ、光太郎において体験されたのは圧倒的な生命力であり、宇宙感覚であったのに、ヴェルハーレンにおいては「われらのこのような魂の中には／何かわれら以上に神聖な、／われら以上に清浄な、われら以上に偉大なものが眼ざめます、／さればわれらを通して其を礼拝するために手を合わせましょう」（同23）と、神秘的で形而上学的な次元が志向されている。このことは、全篇に充溢《じゅういつ》する「神」「神聖」「礼拝」「天上」「光明」「清浄」「魂」「告白」などの言葉がよく示していよう。

また、光太郎の愛が自己本位で「あなた」は「わたし」のためにあったのに対し、ヴェルハーレンの愛は「私はあなたの涙に、あなたの微笑に、／あなたの真の魂に、私の魂を捧げる、／私の涙と私の微笑とそして／私の接吻とを添えて」（同15）、「又私は自分をあなたに上げる、／ただあなたを知りたいと思いはやる外何も知らずに」（同27）と、より相互的で献身的、かつ精神的である。そこでは言葉による魂の検証、すなわち告白が、「魂の互いに交す告白ほど美しいものはない」（同8）というように、重要な役割を演じる。そして聖母マリアに対するようにマルトを賛美し、感謝し、「私は胸を一ぱいにしてあなたに向かって祈り」、「この幸福の前に、永遠に、身をへりくだ」るのである（同5）。

『智恵子抄』空白期間の謎

以上のように、『智恵子抄』と『明るい時』には共通する感覚や感情、思想や言葉が頻出し、ヴェルハーレンからの影響は明かである。しかし、ヴェルハーレンのどの詩が光太郎のどの詩の源泉である、という具合に特定することは容易ではない。つまり、それほど光太郎のうちでヴェルハーレンの感覚や思想が消化され、自分のものになっているのである。

平川祐弘氏は「高村光太郎における訳詩と創作詩」において、相手の世界を自分自身のものとして所有してしまう翻訳者の心理について述べ、光太郎が「翻訳の作業過程を通してヴェルハーレンの詩境を自分自身の血肉と化していった」と論考している。示唆にとむ指摘だが、この現象はおそらく、ロダンを暗記するほど読んだ光太郎のことだから、ヴェルハーレンを愛読していた時点ですでに起こっていただろう。その結果、光太郎の芸術論にロダンの思想が投影されたごとく、創作詩のなかにほとんど無意識に、自分の言葉としてヴェルハーレンの思想や感受性が読み込まれることになったのではないだろうか。

『明るい時』の訳詩をするとき、光太郎には自分の創作詩の源泉を翻訳するという意識はなかっただろう。むしろ、ロダンの彫刻で触発された性愛の一体感と、ヴェルハーレンの詩に表現された恋愛感情を、智恵子との関係において体験した光太郎は、次に見習うべき近代的な夫婦愛のモデルとして、ヴェルハーレンの三部作の翻訳に取りかかったのではないだろうか。なぜなら、愛による合一の歓喜や、女性の天上的愛による救済というテーマは西洋文学に共通して見られるが、多くの場合結婚の枠外に求められる、一瞬のものでしかないゆえにいっそう情熱的な恋愛感情を、夫婦愛として永続化した詩は、ヴェルハーレンにこそユニークなものだからである。

訳業は、ヴェルハーレンの夫婦愛の世界が近代的夫婦愛の理想像として、また自分もそれに倣って追体験したい対象として、光太郎の観念世界にそれほど強く存在していた、ということを証左するものであろう。また同時に、すでに血肉化したロダンの思想を『ロダンの言葉』として翻訳・紹介したように、自分自身も手本とする〟かくあるべき〟近代的夫婦愛の世界を日本の読者に広く知らしめたいという、啓蒙的な配慮も多分にあったものと想像される。

では、『智恵子抄』の空白はどう解釈したらよいだろう？　一つには、訳業に没頭するあまり、光太郎は詩人としての表現欲求を訳詩のかたちで充足させ、創作詩を作る必然性がなくなってしまった、ということが考えられるだろう。

また一つには、その間、生身の智恵子が光太郎の想像世界では影が薄くなった、ということでもあるだろう。光太郎は自分と智恵子との関係を思い描きながら、ヴェルハーレンの世界に感情移入し、訳業に没入するうちに、分量においても感情のヴォルテージにおいても圧倒的なヴェルハーレンの世界に飲み込まれていく。そうして智恵子を置き去りにしたまま、ヴェルハーレンと一体化し、その西洋的夫婦愛の世界を自分だけで観念的に体験してしまったのだろう。

その結果、訳詩は現実を超え、実体とは微妙にずれた「智恵子」が、観念と現実が乖離したかたちで、光太郎の想像世界のなかにできあがったのではないだろうか。訳業に没頭する期間、光太郎は生身の智恵子と向き合うことなく、想像上の「智恵子」と感情生活を共にしていたのではなかったか？

智恵子は実際、不在がちだった。東京にいると健康のすぐれない智恵子は、一年の半分は病気療養のため、福島の実家に帰っていた。光太郎はかつて、自分たちの愛を「そこには世にいう男女の戦いがない／信仰と敬虔と恋愛と自由とがある」（「僕等」）と持ち上げた。が、男女の戦いがない、ということは、他者としての異性に本当に向き合うことがない、ということでもあろう。

そのうえ、光太郎を一途に愛する智恵子は、女がよくそうするように、愛する男の感じ方や考え方に自分を同化させようとした。たとえば、生活を共にするようになって一年半の一九一五年五月、智恵子は雑誌のアンケートの「女なる事を感謝する点」という質問に答えて、こう言っている。

私に恋愛生活（現在の）が始まってから、はじめてそういう感じを意識しました。これは一つの覚醒です。其の他にはまだ私には経験がありません。「女である故に」ということは、私の魂には係りがありません。女になることを思うよりは、生活の源動はもっと根源にあって、女ということを私は常に忘れています。

（北川太一『光太郎と智恵子』所収）

これは前に紹介した光太郎の女性論の、女にこだわるよりも各自が人間として自分本来の人生を生きるべきだ、という論旨と、ほとんど同じではないか。智恵子が芸術家として光太郎ほどしっかりした自己確立をしておらず、愛する男性が描く女性像の投影を容易に受け入れるタイプの女性だったことも、二人が向き合うことを避けさせる要因となっただろう。

ところが『明るい時』は、ヴェルハーレンが友人の妻マリアとの間に経験した不倫の恋、結婚の破局を回避するための恋の断念、マルトへの告白と罪の許し、という感情のドラマを克服した、その夫婦の歴史の上に成り立っている愛の世界なのである。西洋の愛は、男と女が個と個として向き合い、お互いの魂を検証し合い、時には戦い傷つきながら絶対の愛を求める、そんな激しい緊張を秘めている。

光太郎と智恵子はむしろ無口な夫婦だった。西洋的夫婦愛のきつさはさけ、表層だけ真似ようとしたところに、光太郎と智恵子の日本的限界があったのかもしれない。いずれにしろ、智恵子の不在を埋め合わせるかのごとく、光太郎は訳詩に専心した。彼は翻訳の作業を通じて西洋的愛の観念を自分のなかに意識化し、想像的に追体験することができた。そうして光太郎の想像界には「智恵子」との観念的夫婦愛の世界が出来上がっていくのである。

光太郎にとって芸術家としての自己確立のうえでロダンが手本であったとすれば、感情面ではヴェルハーレンが西洋的愛の理想を体現していた。恋愛時代から新婚時代に書かれた一連の恋愛詩は、光太郎の感情生活と双曲線を描いている。それは光太郎からの一方的で自己中心的な思い込みという面をもつかもしれないが、智恵子という異性の存在なしには、あれほどの愛の歓喜を味わうことはできなかっただろう。これらの詩に命を与えているのは、まさしく智恵子の存在であり、二人の男女の間に経験された感情と肉体の交感なのである。こうして智恵子を得ることによって、ロダンの生命の美学の表れである性愛の合一を体験し、その感動を詩に彫刻した光太郎は、次に見習うべき夫婦愛の模範としてヴェルハーレンの訳詩に没頭した。その世界に自己導入できたのは、智恵子あってのことである。智恵子は光太郎にとって、西洋体験を咀嚼《そしゃく》し同化するための基軸であった。

しかし、いつしか訳詩は現実を凌駕《りょうが》する。というのも、ロダン流の性愛の美学は肉体の結合を通して智恵子も共有できただろうが、ヴェルハーレン流の夫婦愛はもっぱら光太郎の観念の世界の出来事だったからである。光太郎の想像界には、現実の智恵子を置いてきぼりにして「智恵子」ができあがり、智恵子と「智恵子」は乖離していく。『智恵子抄』の中半・後半の詩と、ヴェルハーレンのその後の訳詩（『午後の時』）との間には、もはや共鳴現象は見られないだろう。このことについては、章を改めて考察したい。

第三章　ひび割れた内部世界（一九二三～一九四〇）

1　東洋と西洋のジレンマ

光太郎の三十代（一九一三～二二）が、彫刻という仕事の面ではロダンを手本に、感情面では智恵子を得てヴェルハーレンの夫婦愛の世界を模範に、西洋的な自己確立に努めた時代だとすれば、四十代（一九二三～三二）は、帰国後の光太郎を支えてきたその両車輪がともに不協和音を奏《かな》で始め、日本人としての自己像の再検討を迫られ、中年期クライシスともいうべき深刻なアイデンティティーの危機を経験する時期だといえる。

日本の近代史において、明治時代（一八六八～一九一一）が西欧から進んだ近代文明を積極的、かつ急進的に導入し、表面上はまがりなりにも西欧型の近代化を達成した時代だとすれば、続く大正時代（一九一二～二六）は、明治以来の急激な欧化思想への反省と反抗の時期を形成しているが、光太郎の個人史においても同様の現象が起るのである。すなわち、西洋という高度の文化に心酔し、夢中で自己同化しようとした時期を経て、一種の反省期に入るわけである。折りから、第一次世界大戦（一九一四～一九）に参戦し、自らの国土を戦場とすることなく、戦勝国の側に列《つら》なることになった日本では、世界の列強と肩を並べるようになった誇りと自信から、東洋思想や東洋美術に対する関心が高まりを見せるのだが、光太郎の変化もそうした時勢を反映するものでもあっただろう。
ともあれ、近代化という抗しがたい歴史の趨勢《すうせい》のなかで、伝統文化と西欧文化とをどのように統合していくかという問題は、光太郎のうちに様々な矛盾や葛藤を引き起さずにはいない。そして東洋と西洋とに大きくひび割れた内部世界をかかえる光太郎にとって、東西文化の融合の一つの大きな指針となったのが、ロマン・ロランのヒューマニズム思想だった。

ロダンからの離脱

ロダンに学ぶことによって伝統の見直しを迫られた光太郎は、「雨にうたるるカテドラル」（一九二一）で象徴的にロダンに訣別し、日本の木彫に取り組むことを決意したのであったが、評伝「オオギュスト・ロダン」（アルス美術叢書『ロダン』一九二七、所収）の序文に、こう書いている。

彼は彼なりに彫刻の大道を得た。限り無く彼を崇拝する私も、彼を全部承認するわけにはゆかない。むしろ承認しない部分の方が多いかも知れない。私は彼と趣味を異にする。此入口が既にちがう。

彼の堪え得る所に私の堪え得ないものがある。美の観念に就いても指針が必ずしも同じでない。私の北極星は彼と別な天空に現れる。

ここには、一旦ロダンから離れ、その眩惑《げんわく》力から解き放たれることによって、ロダンを相対的に見る立場に立とうとする光太郎の姿勢が現われている。また「近状」(一九二七)と題した文章には、「私は美術家としての生活を聊《いささ》か変えた。もっと変えるであろう。従来の美術家の生き方がだんだん堪えられなくなって来た。もう自分にはロダン流の(……)生活態度が内心の苦悶無しには続けてゆけない」と、芸術家としてロダンとは別の生き方を模索していることをうかがわせる記述がある。

当然ながら、ロダン作品に対する好みも評価も変わっていく。若い頃は『地獄の門』に登場する男女の官能的肉体表現に強い衝撃と感動を受けた光太郎だったが、「工房よりⅢ」(一九二四)では、ロダン彫刻の根本は「動勢」の美であり、「動そのものの中にある美」であって、「ロダンの彫刻の美は日本人にとってから一番会得しにくい種類の美」であると、かつての盲目的崇拝から一歩距離を置いた視点を取っている。さらに「現代の彫刻」(一九三三)になると、日本人の造形美術上の美に対する審美眼は世界的レベルにおいてフランス人と匹敵するほど優れている、と対等の立場に立ったうえで、次のように続けている。

例えば、私はロダンを尊敬する。けれども私の審美眼はその作るところの「地獄の門」をそのままには受け入れない。彼の芸術の必然の道として此が作られたことに十分の理解と尊敬を持つにも拘らず、その結果には同感しない。そうして彼の芸術の必然の帰結として作られた「バルザック」に十全の同感を持つ。

『バルザック像』はエミール・ゾラを会長とする文芸家協会が注文した肖像で、ロダンは何年もの研究といくつもの試作のあと、ガウンのような仕事着に身を包み、自己の文学的夢想世界に没入したかのように立つ文豪の石膏《せっこう》像を制作したが、その出来映えを不満とする文芸家協会によって拒絶された作品である。ロダンが表現したかったのは、文豪バルザックに宿った孤独な創造的魂とでもいうべきものだったろう。この作品でロダンの写実主義はより内面化し、抽象表現に近づいているといってもよい。光太郎はこう表現している。

「バルザック」は結局バルザック氏を作ったのではない。個人バルザックは試作のうちに作ってしまった。もう卒業している。今此所に立っているのは人間のみですらもない。もっと宇宙共通のもの。もっと極限を超えた構造そのもの。巨石メニイル。山上の奇岩。平野の孤松。名状し難い一つの気迫。虹の脚。たとえばそんなものである。

（「オオギュスト・ロダン」）

『地獄の門』から『バルザック像』への好みの変化、それは光太郎の審美眼が、躍動的で官能的な裸体像から存在の本質が形をとったような肖像彫刻へ、動の美から静の美へと変化した、ということを端的に示していよう。そこにこそ光太郎は、自分が模索する近代日本彫刻との接点、すなわち肉体そのもののもつ美よりも、魂の形象としての〝身〟を造形化することに関心を注いできた、仏像や高僧座像などに代表される日本の伝統彫刻との接点を、見い出したに違いないのだ。

このようにロダンが絶対的な尊敬の対象から相対的な存在に変るにつれ、光太郎はさかんに日本彫刻の再興にかける期待を表明し始める。「彫刻の方向」（一九三一）では、欧米の近代彫刻の流れを概観したうえで、「日本民族の造形的美術的素養は、歴史の示す通り十分に信用ができる。埴輪《はにわ》時代以来、推古《すいこ》朝、奈良朝、弘仁《こうにん》時代、平安朝、鎌倉時代と考えて来ると、此の小さな国土に似合わしからぬ程の優秀な彫刻が残されている」と、日本彫刻の伝統を再評価する。さらに、次代の世界の彫刻界を担うのは日本だとばかり、日本彫刻の将来性を有望視するかなり楽観的な考えを、以下のように展開しているのである。

極言すると、造形美術上の素質にかけては、世界に於てフランス民族と日本民族とだけがずばぬけた理解力と創作力を持っていると今のところ言えるのである。その上近代日本造形美術の若さが考えられる。若さは未熟を意味するけれども、フランスに於ける如き神経的疲労を意味しない。巨匠等の大きな卵を生んでしまったあとの牝鶏のような虚脱を意味しない。日本はまだ卵を内に孕《はら》んでいる。

次代の彫刻を担うのは、若い創造力を温存する日本だ、というわけだが、このナショナリズムの色調の濃い言説に、のちの光太郎の右傾化が予感できるのではないだろうか。

ロダン像が変容するとともに、以前はあれほど父光雲と対照的存在だったはずのロダンが、いつしか光太郎のなかでは共通点が際立ってくるのも見逃せない変化である。彼は光雲の本質が職人仕事であったことを認めながらも、その考え方がロダンの彫刻観と似たところがあり、ロダンを訳しながら「子供の時から自分が父から聞いていることを、繰り返し聞かされているように」感じ、「父が喋っているような気さえした」(「青春の日」)と、回想しているのである。

日本彫刻の見直し

光太郎、四十代から五十代半ばにかけて発表される数々の彫刻論――「彫塑総論」(一九二五)、「彫刻十個條」(一九二六)、「彫刻の方向」(一九三一)、「現代の彫刻」(一九三三)、「彫刻」(一九三八)、「彫刻性について」(一九三九)、「肖像雑談」(一九四〇)、「素材と造型」(一九四〇)、「本邦《ほんぽう》肖像彫刻技法の推移」(一九四一)――は、ロダンから離れて近代日本彫刻の樹立を目指す光太郎の、熱意と苦労の道のりを示しているといえるだろう。

原理原則の人である光太郎は、まず「彫塑総論」で西洋および東洋の彫刻の歴史、そしてその本質や類別を概観する。すなわち古代エジプト・ギリシャに花開き、中世の教会建築を経てルネサンス時代に再興し、近代彫刻へといたる西洋彫刻の流れと、それに対し東洋、とりわけ日本における彫刻の誕生と発展を跡づけている。そこには相対的な視野で日本の彫刻を見直し、世界の美術史のなかに位置づけようという意欲が見て取れるのである。

光太郎の説明を待つまでもなく、日本の彫刻の歴史は、インド・中国から伝来した仏教芸術にさかのぼる。一世紀末にインドに始まった仏像の造像は、四世紀頃には中国に伝わって発展をとげ、六世紀になると朝鮮半島を経由して日本に伝わった。そして大陸で完成された仏像の表現や技術を積極的に受容しながら、単純明快で抽象性の強い独自な解釈が加えられて、飛鳥・奈良時代の仏教芸術の隆盛がもたらされた。奈良・天平時代になると、大陸から唐代美術の新しい造像技法と表現様式が到来し、高僧の肖像彫刻の誕生をみる。さらに平安時代の密教美術を経て、鎌倉時代には仏師の運慶《うんけい》、湛慶《たんけい》、快慶《かいけい》らによって写実的な人体表現が試みられる。その後は仏像彫刻は急速に衰退してしまい、かわって足利時代には能面彫刻、徳川時代には根付けなどの小細工が発達する。そして明治になり、西洋彫刻が導入されるのである。

日本の伝統彫刻を俯瞰《ふかん》した光太郎は、奈良時代の木彫の仏像彫刻、とりわけ法隆寺夢殿の救世《くせ》観音や夢違《ゆめちがい》観音を、「最も彫刻的な美感」にあふれた「世界に比類の無」い彫刻、と評価している。彼はまた、

「彫刻的なるもの」の原理に変わりはありません。唯西洋と、われわれ東洋との相違するのは其の原理の中に包まれる美の種類と品質とであります。（……）東洋と西洋とが古代のように隔絶していた時代に養われた民族性の素質の相違から来るものが一番執拗に働いて東洋西洋の独特な味をつけます。（「彫塑総論」）

と、彫刻の本質は西洋も東洋も変わらないが、民族の素質の違いによって美の種類が異なるのだ、という説を述べている。

西洋芸術と東洋芸術の素質の違いはというと、「東洋は陰性、西洋は陽性、東洋は幽玄の美の深さを生み、西洋は明朗の美の広さを有ち、東洋は精神の高さと無為の太極、西洋は精神の強さと敢為の力行、東洋は静寂の美に聴き、西洋は動乱の美に喜ぶ」と、一般によくいわれる概念的な対比の域を出ていない。

それではその差異は、彫刻という分野ではどのような違いとなって現れるのだろうか? それに関して、光太郎は具体的に何も語っていない。しかし、これまでの説を敷衍《ふえん》するなら、こういえるだろう。すなわち、西洋彫刻がギリシャの肉体と精神の美が一致した理想美に端を発し、キリスト教的な霊肉の相剋《そうこく》を経て、近代の肉体と感覚の解放と写実主義の洗礼を受けて発達してきたとするなら、木彫仏像に端を発する日本彫刻が追求したものは、人体の構造の真実でもなければ、躍動する肉体の外的な美でもなく、座禅や瞑想によって悟りに達したブッダや名僧の、心身一如《いちにょ》の境地であった、と。

ロダンからの離脱を決意して以来、光太郎が目指していたこと、それはロダンの方法に学びながら、日本の伝統彫刻のなかにある東洋的な造形の原理を再発見することであり、さらにはそれを創造的に生かしながら、世界に示せる日本の近代彫刻を確立することであった。こうして西洋の彫塑《ちょうそ》から学び取った空間的な造形意識と、伝統的な木彫から再発見した要因とを融合させ調和させる過程で、光太郎は日本近代彫刻の可能性を、肖像彫刻に見い出していくのだが、それは仏教に養われた日本彫刻の伝統を考慮するなら、当然の帰結かもしれない。そしてまた肖像彫刻こそ、光太郎にとってはロダンの『バルザック像』と日本の伝統彫刻とを結ぶ融和点でもあったのである。

かくして光太郎は、「老人の首」（一九二三）、「中野秀人の首」（一九二六）、「住友君の首」（一九二八）、「黒田清輝像」（一九三二）、「成瀬仁蔵像」（一九三三）、「光雲胸像」（一九三五）、「九代目団十郎像」（未完）、などの肖像を次々に手がけていく。と同時に、肖像彫刻を啓蒙することも忘れない。「肖像雑談」では、その魅力を「人面という自然と、彫刻という性質との相乗した面白さ」であるとして、次のように語っている。

日本に於ける肖像彫刻は先ず名僧智識の坐像からはじまる。（……）殊に鑑真和尚《がんじんおしょう》は一種の乾漆《かんしつ》製であるが、その単純な手法にも拘わらず恐ろしい人間の奥のものが表現されて居り、怖しくなるほど生きている。（……）概して日本の肖像彫刻は写実を外貌に求めず、その風格品性の真を彷彿せしめ、最上のものに至っては天衣無縫、ただ是れ一個の魂が凝って姿を示顕《じげん》するかと思われるばかりである。

さらに「本邦肖像彫刻技法の推移」では、日本の伝統彫刻が仏教とともに発展してきたために、仏像――「超人間的霊体の顕現《けんげん》」であり、「人間臭さから超脱」し、「性の観念を断絶」した像――には優れていたものの、その造形本能が生物としての人間に活用されることがなかった、という弱点を指摘している。ただ、唯一の例外として肖像彫刻を挙げて、こう言っている。「今日のわれわれが日本古来の彫刻を概観する時、その精神的な崇高さに心打たれると同時に、又あまりに仏像ばかりなのに驚くのも是非ないことである。(……)幸いに日本彫刻の伝統の中に肖像彫刻の一目があって、天平以来彫刻と人間とのつながりをともかくも保持している」。この言葉は、肖像にかける熱い期待をよく表わしているといえるだろう。

光太郎が日本彫刻を見直し、再評価していく過程で、その趣意があくまで相対的な目で世界の美術史のなかに日本美術を位置づけ、そうして東西文化を融合するような形で近代彫刻の行くべき道を探りたいという思いであったにしても、口調が次第に伝統擁護に片寄っていくことは否めない。

西洋と東洋の造型美術について論じた「素材と造型」をみてみよう。このなかで光太郎は、西洋芸術は写実に優れているが、その過度の追求が過激な芸術運動となって現われ、美の本質を見失う危険性があることを指摘し、こう続けている。

そこへゆくと東洋の美術家は幸せな位置にいた。唯心を尊び、世外を高しとする東洋古来の教養は、西欧芸術に於ける写実性への脱線のような事をさせなかった。(……)それ故に造型の本質たる形象の内に生動する力価の表象的表現という事からは大体離れずに居ることが出来た。一度西欧芸術の写実性の洗礼をうけた者が、今日あらためて日本の古美術を見て其の本質的なものの存在に瞳目《どうもく》する事の多いのは当然である。

かなり手前味噌的な発言と言えなくもないが、ひるがえって、「気韻《きいん》の生動」の表出に関心のあった日本美術が、「表現の消極性、造型的諸要素追究の貧困、拡充感の微弱、趣味の偏奇というような若年寄《わかどしより》的性格を醸成」し、「表現の物理的要素をだんだん放棄して、独合点《ひとりがてん》の腹芸に堕する傾向」があったと、その欠点を認めることにもやぶさかではない。こうして西洋と東洋の欠陥をともに見据えながら、光太郎は次のように書いている。

西欧の行き過ぎと東洋の行き過ぎとは互いに逆な道をたどったのであるが、今眼を開く者は求めているのである。何処にもっと大きな道、もっと高い格、もっと深い味、もっと強い力、もっとひろい振幅、もっと被いつつむ美が存在するかという事を西欧でも東洋でも切実に思いつめているのである。もとより其は考えて得られる筈のものではない。それは多くの芸術家の実行の累積とその実行を裏打する芸術的良知と、其を支持する社会との力に待つ外はないのである。（同右）

東西文化を止揚《しよう》する新しい美、新しい芸術の誕生を、光太郎は希求していたわけだが、その可能性を日本に見ていたことは、次の言葉から明らかだろう。「日本は今日、世界諸文化の溶鉱炉である。東洋も西洋も米洲も、すべて日本の叡智の白熱火の下に熔解せられ、純化せられ、その質を一新して未見の美として大きな日本の美の原型が生まれ出ねばならぬ。」（「肖像雑談」）

自己のうちなる〝猛獣〟

彫刻において日本的美の再評価に努めていた光太郎が、詩作において「猛獣篇」時代に入るのもこの頃からである。光太郎は『明星』に発表した「工房よりⅣ」（一九二四）において、毎日、肖像彫刻の勉強をしていると近況報告し、モデル費捻出《ねんしゅつ》のために木彫小品頒《はん》布《ぶ》会を始めたことを告げて、切実な調子でこう呼びかけている。「友達よ、未知の魂よ、君達の愛を以て私を包んでくれ。愛によってのみ人は育つ。他の標準はすべて無能力である。殊に私の内の猛獣にとっては」。そして数年来持ち越しの詩を「猛獣篇」として誌上に連載することを予告しているのである。

いったい光太郎のうちなる「猛獣」とは、何をいうのだろうか。彼は自分の本義はあくまで彫刻家であるという意識を持っていたが、にもかかわらず詩という別の表現手段を持つことについて、抒情的な表現衝動に駆られることのある自分にとって、詩は彫刻が文学趣味に陥ることを防ぐ「安全弁」だ、という説明をしばしば行っている。たとえば、「自分の文学的要求の方は直接に言葉によって表現し、彫刻の方面では造型的純粋性を保つ」（「詩の勉強」）ために詩を作るのだといい、あるいはまた、次のようにもいっている。

> 私は何を措いても彫刻家である。（……）自分の彫刻を純粋であらしめるため、彫刻に他の分子の夾雑《きょうざつ》して来るのを防ぐため、彫刻を文学から独立せしめるために、詩を書くのである。私には多分に彫刻の範囲を逸した表現上の欲望が内在していて、これを如何とも為がたい。その欲望を殺

すわけにはゆかない性来を有っていて、そのために学生時代から随分悩まされた。若し私が此の胸中の氤氳を言葉によって吐き出す事をしなかったら、私の彫刻が此の表現をひきうけねばならない。勢い、私の彫刻は多分に文学的になり、何かを物語らなければならなくなる。

（「自分と詩との関係」）

言葉によって吐き出さねばならなかった胸中に巣くうデーモン、自分の理性の統御をはなれた意識下の様々な情念や内的矛盾、それを光太郎は〝氤氳《いんうん》〟と呼び、また〝猛獣〟と呼んでいるのだろう。つまり、本業である彫刻において日本的自我を回復していく過程で、胸のうちに湧き上がってくる昔日の外傷体験や解決しがたい心の矛盾、破壊的感情や暗い情念などを、彼は意識に上らせ、詩に書くことによって解消しなければならなかったのだろう。あたかも、西洋的自己形成の過程で抑圧された諸々の感情が、西洋と東洋とに引き裂かれた自我の亀裂を通して無意識の底から湧出し、逆流してきたかのようである。

「猛獣篇」の最初の作品は「清廉《せいれん》」（一九二四）である。この詩は次のように始まる。

それと目には見えぬ透明な水晶色のかまいたち
そそり立つ岩壁のががんと大きい
山嶺の気をひとつ吹い込んで

ひゅうとまき起る谷の旋風に乗り
（……）
触れればまっぴるまに人の肌をもぴりりと裂く
ああ、この魔性のもののあまり鋭い魂の
世にも馴れがたいさびしさよ、くるおしさよ、やみがたさよ

〝かまいたち〟とは『広辞苑』によれば、「急に転んだ時、或いはちょっとした動きなどで、打ちつけもしないのに突然皮肉が裂けて切傷の生ずる現象。昔は鼬《いたち》のしわざとしたので、この名がある。越後七不思議の一つに数え、信越地方に多い現象」とある。不可思議な自然現象を、伝説の動物を借りて説明したものだろう。

光太郎の詩では、かまいたちは山奥に棲み、「山嶺の気」を吹い、「谷の旋風」に乗って天駆ける想像上の生き物である。その属性は、「透明な水晶色」「魔性」「鋭い」「世にも馴れがたい」「くるおし」などの形容からも解るように、純粋鋭敏で野性と魔性を秘め、孤独で狂的な存在とされている。この魔物は「孤独に酔い、孤独に巣くい／（……）／人間界に唾を吐く」のだが、同時に、その「御しがたい清廉の爪」は「みづから肉身をやぶり／血をしたたら」せる。すなわち、あまりにも純粋ゆえ、他人を傷つけると同時に、自分自身をも傷つけずにはいないのである。この生き物が、光太郎自身の心に巣くう魔物を象徴しているのは明らかだろう。そして純粋（野性）、孤独、傷、が「猛獣篇」の通

奏低音になっていく。

「猛獣篇」を読んでまず目につくのは、アメリカ留学中の外傷体験をテーマとした詩群である。そこでは青年時代に味わった日本人であるが故の屈辱感が、人間に蹂躙《じゅうりん》される動物に仮託されて表現されている。

たとえば「白熊」（一九二五）。「ジャップ」と自嘲的に名乗る「彼」は、せっかくの日曜日を他にすることもないのか、冬寒の公園の白熊の檻の前に立っている。

彼は柵にもたれて寒風に耳をうたれ、
粛條たる魂の氷原に
故しらぬたのしい壮烈の心を燃やす。

白熊という奴はついに人に馴れず、
内に凄《すさま》じい本能の十字架を負わされて、
紐育《ニューヨーク》の郊外にひとり北洋の息吹をふく。

教養主義的温情のいやしさは彼の周囲に満ちる。
息のつまる程ありがたい基督教的唯物主義は

夢みる者なる一日本人《ジヤツプ》を殺そうとする。

ここでは白熊は人間によって檻のなかに入れられ見世物にされてはいるが、純粋清冽、人に恭順《きようじゆん》しない内に怒りを秘めた誇り高い野生の動物として描かれ、白人社会のなかで生きるジャップたる彼とのあいだに、ある心情的共犯関係が成立している。
「象の銀行」(一九二六)でも、セントラル・パークの動物園で観客に芸をしてみせる悲哀に満ちた象の姿が共感を込めて描かれ、次のように続けられる。

印度産のとぼけた象、
日本産の寂しい青年。
群集なる「彼等」は見るがいい、
どうしてこんなに二人の仲が好過ぎるのかを。
(……)
ああ、憤る者が此処にもいる
天井裏の部屋に帰って「彼等」のジャップは血に鞭うつのだ。

「彼等」はアメリカ人であり、文明である。それに対し、「印度産」の象と「日本産」の青年は同じ範疇に入れられている。すなわち野蛮である。二十年近くも経って、なぜ今さらアメリカ留学時代の外傷体験を、と思われるのだが、それほど心の傷は深く潜行《せんこう》し、内向していた、ということだろう。

光太郎が牙をむくのは、しかし、圧倒的な物質文明の威力を誇るアメリカに対してばかりではない。「ぼろぼろな駝鳥《だちょう》」（一九二八）では、糾弾の矛先《ほこさき》は、未開や野蛮の名のもとに、自然を脅かし、教化し、順化しないではいられない人間の傲慢、そして文明の威力そのものにも及んでいる。

何が面白くて駝鳥を飼うのだ。
動物園の四坪半のぬかるみの中では、
脚が大股過ぎるじゃないか。
頚があんまり長過ぎるじゃないか。

と、囲いに入れられた駝鳥の理不尽を訴えた詩人は、さらに切実な調子で、「駝鳥の眼は遠くばかり見ているじゃないか。／（……）／あの小さな素朴な頭が無辺大の夢で逆まいているじゃないか。／（……）／これはもう駝鳥じゃないじゃないか」とたたみかけ、次のように懇願している。

人間よ、
もう止せ、こんな事は。

光太郎のアメリカに対する悪感情については、当時の日本を取り巻く世界時勢にも目を向ける必要があろう。二〇世紀になると、資本主義の発達と軍備の拡張によって激しさを増した西欧諸国の植民地争奪戦の波は東洋にまで及び、日本列島から海峡を一つ隔てた隣の中国大陸では、ヨーロッパ列強による老大国・清の分割をめぐって緊張関係が続いていた。そのような状況下、日露戦争（一九〇四）に勝利して大陸侵出の足掛りをつかんだ日本は、第一次世界大戦（一九一四〜一八）が勃発して列強がヨーロッパに勢力を集中している隙に、満州に勢力を延ばしていった。そして大戦後、ヴェルサイユ体制のもとでアメリカが国際政治の立役者になると、大陸侵出を企てる日本とそれを阻止しようとするアメリカとは、太平洋を隔てて対立するようになった。アジアの一員である日本人の心情としては、物質文明においても武力においても優勢な欧米がアジアを侵略した、という気持ちが強くあったのだろう。

〝阿修羅〟のごとく

注目すべきことに、日本の国内のファッシズム体制の進展、アジア進出にともなう列強諸国との衝突、そして緊張関係の深刻化とともに、アメリカで味わった屈辱という光太郎の個人体験は、欧米の物質文明に凌辱《りょうじょく》されるアジアの運命へと転化され、すり替えられていく。「森のゴリラ」（一九三八）を読んでみよう。

なぜ人間が彼をねらうのか、
なぜライフルがだしぬけに薮から出るのか、

彼にはさっぱり合点がゆかぬ。
彼は此の原始林の土着民、
飢えてくい渇いて飲み、
疲れてねむり腹をたたいて戯れる。
それがなぜ悪いのか彼にはわからぬ。

「白人の群」に「卑怯な狙撃」を受けるゴリラ、すなわち「原始林の土着民」は、欧米の略奪にさらされるアジア、先進文明国からすれば未開の地の民族と重なる。西欧とは別個の歴史と文化をもつ東洋が侵略される――そんな文明の不条理を前にして、光太郎の胸のうちは義憤に駆られるのである。彼はその怒りを、「マント狒狒」（一九三七）では、人間によって尊厳を奪われた森の哲人、マントヒヒの怒りに模して描いている。

檻の中のマント狒狒は瞋恚《しんじ》にくるう。
怒ることに眼くらみ
憤《いきどお》ることに我を忘れる。
（……）
鬱血《うっけつ》の胸ぐるしさに身をふるわせ、

なんともかとも裂けはじける内の力に
ああマント狒狒はきゃらけんだ阿修羅となる。

かつてパリ留学から帰国した光太郎が、「根付けの国」（一九一〇）という詩で日本人を〝猿〟と卑下したことを思い出すなら、猿の同族であるゴリラやマントヒヒはアジア人のことであり、それに対してヨーロッパ人種は人間というカテゴリーに入れられる、という解釈が成り立つだろう。そして光太郎はといえば、心情的にゴリラやマントヒヒの方に我が身を置いているのである。

さらに、〝阿修羅《あしゅら》〟または〝修羅〟とは、ヒンズー教ではもとは神だったのが天界から落とされて地上に住むことになった鬼のことである。仏教の十法界の考え方では、悟りの世界と迷いの世界とが区別される。悟りの世界とは、声聞《しょうもん》界、縁覚《えんがく》界、菩薩《ぼさつ》界、仏界の四界からなる世界、これに対し、迷いの世界は地獄界、餓鬼界、畜生界、修羅界、人間界、天上界の六界からなり、この六道の間を輪廻していく世界のことである。この説にしたがえば、修羅界は畜生界と人間界の間にある世界で、怒りの世界なのである。すなわち光太郎は、この世の理不尽に対し、阿修羅のごとく怒っているというわけである。

「猛獣篇」の詩で対比されるのは、人間対動物、文明対自然、西欧対アジアである。そしてそれは、文明によって自然が浸食され、西欧によってアジアが凌辱される、という図式を取っている。が、そこには微妙に、光太郎自身の問題、すなわち光太郎の西洋的・外的自我と、その西洋的自己確立の影で抑圧された日本人としての内的自我の対立、という内部矛盾が重なっているのではないだろうか。無意識のなかに抑圧された日本的・内的自我は、理不尽な運命に怒り、苦悩し、存在の回復を願う。こうして光太郎の内面は修羅となり、呻吟《しんぎん》する、ということではないだろうか。

いったん西洋を知ってしまった者は、もはや無知ゆえに呑気でいられた以前の自分ではなくなり、西洋人でもなければ日本人でもない絶対的な故国喪失者になってしまう。光太郎の苦しみは、こうしていや増し、陰影を帯びていったのである。

「猛獣篇」に入れられた詩ではないが、「のっぽの奴は黙っている」（一九三〇）をみてみよう。この詩は一九二八年（昭和三）、光雲《こううん》喜寿《きじゅ》の祝賀会が催され、光太郎も智恵子とともに列席したときのことをよんだものである。光雲にとっては一生の晴れ舞台で、宴会は有力者を大勢集めて盛り上がった。それを光太郎はしらけた態度で眺めている。前書きとして、こう書かれている。

あの親爺、今日が一生のクライマックスという奴ですな。正三位でしたかな、帝室技芸員で、名誉教授で、金は割かた持ってない相ですが、何しろ仏師屋の職人にしちゃあ出世したもんですな。（……）親爺のうしろに並んでいるのは何ですかな。へえ、あれが息子達ですか、四十面を下げてるぢゃありませんか、何をしてるんでしょう。へえ、やっぱり彫刻。ちっとも聞きませんな。なる程、いろんな事をやるのがいけませんな。（……）いい気な世間見ずな奴でしょう。そういえば親爺にちっとも似てませんな。いやにのっぽな貧相な奴ですな。

どこからともなく聞こえてくる列席者の陰口を装ってはいるが、これは光太郎自身の心の声だろう。これに続く詩では、儀礼に満ちた祝賀会のばかばかしい華美と欺瞞《ぎまん》が冷笑的に描かれ、「腹をきめて時代の曝《さら》しものになったのっぽの奴は黙っている」と、自分の姿が自嘲的に描写される。

つまり、こういうことだろう。光太郎は伝統の見直しをすべくロダンから離別してはみたものの、旧弊な事大主義に満ちた日本の彫刻界に連なることもできない。彼は西洋でも東洋でもない、中途半端な地点に立ち至ってしまったのだ。自ら〝離群性〟と呼ぶところの、いかなる帰属性をも失った者の悲劇、それが光太郎を襲った悲劇なのである。そうして東洋と西洋の亀裂から立ち現われた彼の内なる〝猛獣〟は、〝阿修羅〟のごとく呻吟するしかないのである。

ロマン・ロランの人道主義

自己の内なる矛盾に悩む光太郎にとって、一条の光となったのが、地方性や民族性を超脱した世界性、ないし普遍性という概念だった。それはすでにロダンによって啓示された考え方だったが、光太郎の思想形成にさらに大きな影響を与えたのは、ロマン・ロラン（Romain Rolland 一八六六〜一九一四）である。

実は、ロマン・ロランと光太郎の接点はパリに遡《さかのぼ》る。「遍歴の日」（一九五一）で回想しているように、パリ留学時代に下宿したカンパーニュ・プルミエール通りの隣の通りにロマン・ロランが住んでいて、『ジャン・クリストフ』（一九〇四〜一二）を執筆中だったのである。はたせるかな、光太郎は当時、ロマン・ロランの名をまだ知らなかった。もっとも知っていたところで、光太郎のこと、訪ねていきはしなかっただろうが……。

帰国後の文筆活動で、光太郎は初めてロマン・ロランを取り上げる。まず一九一一年、評論「クロオド　デュビュッシイの歌劇――ペレアス、メリザンド――」を翻訳紹介するが、これはロマン・ロランの本邦初訳である。歌劇『ペレアスとメリザンド』は、メーテルリンクの同名の戯曲にドビュッシーが作曲した作品で、フランスで上演されて成功を収めた。ロマン・ロランはこれを高く評価し、一九世紀末から二〇世紀初頭にかけてフランスの音楽界を席巻《せっけん》した感のある、ゲルマン的神秘主義と肉感主義と激越が横溢するワグナーの楽劇に対して、『ペレアスとメリザンド』の繊細、清澄、穏和に溢《あふ》れる音楽は、フランス趣味の復活を物語るものだと称賛したのだった。光太郎が翻訳の前書きにも記しているように、帝国劇場開設にあたってフランス文化を紹介するべく、この評論を訳したのである。

次いで一九一三年、『ジャン・クリストフ』の部分訳を行っている。光太郎が取り上げたのは、第四巻「流砂」のなかから「反逆」と題された箇所である。『ジャン・クリストフ』は、ベートーヴェンを理想化した音楽家を主人公に、その少年時代から大作曲家になるまでの精神的成長を描いた大河小説だが、光太郎が訳したのは、作曲を勉強するジャン少年が、それまで彼を苦しめていた暗く閉ざされた行き詰まりの状態から脱却し、光輝くような解放感を味わう喜びの瞬間、すなわち創造活動における苦悩、そして苦悩から歓喜へといたる内的体験を描いた、物語のなかでも重要な部分である。

帰国以来、日本において彫刻の勉強を続けていくことに苦しんでいた光太郎が、この翻訳に前後して書かれた詩「道程」（一九一四）で、芸術家としての自己確立を高らかにうたったことを思い起こそう。光太郎がジャン少年との間に、芸術を目指す者同士の「緊密な精神の交流を感得」しただろうことは、広島一雄氏の指摘にもあるとおりだが（「高村光太郎とロマン・ロラン」）、そのような熱い共感が、光太郎の翻訳を内奥から促したものに違いない。

さて、日本におけるロマン・ロランの受容に大きな役割を担ったものに白樺派の文学運動がある。一九一〇年（明治四三）に武者小路《むしゃこうじ》実篤《さねあつ》を中心として創刊された『白樺』は、一九二〇年代になると文壇・画壇に主流ともいうべき勢力を誇るようになっていた。白樺派は西洋の芸術運動や文芸思潮の紹介を積極的に行ったが、なかでも同人たちが愛好したのは、トルストイ、ホイットマン、ロマン・ロラン、メーテルリンクなどの文学者であり、ロダン、ゴッホ、セザンヌ、レンブラントなどの美術家であった。白樺派の主張は何よりも「自己を生かす」ことにあり、西洋の芸術家たちに対する心酔も個々の才能に対する賛美に留まった。したがって人道主義を唱えていても、彼らの文学運動が社会的な問題意識や広がりをもつにはいたらなかった。

光太郎は白樺の同人ではなかったが、その周辺に位置し、ロマン・ロランに対する敬愛を彼らと共有した。彼は一九二二年（大正一一）には「リリュリ」（一九一九）を訳している。訳文は『明星』に発表され、のちに古今書院によって企画されたロマン・ロラン訳書刊行の巻頭をかざった。原書は第一次大戦中、フランスを去りスイスに寄寓していたロランが、一九一九年にジュネーヴで出版した劇の脚本である。光太郎は前書きで、「リリュリ」はロマン・ロランの主要作品ではないが、「ゴオル精神の奥底から迸出した気迫に満ちた」小品であると紹介し、次のように翻訳の弁を述べている。

「大戦中に公にした多くの彼の論文、公開状等の中に見る思想感情が、この小脚本の中に、不思議な仮装を縦にして現われて来て」、しかも形を変えているにもかかわらず、ロランの思想感情は明白に判別できる。「私はこの哄笑《こうしょう》の中に含まれるもの、又此の含まれるものから起る哄笑のひびきに対する同感から敢て此の翻訳を世に送るのである」と。ロマン・ロランは大戦中、欧州各国が自国への愛国心から分裂したのを嘆き、むしろ一つのヨーロッパ精神という思想的立場を取ったが、そのロランの炯眼《けいがん》や人道主義が風刺劇という形で表現されていることへの共感から翻訳を思い立った、というのである。

そうしたロランへ対する思想的共感は、光太郎がロダンを離れ、伝統に根づいた近代日本彫刻を模索するなかで次第に大きくなっていく。西洋と東洋とに引き裂かれた光太郎は、両方を統合し止揚《しよう》する原理を求め、ロランの西洋と東洋とを包含する人類史的な視野に立ったヒューマニズム思想のなかに、その回答を探っていくからである。

光太郎はすでにロダンを学ぶ過程で、芸術の世界性（普遍性）と地方性（特殊性）という問題意識に目覚め、ロダン芸術が極めてフランス的であるのにフランスを超越しているのは、「ロダンが深く自分自身の内を究めることにのみ熱中」したからだ（「ロダンの死を聞いて」）、と考察していた。すなわち、個を究《きわ》めて普遍に到達する、という考え方である。彼は、独自でありながら時代や地方を超越した、西洋にも東洋にも通用する真に偉大な芸術家を、たとえばヴェルハーレンやホイットマンなどのうちに認め、思想形成の糧《かて》としているのだが、ロマン・ロランにもまた、心の師を見い出すのである。

ロマン・ロランは、白樺派の人道主義的立場に立つ若い文学者や芸術家を中心に、一九二〇年代（大正時代後半）の日本で非常に大きな共感をもって受容された。それはロランの、西洋人には珍しい、東洋思想への関心と深い理解のゆえであろう。彼らはそこに、世界を結ぶ共通の基盤を見い出したのである。ロランは世界中の知識人や芸術家と誠実な魂の交流をもったが、この時期、日本人との間にも文通が活発に交され、「日本人への手紙　一九一五―一九三九」（『ロマン・ロラン全集』）には、現在、九十通あまりの書簡が訳出して収められている。光太郎は大正時代にすでに、「ロマン　ロランより倉田君への手紙」として、倉田百三《ひゃくぞう》にあてた書簡二通の翻訳をしている。そのうちの一通、一九二四年二月六日の手紙で、ロランは倉田の戯曲『出家とその弟子』を英訳で読んで感銘を受けたと述べ、次のように続けている。

私は十年以来、亜細亜《アジア》に――印度及び極東に――心を惹かれていました。そして如何に亜細亜と欧羅巴《ヨーロッパ》とが相補的《コンプレマンテエル》であるかという事を感じています。私は亜細亜の思想に他人《エトランジェ》の気が更にしません。むしろ自分自身の思想の延長を其処に見出します。（……）苦《ママ》し貴君の仏教的精神が又遠い基督教的息吹から放たれるものを受けたように見えると思っては間違いであろうか。世界的混沌の下に、欧羅巴と亜細亜との信仰の力強い樹木が、其の根を地下に進めて沈黙の中に相交叉して、相通じているのを見ると信ずるのは此が最初ではありません。――けれどその双方から貴君は殊に深い憂鬱《ゆううつ》の――生きる事の愛と苦悩との――汁を味わわれたように見えます。

（『高村光太郎全集』第二十巻）

西洋と東洋とが相補的であるという指摘、そしてキリスト教精神と仏教思想が深い次元では共通するという考え方は、西洋と東洋の亀裂に苦しんでいた光太郎にとって、東西融合の一つの啓示となったのではないだろうか。翻訳を思い立ったのも、ロランの思想に問題解決の糸口を見い出したからに違いない。

一九二四年八月二三日の倉田あての手紙では、ロランは歴史を動かす目に見えない恐ろしい力について語り、「殆ど運命的に暴力を（それ故不正義を）伴う社会的正義と、真と愛となる、良心の法則との間の悲劇的闘争」にあって、自分は「良心の法則以外の法則」は認めないとして、こう呼びかけている。

あなたのような人々の役目――天職――はこの痛烈な「自然」の騒然たる秩序のまん中にあって、他の見えざる聖なる秩序の光を輝かしめる事にあります。われわれは其の使者であります。（……）目下のところ、最も緊急なわれわれの責務の一つは、われわれの手に届きうる者達の心に、われわれの言葉により或は文筆によって、人類協同の感情を注ぎこむ事であります。近い年月が亜細亜人種と（欧羅巴及亜米利加の）欧羅巴人種との間の大きな衝撃を見るであろうという事はいかにもありそうです。われわれは、其以前に、心を同じくする、すべての人種の精霊の世界的自由教育のよ

うなものを形づくって居らねばなりません。（同右）

第一次大戦から第二次大戦にかけての不穏な世界情勢にあって、人類の未来を憂慮し、それに対して真の知識人の平和と調和への使命を説くメッセージ——、光太郎は感銘を受けたからこそ翻訳したのだが、ロランのメッセージは、後の光太郎の右傾化を考えるなら、いかほど彼の心に届いたであろうか？

それはともかく、一九二六年（大正一五）にはロランの六十歳の誕生を記念して、光太郎は武者小路実篤、倉田百三、野口米次郎《よねじろう》、小山内《おさない》薫《かおる》、吉江喬松《よしえたかまつ》らとともに発起人となり、「ロマン・ロランの友の会」を設立する。また、記念公演として築地小劇場でロランの戯曲『愛と死の戯れ』（片山敏彦訳）が上演された。光太郎はこの劇を見た感動とロランへの思いを、『時事新報』（一九二六年一月二九日）でこう吐露している。

ロマン　ロランを貫く火は何であろう。彼を駆ってあんなに沢山の戯曲小説を書かせたものは何であろう。彼はあんなに沢山のものを書きながら実はたった一つのものを書いているように思える。あまり明白すぎて人にまぶしがられている太陽、あまり確かすぎて人に古臭がられている大空、それを彼は敢然として書く。真理に対する良心の火を彼ほど命にかけて護持する者は偉大である。（……）ロマン　ロランは欧羅巴の良心となった。今は世界の良心となろうとしている。（……）彼は常に時代の表面を流れない。常に時代を裏づけてゆく。時代の道徳を超えた「道」に立つ人類がいつかは必ず到達するであろう平和の日の来るまで、飽かず人類が繰返すところの一里塚である。

（「ロマン　ロラン六十回の誕辰に」）

その同じ誌上に、両者の魂の交流を物語る、次のようなロマン・ロランからのメッセージが載っている。

わが日本の友等よ、数年以来、余は諸君の熱烈な心を知る事を学んだ。正義に対する共通の飛躍、真理に対する共通の愛、美に対する共通の感覚、英雄的な理想主義が諸君を近づけた。余は知った、国家の境界が失われたのを。すべての国家に於いて、高邁《こうまい》な魂は皆同族である。余は諸君の中に兄弟を見る。そして手をさし出す。東方の精神的財宝と西方のそれとを倶に包含しよう。何一つ失はれぬ様に！　諸君の祖先が貽した富をそのまゝ、護り給え。諸君の芸術及び思想のすばらしい資質！　其等は我等西方人のものである。吾が古き欧羅巴の複雑な魂の財産が諸君のものであるやうに。其等のものを調和させよう！

（「ロマン　ロラン六十回の誕辰に」解題）

そして同じ年、「私の好きな世界の人物」というアンケートに答えて、光太郎は「躊躇なしに」ロマン・ロランを挙げ、その理由として、「彼が世界で最も高い精神であるが故に。彼よりも博学な、賢明な又新らしい主義をもつ人物は少くないが、彼ほど清冽《せいれつ》の心を持ちながらその英雄主義に他を凌駕する意識のほとんど感じられない点は全く人類の宿弊《しゅくへい》を破っている」(『時事新報』一九二六年一月四日)と答えているのである。

ロランの「平和の祭壇」(一九一四)を翻訳発表するのも、この年のことである。これは第一次大戦中に書かれた評論集『先駆者たち』(一九一九)——ロランの平和と調和への祈願を表明した論集——の巻頭におかれたオードである。「憎しみ呪いの深い底から、神聖な平和よ、おん身にこそ私の歌を捧げよう」と、ヨーロッパをずたずたにする戦禍のなかで、高らかに平和の意志を歌った詩である。光太郎によるロマン・ロランの翻訳紹介は、この作品を持って終わる。

それから十四年後の一九四〇年、光太郎は「芸術の良知」と題するエッセイで、日本の文化が外国人に理解され、あるいはまた外国の文化を日本人が鑑賞できるのはどういうことかと問い、芸術の世界性と地方性、さらに芸術の普遍的な根本原理について考察している。曰く、

その芸術の地方的特殊性を勘定に入れなくても尚且つ十分に美である性能を持った芸術が、あまねく人類の芸術として普遍性を持ち、更に其上で或は大であり深であり、或は微妙幽遠であり得るという事になる。地方的特殊性をどんなに深く持っていてもよいどころか、深く持っていればいるほど良いけれども、その体格性能に於て少しも一般人類にはたらきかける素質を持っていないものである場合には、それは一地方的存在として終わらねばなるまい。(……)底に人類の根帯を原理と

して具備していない一個人の、乃至《ないし》一民族的の特殊芸術は一種の袋小路の美をしか持ち得ない。（……）そういうものは時代と共に滅びる。（……）十分に民族的であってしかも人類一般の良き糧となり得る為には、それ故、それぞれの芸術の分野に於て世界を貫く一本の軸のようなものを把握する必要がある。その努力の無い味《あじわ》いばかりの芸術は、一民族のペットではあり得ても、人類文化の場に於ては案外脆弱なものとなるであろう。世界を貫く一本の軸のようなものは取りもなおさず其の芸術本来の根本原理であり、其を把握する力こそ作者の良知良能であって、人性に具備する天然の叡智が、図らず昔から古今東西に互って暗合的一致を来さしめていたところのものである。

これはロランの倉田あての書簡（一九二四年二月六日）で示唆された考え方の発展であり、光太郎の長年の思索のまとめともいうべき文章ではないだろうか。

ロマン・ロランは光太郎の人道主義的・理想主義的な思想形成に大きな影響を与えた。光太郎は、日本の伝統に則していると同時に、世界に通用する普遍的な美の水準に達した近代日本彫刻の樹立を求め、その根本原理を探究し続ける。そしてそのような独創的でかつ普遍的な日本文化を樹立するところこそ、ロランによって啓示されたように、西洋美術を補完し、世界文化に貢献する道だと考えていた。

ところが道半ばにして、新たな試練に直面することになる。智恵子の発狂である。

2　智恵子変調——西洋的愛の挫折

四十代になると、西洋文化摂取の過程で抑圧されてきた日本的自我が人格への再統合を求めて、深刻なアイデンティティーの危機を経験していた光太郎だったが、それればかりではなく、光太郎の女性像も、さらにはそのアニマを投影される智恵子もまた、内面の危機に瀕《ひん》していた。いったい智恵子は、光太郎が昼は彫刻の勉強、夜は原稿書きに没頭している間、どのような生活をし、どのような思いで暮らしていたのだろうか？　智恵子の側から光太郎との関係を再検討する必要があるだろう。

「猛獣篇」にほぼ並行する時期に創作された、『智恵子抄』の中半から後半の発狂・狂死にいたる詩について考察しながら、智恵子の精神破綻のドラマと光太郎の西洋的愛の挫折の過程を検討することにしよう。

智恵子にとっての光太郎

光太郎にとって智恵子が心のなかの女性像を投影できる生身の女性であったとすれば、智恵子にとって光太郎とは何であり、また彼との結婚はどんな意味をもったのだろうか？　出会いの当時の智恵子を振り返って見たい。

智恵子の立場に立って書かれた著作としては、郷原宏『詩人の妻　高村智恵子ノート』、黒澤亜里子『女の首—逆光の「智恵子抄」』などがある。また、最近では津村節子氏が『智恵子飛ぶ』において、小説家の視点から智恵子の生涯を描いている。

郷原氏や黒澤氏の指摘にもあるとおり、みちのくの新興の商家の娘だった智恵子が上京し、当時の女子教育の最高峰として創設間もない日本女子大学に入学して、しかも西洋文化摂取の最先端であった美術を志したということは、明治の文明開化以来の日本社会における、地方から都会へ、伝統から近代へ、という近代・上昇志向にのった出来事だったのである。伝統的な階級社会が崩れていく過程では、教育や文化が自己拡張の欲求と結びつき、女性の自己意識の覚醒は恋愛の流行となって現われたが、『青鞜《せいとう》』の周りにいた智恵子は、まさしくこのような時代風潮を生きる新しい女の一人であった。

しかし、そうした一見すると華やかな外面の影で、孤独と自己の将来に悩むもう一人の智恵子がいた。智恵子は女子大卒業後、雑司ヶ谷《ぞうしがや》で下宿生活をし、太平洋画会研究所に油絵の勉強に通っていたが、画家として自立できる見通しは立たず、自己の才能に行き悩み、かといって適齢期をすぎてこのまま都会暮しを続けるわけにもいかず……絵画を諦めて親の勧める見合い結婚をして故郷に帰るべきかどうか、自分の将来について逡巡していた。智恵子が光太郎と出会ったのは、そんな時だった。

その智恵子に、光太郎はどのように映っただろうか？「髪の毛もボヘミアンの様にふさふさしているし、ひげを生やしてなんだか変にバタ臭い感じだ」——高村豊周《とよちか》は、光太郎が海外遊学を終えて帰国した時の印象を、こう記しているが、当時の写真や自画像を見てもそのとおりの風貌である。ハイカラな雰囲気を漂わせながらも、斜から世の中を見下しているような尊大な目つきからは、青年期特有の、権威に反抗する鮮烈な魅力といったものが醸しだされている。智恵子には、自分が陥っている出口なしの状態から一挙に救い出してくれる異性と映ったのではないだろうか。

この頃、智恵子がつき合っていた唯一人の友人で、『青鞜』の同人だった小説家の田村俊子の作品には、智恵子とおぼしき女友達がこの恋愛にいかに夢中になっていたかが描写されている。たとえば「悪寒」（一九一二）――。

語り手（俊子）は、好きな人ができた女友達（智恵子）が、自分のことをうっちゃって遊びに行った、とある崎（犬吠埼）からよこした葉書の文句――「海ばかり眺めている。力って美しいもんですね」――に、「恋の力の美しく大きいのに恍惚《うっとり》している」女友達の姿を想像している。「多くの男の友達を持ちながら、ついぞ今まで恋を知らずに来た」その友は、「私の心に触《さわ》って貰いたくないの」と、いままで誰にも触《ふ》れさせなかった「自分の心」を、恋人の胸のうちにあづけているに違いない……。それまでは郊外の家で、独り居るつれなさから強いてカンバスに向かっているかのように、「淋しい物憂い風」をして絵を描いていた彼女、そんなときに行き合わせると、「いい加減塗られた板をしまって」、連れだって展覧会やカフェへ行き、あるいは千代紙遊びをしたりと、孤独を慰め合った女友達との気ままな交遊……。俊子はこの小説で、自分のもとを去っていく女友達（智恵子）への同性愛的心情を綴っている。

また「女作者」（原題「遊女」、一九一三）で描かれる女友達も、智恵子のことだろう。その友人はいつになく「取り澄まして」やってきて、「近いうちに別居結婚をする」、「そうして一生離れて棲んで恋をし合って暮らす」のだと告げる。彼女は「結婚したって私は自分なんですもの。(……) 恋と云ったってそれは人のためにする恋ぢゃないんですもの。自分の恋なんですもの」といい、「私だって随分考えたけれども、私はもう自分に生きるより他はないと思ってしまったの。私は自分に生きるの」といって、「その恋い男の黒いマントを被て」帰っていくのである。

これらの作品の行間から立ち現われる智恵子とおぼしき女性は、繊細でナルシスティック、自己の世界に生きる孤独な芸術少女であり、初めて知った恋に夢中になっている乙女である。そしてそれは、『青鞜』の同人で、平塚らいてうと一時期、同性愛的友情をもった尾竹紅吉《おだけべにきち》（富本一枝）が「一つの原型」で回想する、「長沼さんは見かけよりずっと強靭《きょうじん》なものを内にしまっていた。童女のようにあどけなく、美しく澄んだあのつぶらな眼は、おのれひとりを愛した眼である」という印象とも、画家・小島善太郎による「智恵子はディレッタントで、おぼれる性質があり、現実感覚を欠いている」という観察とも一致する。

駒尺《こましゃく》喜美氏は『高村光太郎のフェミニズム』において、若い頃の智恵子のものとして伝えられる風変わりな風貌や個性的な言動に、因習と闘う意志の強い近代女性を認め、光太郎をあの時代には珍しいフェミニストであったとして、二人の関係を因習に抗して新しい男女関係を目指す〝同士愛〟と特徴づけているが、この智恵子像はあまりにフェミニズムに片寄った見方ではないだろうか。智恵子の一見〝個性的〟な言動は、彼女の解放された知性の現われであるよりも、むしろある種の性格のアンバランス、ないしエキセントリックな資質から由来しているように思われるからだ。

ともあれ、智恵子は光太郎との恋に自分を賭けたのである。光太郎が「N―女史に」（一九一二）で呼びかけた時、故郷でまとまりかけていた医師との見合い結婚を断わり、この恋に殉《じゅん》じたのだ。そのまま田舎に帰って嫁にいったのでは、芸術は諦めなければならない。しかし、光太郎と一緒になれば、恋も芸術も一挙に手にすることができるだろう……。画家としての自分の才能に限界を感じながら、芸術を諦め切れずにいた智恵子にとって、光太郎との結婚は理想の結婚に思えたに違いない。光太郎は智恵子によってデカダンスから救われたが、智恵子もまた、光太郎によって救われたのである。

結婚の陥穽《かんせい》　光太郎との恋愛が智恵子にいかに精神と肉体の覚醒をもたらし、二人でする「美と愛の世界の創造」が彼女にとっていかに重大事であったかは、新婚時代に「私の最も幸福と感じた時」（一九一六）というアンケートに答えた次の言葉がよく物語っている。

恋愛は咲き満ちた花の、殆ど動乱に近いさかんな美を、私の生命に開展した。生命と生命に湧き溢れる浄清な力と心酔の経験、盛夏のようなこの幸福、凡ては天然の恩寵《おんちょう》です。ああ恋愛と芸術と、私にはこれを同時にお答えする外しかたがありません。

（北川太一編『光太郎と智恵子』）

智恵子は光太郎に自己同化し、自分を愛するように盲目的に光太郎とその芸術を愛した。他者としての光太郎ではなく、自己の延長としての光太郎を、ナルシスティックに愛した。ともに自我愛の強い二人は、相手のうちに自己の理想とする異性像を投影し、それを愛するという意味において、相思相愛だったのである。

ところが、芸術家同士の結婚だったはずなのに、智恵子は結婚と同時に、光太郎の世界を自分の世界とするかのように、表現者としては一歩引いてしまう。なぜだろうか？　それは一つには、光太郎がロダンやヴェルハーレンに倣うことによって西洋を身につけようとしたように、智恵子も光太郎を手本として近代や文化を学ぼうとしたからだろう。彼女にとって洋行帰りの芸術家・光太郎は、近代＝西洋を体現する異性だった。社会的に見ても、智恵子の実家が地方の新興商家だったのに対し、高村家の方は、家長の光雲は職人から身を起したとはいえ、いまや日本を代表する帝室技芸員にして東京美術学校教授、と新興知的階級に属する。家の格においても、芸術上の実力の点でも、また男尊女卑時代ゆえの性差においても、すべての面で光太郎の方が勝っていた。智恵子には、そうしたことに対する気後《きおく》れもあっただろう。

が、それ以上に、智恵子が創作者としての強い内的促し、表現すべき強烈な自我、といったものを持ち合わせていなかったことが根本の問題だったのではないだろうか。あるいは、新しい女を気取っている割には中身が空疎で、実現すべき自己をはっきりと自分のなかで意識化できていなかった、といったらよいだろうか。実は、郷原・黒澤両氏の指摘にあるように、上京も進学も含め、これまでの人生は智恵子自身が選び取ったというよりも、財産という外枠はできたが中に入れるべき文化教養のない田舎の商家の、勉学のよくできる親孝行で優等生の娘が、強烈な上昇志向をもつ母親センの文化的階級的上昇の欲望を代弁するように生き、時代の先端の風潮に乗ってここまできた部分が大きかったのである。
表現すべき世界の不在という悩みは、田村俊子が「悪寒」のなかで、前年、初めて逢った頃に女友達（智恵子）が寄こしたものとして引用している手紙の文章にも表れている。

今の私と云ったらたゞもう闇《くら》い色にさ迷っているのです。私は私にとっていま恐しい問題を抱いているんです。昔から今の、凡ての人、あらゆる書物、然う云うものは近頃私の頭に漲《みなぎ》ってきたようなこんな事を、あからさまに誰も教えてはくれなかったのです。こんがらかってるこの頭がその内に解釈《かいしゃく》してくれるかも知れないと思うのですが、その時初めて自分の歌いたいと思う様な世界が私の前に開けてくるのでしょう。私はよく知っています。今の私には歌おうとする何物も持ってはいないのです。

表現者にとって、「歌おうとする何物も持ってはいない」ことほど、辛いことはない。この手紙が智恵子の手紙の引き写しなのか、俊子の創作なのか確証はないが、芸術に行き悩んだその頃の智恵子が、いかにも書きそうな手紙ではある。だとすれば智恵子は光太郎と出会ったとき、無意識にせよ、この根本問題を、相手に同化し、相手の芸術を共有することで解決したつもりになったのだ、と考えてあながち間違いはないだろう。ここに恋愛の巧妙な落し穴、黒澤氏が「夢の転位」と呼ぶ欺瞞があった。光太郎とその芸術に自らの人生を仮託《かたく》した智恵子は、結婚と同時に内部矛盾を抱え込んでしまったのである。光太郎の作った木彫小品を懐にいれて持ち歩くほど熱愛したという智恵子の行為は、自ら創作することを諦めた者の一種の代償行為ではなかっただろうか？

もちろん、結婚後も智恵子は絵画への情熱はもち続け、持ち前の勝ち気さから猛烈に勉強を続けた。が、表現すべき世界は技術の習得によって得られるものではない。それに智恵子は外見以上に古風だった。一途に光太郎を愛するあまりか、画家としての自分の才能に限界を感じていたせいか、いや、それよりも光太郎の芸術に参与することによって間接的に自己を生きていたせいであろう、自分の時間を犠牲にしても光太郎の彫刻の仕事を優先し、家庭内の雑事は結局、自分が引き受けてしまうのである。

いつの頃からか、智恵子は絵画勉強の時間を縮小し、貧乏暮らしの生活の足しになるように、絹糸を紡いだり、草木染めをし、一九二一年（大正一〇）頃には機織をするようになっていた。娘時代のような派手な着物も着なくなり、家の中では飾りけのないセーターとズボン姿で通すようになった。つまり夫婦間のひずみや矛盾は、ここでも、女が負うことになった。駒尺喜美氏の分析にもあるように、あの時代の男女の性差にもとずく男性優位の関係構造が、〝同士愛〟で結ばれていたはずの二人の関係を歪めていくのである。

智恵子の側からの愛の神話

二人が他者として向き合うことなく、お互いのうちに自己の幻想を投影してそれを愛する〝相思相愛〟の関係は、性愛が男女の関係の主要部分を占めているうちは、肉体を共有することによって相互的関係の様相をとりうるだろう。しかし、性愛はそう長続きするものではなく、恋愛の情熱は日常生活のなかで磨滅し、変質していくことを免れない。いつしか、二人は違った現実と異なった観念を生き始めるのである。

それをよく示していると思われるのが、光太郎の「樹下の二人」（一九二三）なのだが、その前に、同じ年に発表された智恵子の文章から見ていくことにしよう。

智恵子は若い頃はテニスや自転車、あるいはスキーにと、活発な面を見せていたが、一九一五年（大正四）の夏ごろ肋膜炎《ろくまくえん》を病み、それ以来、健康には恵まれなかった。一九一九年には、春は子宮後屈症手術のために入院し、夏は肋膜炎の治療のため再入院している。一九二二年になるとひどく健康を害し、春ごろから郷里で長期の静養にあたっていた。この療養中に書きためた短文が、「病間雑記」として『女性』（大正一二年一月号）に掲載された。病臥《びょうが》中、智恵子は死を意識したらしい。「死生《しせい》の界《さかい》に立ちて」と題する文章には、死をかいま見た人の透徹した意識と不思議な清澄感が漂っている。

字義通《じぎどお》りの無明《むみょう》の闇《やみ》が幾日かつゞく、太陽のない、朝夕のない世界。この恐ろしい暗黒こそ死への巧妙な陥穽《かんせい》なのだ。単純な肉体的《てき》苦悩が、不思議にも、生命の執着を、自然に解放して行くのを知る。（……）そして暗黒のなかゝら幽《かす》かにさしそめる輝くものこそ人の世には厭《いと》わしく、自分にとっては唯一の救いである死であった。

死の際に立ったとき、智恵子はこの世の執着から解放され、光太郎に対する愛執すら大きな宇宙的な愛のなかに収斂《しゅうれん》されていく。そしてすべては浄化され、大きな愛と感謝に包まれ、万物が至福感に満たされるのを感じる。

　絶ちがたく見える、わが親しき人、彼れは黄金に波うつ深山《みやま》の桂の木。清らかに美しく、強くやさしい魂への、最後の思慕《しぼ》愛執《あいしゅう》も、いつか溢《あふ》る、感謝となり、愛の個性は姿を消し。一切の要求を絶した、滾々《こんこん》として尽きざる、輝ける愛の海原にかはる。
いまは後ろに消え去った、個性に執する愛の如何《いか》に小さくあはれなる事よ。光りの海となって漲《みなぎ》る今こそ万物《ばんぶつ》を、自由に幾百倍の力をもって愛し、愛しつ、安らかに去る事が出来るのだ。遥かなところから、歓喜にみちて祈りと祝福とをおくり、更に高くひたすら、かなたを慕《した》いゆく、唯一の希願は死の生活にむかってである。

　こうして智恵子は、あらゆる生物にとって、死が「歓喜と救いの恩寵」であり、「平等の幸福」であることを悟るのである。
　幸いなことに、智恵子の病状は回復に向かい、万物のよみがえる暁の時間に、命あることのたまらない喜びを再び見いだす（「朝」）。そして生きる希望をかみしめるなかで、「私達の巣」では、ちょうど十年目を向かえた光太郎との結婚生活が想起される。

考えるだけで、潤《うる》おされ温められ、心の薫《くん》ずるおもいがする私達の家。二人が為事《しごと》を放擲《ほ》った時の私達の家庭は、まるで幸福の洪水だ。私は自分と自分の足をその波浪に攫《さら》われる事が幾度だろう。か丶る悩みがまたあるだろうか。けれどもそれは、限られて夢と消える愛の、果敢《はか》ない陶酔ではないのだ。

巣籠《すごも》った二つの魂の祭壇。こころの道場。並んだ水晶の壷の如く、よきにせよ不可なるにせよ、掩《おお》うものなく赤裸で見透しのそこに塵埃《ちりほこり》をとゞむるをゆるさない。

それ故、清らかなるものは、清らかなるものに膏《あぶら》を沃《そ》ぎ、深められ掘り下げらるべき、内の世界――自らの性情と仕事に対し――血をもってむかう。それ故こ丶に根ざす歓喜と苦難とは、更に新しく恒《つね》に無尽《むじん》に、私達の愛と生命とを培《つちか》う。（……）

牽制《けんせい》されず、自縄《じじょう》しない自由から、自然と湧きあがるフレッシュな愛に、十年は一瞬の過去となって、その使命に炎を投げる。峻厳《しゅんげん》にして恵まれたこの無窮《むきゅう》への道に、奮《ふる》い立ち、そして敬虔に跪《ひざまづ》く私。

この全体にみなぎるストイックで張りつめた調子、あまりにも純粋ゆえ悲壮感さえともなう調子は何なのだろう？　ここには病人の研ぎ澄まされた感覚で捉えられたあやうい至福感と、病的感性のなかで美化された愛の世界がある。それは死と再生の感覚を味わった者のみが知る純粋意識の浄福感であり、狂気に近い純粋愛の世界なのではないだろうか。

「病間雑記」は智恵子の側から書かれた愛の神話である。死を意識した智恵子は自分たちの愛を一種の宗教の域にまで高めている。祭壇に奉られているのは「黄金に波うつ深山の桂の木」、すなわち「清らかに美しく、強くやさしい魂」たる若き日の光太郎、智恵子が自分の生をかけて愛した光太郎である。智恵子はこの愛の宗教に仕える、いわば巫女。彼女の「使命」は二人の愛に命を与え続けることであり、彼女は祭壇の前に「敬虔に跪く」のである。

いったい智恵子は十年間も変らぬ愛でもって光太郎を愛し続けたのだろうか？　この点に関し、出口逸平氏は「智恵子の笑み――清水邦夫『哄笑』考――」において、智恵子の発狂を題材とした清水邦夫の演劇を考察し、この演劇に託されたメッセージの一つは『智恵子抄』の神話崩しにある、と分析している。すなわち、結婚前の〝キラキラした不良少年〟の光太郎こそ、智恵子にとってもっとも魅力的であったのに対し、結婚後の〝大人〟になった光太郎との生活は智恵子を〝抑圧〟するものでしかなく、彼女は光太郎の死を妄想するという狂気によって救われた、という刺激的なメッセージが込められているのだ、と読み解いているのである。

たしかに、光太郎の変貌は智恵子にとって望ましいものではなかっただろう。だからこそ、智恵子は二人の愛を神話化することによって、若き日の光太郎との愛を永遠化する必要があったのだ。そしてできることならば、この愛の祭壇の前に光太郎も一緒に「敬虔に跪」いてほしかったに違いない。

男と女の齟齬《そご》――「樹下の二人」

「病間雑記」の発表された一九二三年の春、光太郎は長く実家に滞在していた智恵子を、原稿料が入ったので、珍しく訪ねた。「樹下の二人」はこの時のことをよんだものである。それは八年の空白をおいて書かれた『智恵子抄』の創作詩で、『智恵子抄』第二期はこの詩から始まる。舞台は智恵子の実家のある福島県二本松。智恵子は光太郎との再会に大喜びで、光太郎を案内して裏山に登り、「あれが阿多《あだ》多羅《たら》山、／あの光るのが阿武隈《あぶくま》川」と、風景の説明をする。

安達太良山（阿多多羅山）

あなたは不思議な仙丹を魂の壺にくゆらせて、
ああ、何という幽妙な愛の海ぞこに人を誘うことか、
ふたり一緒に歩いた十年の季節の展望は、
ただあなたの中に女人の無限を見せるばかり。
無限の境に烟るものこそ、
こんなにも情意に悩む私を清めてくれ、
こんなにも苦渋を身に負う私に爽やかな若さの泉を注いでくれる、
むしろ魔もののように捉えがたい
妙に変幻するものですね。
（……）
ここはあなたの生まれたふるさと、

この不思議な別個の肉身を生んだ天地。

光太郎はおそらく、智恵子の「病間雑記」を読んでいただろう。平川祐弘氏はこの詩とヴェルハーレンの『午後の時』の14番の詩、「われらが同じ思いに生きていてもう十五年（……）」との間に、年月を経ても変わらぬ夫婦愛の確認という相似性を指摘し（「高村光太郎と西洋」）、黒澤氏は智恵子の「私達の巣」との呼応を指摘しているが、ここでは黒澤説をとりたい。用語といいテーマといい、不思議な類似が見られるのは、「私達の巣」との間にだからである。たとえば、智恵子の「魂の祭壇」「水晶の壷」は、光太郎の「魂の壷」に、前者の「清らかなるものは、清らかなるものに膏を沃ぎ」は、後者の「私を清めてくれ」「若さの泉を注いでくれる」に、同じく「恒に無尽に（……）培う」は「女人の無限を見せるばかり」に、「十年は一瞬の過去」は「十年の季節の展望」に照応する、という具合である。

しかも注目すべきことに、「樹下の二人」は二人で生きた愛の年月を智恵子の故郷の風景を見晴らしながら振り返る、という形を取ってはいるものの、「魔もののように捉えがたい」「妙に変幻する」「不思議な別個の肉身」という形容からは、愛の確認というよりむしろ、智恵子を前にして見知らぬ他人を見いだしたような、光太郎の戸惑いさえ感じられるのである。おそらく智恵子は研ぎ澄まされた病的感性によって、健康で頑丈な光太郎の肉体と感性があづかり知らない、ある感覚の極点までいってしまったのだろう。光太郎はそうした智恵子の狂気を秘めた純粋さに、常軌を逸したエキセントリックさに、たじろいでいる。と同時に、「何という幽妙な愛の海ぞこに人を誘うことか」という言葉からもわかるように、女の狂気に魅入られ、幻惑されてもいるのである。

光太郎が「智恵子の半生」において回想する彼女の印象――「底ぬけの純愛」、「心に何か天上的なものをいつでも湛へて居り、愛と信頼とに全身を投げ出していたような女性」、「隔絶的に此の世の空気と違った世界の中に生きていた」、「思いつめれば他の一切を放棄して悔まず、所謂矢も盾もたまらぬ気性」、「私への愛と信頼の強さは殆ど嬰児のそれのようであった」、「私が彼女に初めて打たれたのも此の異常な性格の美しさであった」――は、そうした智恵子の狂気に近い純粋さをいっているのだろう。

智恵子の生来の〝異常性〟は、二人きりの自閉的生活や長い闘病によって先鋭化する。たとえば「病間雑記」のなかの「思想其他の反芻《はんすう》」には、智恵子の読書体験、とりわけドストエフスキーへの心酔が語られている。彼女は光太郎が敬愛する人道主義的なロマン・ロランやトルストイなどよりもドストエフスキーを上に置き、熱に浮かされたような口調で称賛している。曰く、

われわれは彼の思想と問題の渦のなかに、すっかりまき込まれてしまって（……）熱せられた魂と、極度に興奮し青ざめた意識の上で、自分自身彷徨する。（……）最高のもの、純正なもの――真理――に対して、自身をも全世界をも破り尽くす、燃えあがる熱情と冷徹な叡智とは嵐のなかから電光と一緒に放射する強烈なオゾンのやうにわれわれの魂を魅了する、清新な快感は忘れ得るもので

はない。

智恵子が狂気を秘めた純粋愛の世界に没入していく一方、光太郎のヴェルハーレンの訳業は続けられる。結婚生活十四年にしてマルトに捧げた『午後の時』の訳詩は、一九二四年（大正一三）から一九二九年（昭和四）にかけて、さまざまな雑誌に部分的に発表された。『午後の時』は、季節が春、夏、秋へと移ろうように、人生の午後を迎えた詩人が、妻とともに生きた年月を思い、変わらぬ信頼と情熱と愛をうたった詩集である。美しく静かな幸福（『午後の時』1、4、8、12、19、22）、愛による癒しと再生（同7、15、18、20、25）、「時」の侵蝕におかされない愛（同13、14、29、30）などをテーマとする。

光太郎がこの訳業をしていた期間は、ちょうど智恵子との結婚生活十年から十五年にあたる。ヴェルハーレンとマルトは目指すべき夫婦愛の理想として、光太郎のうちには相変わらず位置づけられていただろう。そしてこの訳詩に平行して、『智恵子抄』の第二期（一九二三〜三一）をなす詩が九篇、創作されている。ところが訳詩と創作詩との間には、もはや共鳴現象は見られない。

たとえば「金」（一九二六）では、アトリエの粘土は凍らせてはならないから、たとえ貧乏しても、「智恵子よ、／石炭は焚こうね」と呼びかけ、「鯰《なまず》」（一九二六）では、「貧におどろかない」智恵子が寝静まってから、火の気のない冬の夜のアトリエで木彫りの仕事をする様子が描かれる、という具合に、貧乏ではあるけれど、生活感を欠いた、どこか詩的な二人の生活を主題としている。「夜の二人」

（一九二六）では、自分たちの最後は餓死だろうと予想し、「智恵子は人並みはづれた覚悟のよい女だけれど／まだ餓死よりは火あぶりのほうをのぞむ中世期の夢をもっています」と、何やら現実離れした中世の修道女のごとき智恵子が描かれる。それは、みずから編みだした愛の宗教にジャンヌ・ダルクのごとく殉ずる智恵子の狂死を、予感させさえする。が、いずれもはや恋愛詩ではない。

『智恵子抄』第一期の恋愛詩では、エロス的存在としての智恵子が確かに現前していた。ところが、第二期の詩群では、死をかいま見ることによってある極点まで感受性が先鋭化した智恵子に、光太郎は幻惑され、不思議な生き物を眺めるように見入っている。智恵子のエロス的側面は漂白され、生活者としての存在感も希薄である。光太郎と智恵子とは異なる観念のドラマを生きていたのである。そうして智恵子は日常性から乖離し、「智恵子」は光太郎のなかで、のちに「元素智恵子」（一九四九）の詩のなかでそう呼ばれるように、「精神の極北」として位置づけられていく。

智恵子の苦悩――愛と芸術の相剋　光太郎は「同棲同類」（一九二八）で、自分は彫刻に、智恵子は機織りにと精をだす二人の結婚生活を、芸術家夫婦の一つの典型のように描いている。しかし、実態は二人の観念のズレは隠しようもなく大きくなっていたのではないだろうか。

智恵子は光太郎への愛と彼の芸術に賭けた。そうして彼女の〝愛の宗教〟に、光太郎も殉じてほしかった。ところが、女は愛に命を賭けるが、男が命を賭けるのは仕事である。光太郎は智恵子とは別個の、彼自身の世界を歩み続けている。彼女はいい知れない孤独と、愛のみでは救済されない現実を痛感しただろう。

「病間雑記」の翌年、「恋愛は婦人最上のものか」（一九二四）というアンケートに答えて、智恵子は次のように書いている。

一人の人に真実であるところのものは一切の人にもそうであると——芸術に就ていった——ロダンの言葉が丁度恋愛の場合にもあてはまります。

恋愛、母性愛、全人類に対する平等愛、すべて熱烈な願望の火と燃ゆる愛の生活こそ、人間の最上のものであろうこの事に一点の疑義はありません。

（……）もしこの世のあらゆる人が、いのちをもって、つねにのぞみ、信じ、崇敬する恋愛の基礎の上に、すべて真実な生活を営むものであったら、この社会の一切の文明状態が、ああ、どんなに一変することでしょう。およそ醜悪な感情は消え去り、清らかに新鮮な、光にみちた花園になることでしょう。

そして、この祝福された地上に立って、各自の使命に熱情をそそぐならば。

けれども複雑多端な職業的生活本位である現実は、かかる愛の生活とその使命とに真摯な程、厳密なほど、個個の魂の外部に於けるなやみは増します。それこそ生き甲斐のあるなやみながら——

（澤田伊四郎編『光太郎智恵子』所収）

「愛の生活」と「各自の使命」とのギャップに、「生き甲斐のあるなやみ」を悩む智恵子の姿がかいま見える。しかし、光太郎の使命が彫刻だとしたら、智恵子の使命は何だろうか？　光太郎への愛か、それとも自分自身の絵画なのか？　智恵子は結婚と同時に表現者として一歩引いた過ちを、今にして悟《さと》ったのではないだろうか。もし、智恵子が救われるとしたら、芸術家としてのアイデンティティーを持つしかないのである。それによって初めて、光太郎との「愛の生活」も充実するはずなのだ。

一九二六年（大正一五）九月、アトリエを改造して、二階が智恵子専用のアトリエになった。智恵子は結婚後も実家にまめに手紙を書いているのだが、この頃、母センにあてた手紙（九月一三日）に、こんな一節がある。

今二階の天上を抜いて高くして、二階を私の画室になおしていますので毎日大工さんが来てゴタゴタしています。これが出来たら勉強に専心いたします。磐梯山《ばんだいさん》の絵も落ちついてから描こうと思っています。山の上でよく研究はして来たのですから。何しろ自分で生活の力を得なければ、何が何でもだめですから。私は一生懸命仕事の為に命を打ち込むつもりです。人並みに出来なくても、苦しい生活でもそれは何とも思いません。質素にして働くことをよろこび、何かしらの仕事をして死にたい願だけです。（同右）

悲壮感さえ漂う文章である。が、必死の芸術精進にしても、空回りしているような印象が拭《ぬぐ》えない。

光太郎の回想（「智恵子の半生」）によれば、智恵子はある年、故郷に近い五色《ごしき》温泉で夏を過ごし、その時のスケッチをもとに描いた、自分では自信をもって出品した風景画が文展に落選して以来、どこの展覧会にも出品しないようになり、内向してしまったという。一人で思い詰める性格の智恵子は、いつも満足する作品を完成することができず、自分の才能の不足に深く傷つき、またそれを誰にもいえずに、一人胸にしまって悩む……。芸術家は作品を世に問うてこそ芸術家で、それができない者は真の芸術家ではない。もともと芸術家同士の結婚であり、夫の光太郎の方は創作者として自己表現し、世間からも認められていただけに、画家として自立できない自分に対する焦《あせ》りも強かっただろう。おまけに智恵子は、画家としては致命的な色盲の傾向があったという（佐々木隆嘉『ふるさとの智恵子』）。カンバスの前に座り一人で涙を流している智恵子の姿を偶然目にした時など、光太郎は胸がつまり、慰めの言葉もなかった、と回想している。

一九二七年（昭和二）二月、智恵子は「画室の冬」と題した「ある日の日記」に、ある冬の朝の生活風景を描いている。

ピンチョオ　ツウ　ジュルジュオ
ツゥイ　チロチロ
冴えた中音にめざめる、急いで窓かけをひくと、雪ぢゃないか、うっすらと積もった初雪、すぐ前の、かつらの繁った珊瑚樹から二三羽の四十雀が飛び立つ、ぱっと散った雪の枝が動いている。
朝の香はペパミンの花さく野の味がする。清らかな白い息をつく大空、新しいマント、家々、水晶の装身濡れ雫する樹木、誰かを待つ敷物を取かえた道路、オランジュの太陽がいま、熱い凝視をつづけながら、煙る梢をはなれるところ。

何もかも生々として、何もかもすっきりとのびあがって、きりきりと裸形を寒風にさらす、辛烈な健康、冬。

流れこむ大気を胸いっぱいに吸って、小鳥等に挨拶をなげ、階下にゆく。

一しきり朝の労働。

階下が朝らしく整う時分、あるじが三階から下りて来る。（……）明るくて暖かい、物音隔離された小さな室、彼の安息所から——

食後のお茶、程よい一杯の宇治玉露が味覚によえる明暗は、ダヴィンチの絵に似た美妙さを持つ（……）。

（……）私達多くは言葉なく感じ、理解し、各々の無言のうちに心充つる静寂にして白熱する朝夕が生活におとづれたのをしる。朝のよき一時の憩い。

（『光太郎智恵子』所収）

質素ではあるが美的趣味のゆき届いた生活空間に流れる、「無言」ではあるが「心充つる」朝の時間が、聴覚、視覚、味覚、嗅覚、とあらゆる感覚が交感する象徴詩のように、繊細に描出されている。しかし、二階を改装したとき、彼らはアトリエばかりか夫婦の寝室をも分けてしまったのである。どこかすれ違っている二人……。朝の時間が終わり、各自の一日の仕事が始まる。

そして夜、日記はロマン・ロランの引用で閉じられる。「この世界に本当のヒロイズムの形式は唯一つしかない。それは世界をあるままに見て愛する事であると、ロマン　ロランが言う」。この言葉には、画家として自立するには力量不足の自分自身に対する絶望と、その現実をあるがままに受け入れ、光太郎との美的な愛の生活に充足するしかないと観念した智恵子の、静かな諦念が感じられるのではないだろうか。

分裂するアニマ

『智恵子抄』第二期作品に登場する「智恵子」の存在感の希薄さは、芸術家として独り立ちできず、もともと生活者として現実にしっかり足をつけて生きるタイプでもなく、しかも光太郎の希望で子供ももたずに母性という大地に根を張ることもできなかった智恵子の、存在の不確かさによるのではないだろうか。智恵子は光太郎に愛される自分をナルシスティックに愛すること、つまり光太郎の目に映る自分にしか拠り所を持てなくなっていく。

こうして自己確立に挫折した智恵子は、光太郎の作品化の営みのなかで表現される女、いわば太陽の反射光で輝く月のような、受け身の存在となるのである。その点、平塚らいてうが表現者としての強い自我を持ち続け、女性解放運動の思想的リーダーとして社会的にも活躍し、また母になることで普遍的な母性をも体現し、年下の夫さえも母性のなかに取り込んで、「元始、女は太陽であった」の言葉通り、強烈な自我を生きたのとは実に対象的である。「新しい女」というコインの表面と裏面を見るごとくである。

さて、智恵子が明確な自己イメージを持てなかった一因として、光太郎の変化、とりわけ女性観が揺らいできたことに言及しなければならないだろう。結婚当初、光太郎は西洋的な愛を理想とし、智恵子をその伴侶《はんりょ》として選んだ。そして西洋的愛の世界を観念的には生きたつもりでいながら、その実、無意識では献身的な明治の女である母を理想の女性と思う部分が抜け切らなかった。とりわけ、中年期の光太郎は日本の伝統を再評価し、日本的自我の回復をはかっている時期でもあり、自分のアイデンティティーばかりか、アニマ像もまた混乱していたのである。たとえば「母性のふところ」(一九二四)と題して、次のようなことを書いている。

人は年を取るに従ってだんだん強く、ふかく、烈しく、母の愛を思うようになる。この一二年、私は殊にこのことを身にしみて感ずるようになった。天空と、母の愛とを思うたびに、私の心は「無限」に触れる。母の愛はまったく神の愛であろう。子育ての観音《かんのん》、あのマリアに感ずる愛と恵との深さが此なのであろう。(……)母性の愛は女性の持つ最も意味深い、最も貴い、又最も力のある本能である。この本能はあらゆる女性にある。子を持つ母親には固《もと》より、子無き妻女にも、処女にも、女の子にもある。この母性の愛が男性の此の世に於ける最も温い、最も安らかな隠れ家である。私の女性礼讃も、もともと此の母性への絶対信頼が根にあるのである。男性はつねに母性の愛をもとめている。又常にそれに救われている。(……)夫婦の愛が健全に進めば、夫は必ず妻の内に潜む母性の愛にひたされるに至るであろう。この場合夫であっても男性は子であり、妻であっても女性は母である。(……)男性の最後の神壇は母性のふところである。

実におめでたい、男の側からの一方的な言い草ではないか。しかし、新しい男女の関係を目指していたはずが、いつの間にかこうした伝統的女性像を求められたのでは、智恵子の方はたまったものではないだろう。

ただでさえ明治の近代化以降、男女の社会意識の変化のなかで、女性たちは男性以上にアイデンティティーの困難を経験していたのである。横山博氏はユング心理学の立場から日本社会における女性性の問題を考察した著書、『神話のなかの女たち　日本社会と女性性』において、近代日本女性が直面した自己確立の困難を分析している。要約すると

日本の〈集合的意識〉は「母親元型」を重視し、日本神話の頃から女性の生き方を「賢母」の役割に縛りつけてきた。それゆえ、近代になり女性が個としての生き方を求めるようになると、〈集合的意識〉のなかにまだ根づいている母性優位の状況に直面することになった。さらに日本の〈集合的意識〉のなかには、「母親元型」とならんで、純潔性や清浄な美に価値をおく「少女元型」が優勢である。したがって、女性は個を確立し〈女性性〉を発展させる過程で、母親、少女と、それに加えて男性の〈アニマ〉の対象をも引き受けなければならない、という困難に立たされた。また、西欧化にともない、日本女性が西欧的自我に自らを適応させようとするとき、〈女性性〉の「大地的側面」と密接に結びついた日本の〈集合的意識〉のなかに潜む〈女性性〉の核心とも接触を失う傾向があった。その結果、深い〈集合的無意識〉からも切れてしまい、空中に漂う存在となってしまう危険性さえあった——。

智恵子に関していえば、日本の近代に自立した生き方を求める知的女性が一般的に遭遇する問題に加え、光太郎からの混乱したアニマ像の投影という、二重のアイデンティティーの困難を引き受ける羽目になったわけである。自意識と自我愛は強いが、実現すべき確固たる自己像、創作者として表現すべき内容を持ち合わせていなかった智恵子は、娘時代に母親の上昇志向を肩代わりして生きたように、結婚してからは、愛する夫の求める女性像を容易に受け入れてしまったのだろう。

光太郎の母わかは、「母性のふところ」を書いた翌年、六十九歳の生涯を閉じた。光太郎は「母をおもふ」（一九二七）で、典型的な日本の母だった亡き母をしのび、「母を思い出すとおれは愚にかえり、／人生の底がぬけて／怖いものがなくなる。／どんなことがあろうともみんな／死んだ母が知っているような気がする」と、母への思慕を記している。生前、幸か不幸か、光太郎の母と智恵子との間には姑と嫁の対立・葛藤は起らなかった。智恵子は他者として夫にあい対することも、姑に対峙《たいじ》することもなかった。そうして光太郎の〝西洋的異性愛〟と〝日本的母性愛〟に引き裂かれた意識と無意識の矛盾までも、黙って引き受けることになったのである。

そんな智恵子の心労に、いくらかでも光太郎が思いいたるのは、ずっと後のことである。妻亡き後に書かれた「智恵子の半生」では、彼女がついに精神の破綻《はたん》を来たすにいたった原因を、「その猛烈な芸術精進と、私への純真な愛に基く日常生活の営みとの間に起る矛盾撞着《（どうちゃく）》の悩み」だっただろうと、分析している。が、智恵子が危うい状況にあった当時の光太郎は、自分自身の問題で頭が一杯で、相手を思いやる余裕がなかった。

「あなたはだんだんきれいになる」（一九二七）では、娘時代の華美な着物を脱ぎ捨て、無装飾になった智恵子のズボン姿に、「をんなが付属品をだんだん棄てると／どうしてこんなにきれいになるのか。／（……）／時時内心おどろくほど／あなたはだんだんきれいになる」と、まるで清冽な生き物を見るように呑気《のんき》に驚いてみせ、「同棲同類」（一九二八）では、機織する智恵子を見て、「――私は口をむすんで粘土をいぢる。／――智恵子はトンカラ機《はた》を織る」と邪気がないのである。

しかし、「あどけない話」（一九二八）にはさすがに、常ならぬ智恵子に当惑する光太郎がうかがえる。

智恵子は東京に空がないといふ、
ほんとの空が見たいといふ。
私は驚いて空を見る。
（……）
智恵子は遠くを見ながら言ふ、
阿多多羅山《あたたらやま》の山の上に
毎日出てゐる青い空が
智恵子のほんとの空だといふ。
あどけない空の話である。

智恵子の実家

読みようによっては、智恵子の精神異常の予兆さえ感じられる詩である。光太郎が気づかずにいるうちに、智恵子と「智恵子」のずれはますます広がり、智恵子は現実から遊離して、事態は「あどけない話」といってすましていられないところまでいっていたのではないだろうか。

智恵子・精神破綻のドラマ

智恵子の精神が変調をきたしていくのは、いつ頃からだろうか？　最初の兆候が現われたのは一九三一年（昭和六）の夏だとされる。その引き金になった要因の一つに、実家の倒産がある。

智恵子の実家長沼家は、祖父次助の代に奉公先の造り酒屋から独立して店を起し、一代で財を築いた新興の商家だった。長沼家は地元において、経済力では第一級の家と目されていたが、複雑な家系や成り上がり者という境遇からか、必ずしも評判のよい一家ではなかったらしい。しかし結婚してからの智恵子にとって、美しい自然に恵まれた故郷福島の実家は、都会生活を離れ、疲れた心身を休養できる場となった。彼女は病弱でもあったので、東京の喧騒《けんそう》を嫌い、一年の半分近くを故郷で過ごして生気を取り戻した。結婚後も実家は、地縁・血縁でつながった避難所であり続けたのである。故郷の田舎を後にし、都会へ、近代＝西洋へと自己膨張していった智恵子は、一見、新しい女でありながら、その実、家系意識の抜けきらない、根は古い女でもあったのだ。東京でいわば〝異文化〟を生きる智恵子にとって、郷里はそこにおいてこそ自分を取り戻せる、存在の根底をなす場だったのだろう。

その命の避難所たる実家の商売は、父今朝吉が一九一八年（大正七）に病死し、十一歳年下の弟敬助が家督を相続して以来、急速に傾いた。それは長女意識の強い智恵子にとって、大きな心労の種となった。智恵子は手紙で母の健康を気遣い、励まし、弟や妹に皆で力を合わせて家業をもりたてるようにと叱咤《しった》激励し、時には土地や財産問題の処理に具体的な助言を与え、気丈《きじょう》な長女ぶりを発揮する。しかも、彼女は実家の恥を光太郎にはひた隠しにした。ところが一九二九年（昭和四）、ついに倒産するにいたり、一家は離散して、智恵子は帰るべき生家を失う。そればかりか、実家の金銭的困難という問題までも背負いこむことになったのである。

智恵子は光太郎に内緒で、できるかぎり金銭的援助をしようとした。しかし、彼らとて貧乏芸術家夫婦で、人を助けるほどの余裕はない。彼女は自分の無能力をいやというほど痛感する。この頃、実家にあてて書かれた手紙（『光太郎智恵子』所収）には、悲痛な叫びが聞こえる。

此度という今度は決して私に相談しないでください。（……）よしんば親や夫が百万長者でも、女自身に特別な財産でも別にしてない限り女は無能力者なのですよ。からだ一つなのですよ。まして実家は破産してしまい、母には別に名義上のものはない。自分はまして生活も手一ぱい。なか〱

人の世話どころの身分ですか。

（一九三〇年一月二〇日）

母上様。きのうは二人とも悲かんしましたね。しかし決して世の中の運命にまけてはなりません。われわれは死んではならない。いきなければ、どこ迄もどこ迄も生きる努力をしましょう。（……）私もこの夏やります。やります。そしていつでも満足して死ねる程毎日仕事をやりぬいて、それで金もとれる道をひらきます。かあさん決して決して悲しく考えてはなりません。私は勇気が百倍しましたよ。やってやって、汗みどろになって一夏仕事をまとめて世の中へ出します。（……）力を出しましょう。私、不幸なかあさんの為に働きますよ、死力をつくしてやります。金をとります。いま少しまっていて下さい。決して不自由かけません。もしまとめて金がとれるようになったら、みんなかあさんの貯金にしてあげますよ。決して悲観してはなりません。きょうは百倍の力が出てきました。

（一九三一年七月二九日）

この手紙などは、母親思いのしっかり者の長女という智恵子の一面がよく出ているのだが、「やります、やります」と叫んでいるわりには、いったい何をして稼ぐつもりなのか、気持ちばかり焦って、言葉が虚ろに上滑りをしている印象を拭えない。

光太郎との葛藤に満ちた生活に加え、実家の喪失と経済的困難――。智恵子の脆《もろ》い精神は、もはやこれ以上の危機状況に耐えられなかった。光太郎は西洋と距離を取り始めたとき、彫刻を通じて日本の伝統文化に根づくべき場所を求めた。しかし智恵子は、根づくべき場を失い、糸の切れた風船のように浮遊するしかないのである。

一九三一年（昭和六）の夏、光太郎は時事新報社に委託されて紀行文「三国めぐり」を連載するため、八月九日から岩手県三陸地方へ取材旅行に出る。智恵子を残して二週間と家を空けたことはなかったのに、この時は一カ月ほども留守にした。体調もすぐれず、精神的にも痛手を受けている智恵子との、おそらくは息詰まる日常生活から解放されたかったのだろうか。光太郎は旅行中、東北の野性的な自然に触れ、たくましく生きる人々に接して、

久しぶりで海に出た私はやり切れない程なつかしい滑っこい此の生きた波涛《はとう》の触覚に寧《むし》ろ性欲的の衝動を感じる。海のブランコの肉情は殆と制し難い。（……）私は既成宗教のどの信者でもないが癒し難い底ぬけの自然讃美者だ。自然の微塵《みじん》にも心は躍る。万物の美は私を救う。強力なニヒルの深淵から私を引き上げたのは却て単純な自然への眼であった。高度の文化が最後に救われる道は案外にも常に原始的な契機による。（「三陸廻り、牡鹿半島に沿いて」）

と書くほどに、生命の解放感を、原始的なまでの生命力の回復を味わうのである。

一方、智恵子は光太郎の不在中に余程孤独を感じたらしい。母センや姪の春子が泊りに来ていたが、「わたし死ぬわ」などと口走り、母や姪は最初の精神異常の兆候に気づいたという。

中原綾子

中原綾子との交情

女の狂気の影には、ほとんど必ずといってよいほど、愛情問題が絡んでいる。愛する者の心変わりや裏切り、あるいは報われない愛、つまり愛の欠如によって女は深く傷つき、嫉妬に苦しみ、妄想をつのらせ、そして狂っていく。智恵子の場合はどうだったのだろうか？　光太郎の側に、たとえそれが智恵子の妄想に近かったとしても、彼女の心痛を引き起こし、存在を脅かすことになるような、そんな女性問題はなかったのだろうか？

実は光太郎には、文学という共通の絆で結ばれた女性の友人がいた。奔放な美貌の才女として、また恋多き浪漫派の歌人として、大正から昭和の文壇で華やかな色香を放った女性、中原綾子（一八九八～一九六九）である。綾子と光太郎との出会いは一九二〇年頃に遡る。松本和男氏は評伝『歌人中原綾子』（二〇〇二）において、氏が長年に渡って蒐集《しゅうしゅう》した綾子と光太郎との、おそらく恋情を交えた文学的交遊に関する多くの資料を紹介している。それによると――

旧柳川《やながわ》藩曽我子爵の二女として、父曽我祐保の赴任先の長崎で生まれた綾子は、一九一七年（大正六）、十九歳の年に貿易商を営む中原斗一に嫁いで東京に住んだ。二十歳の時には詠みためていた短歌を与謝野晶子に郵送し、知遇を得て新詩社の同人となった。この頃、新詩社は第二期『明星』（一九二一～二七）の発行を準備しており、光太郎はその重要なメンバーの一人だった。新詩社では毎月のように歌会を開催していたが、綾子が光太郎と出会ったのはその席上でのこと、綾子は二十歳そこそこ、光太郎は三十半ばを過ぎた頃だった。

「高村先生がお一人加わられることによって座の空気が一層ひろびろと、同時に厚味のあるものになることを感じた」。光太郎の圧倒的な存在感と、彼が発散するオーラを、綾子は「第二期明星の頃」（『高村光太郎全集』第六巻「月報」）で回想している。またこのなかで、ある歌会の折に光太郎が詠んだ歌を、「いまでは私の記憶に在るだけかも知れないと思われるので」と断って書き留めている。次のような歌である。

わたくし道徳しないあるなど云ふ人と犢《こうし》の肉を喰ひて別れぬ

「わたくし道徳しないある」というのは、おそらく洋行生活の長かった与謝野門下の詩人堀口大學の物言いを、幾分ちゃかして真似たものだろう。この「途方もない」歌は、綾子を大いに可笑しがらせ、この日欠席した当の堀口大學に、さっそく報告におよんだのだった。すると大學からは次のような返事が来たという。「高村君は一種の巨人です。ときどき見ておくよろしいある」。文学者たちのユーモア溢れる交遊のエピソードである。

その綾子が、敬愛する光太郎を駒込林町のアトリエに初めて訪ねたのは、『明星』が休刊になった後、吉井勇《いさむ》が主宰する『相聞』（のちに『スバル』と改題）の同人となった一九二九年（昭和四）六月のこと、『相聞』に載せる原稿の依頼だった（この時、綾子は堀口大學にも原稿依頼に行っている）。その二年後には、綾子はみずから短歌中心の雑誌『いづかし』を主宰し、創刊号に中西悟堂《ごどう》の詩、堀口大學の訳詩、新居格の散文とともに光太郎の詩が寄稿された。ところがこの時期、綾子の感情生活は、文芸に疎い夫との不仲、既婚の実業家小野俊一との恋愛と、激しく揺れ動き、『いづかし』の発行は暗礁にのり上げて、一九三四年（昭和九）に廃刊にいたる。

翌年、綾子が第一詩集『悪魔の貞操』（一九三五）を刊行すると、詩集の題字を書き、以下のような序詩を寄せたのは光太郎である。

心法の高圧を放電するもの、
思いもかけぬ交互無縁の片言隻語。
言語道断の真空界にひらめくのは、
千古測りがたい人間心理。
すさまじいかな、此書

（『歌人　中原綾子』所収）

綾子の文学的才能に送ったエールであろう。

智恵子・心の叫び声

こうした光太郎と女性との知的交遊を、病的に研ぎすまされた智恵子の第六感が見逃すはずはないだろう。かつて共有したいとあれほど望み、もはや共有できなくなった光太郎の想像世界、智恵子にとっては至高の価値ある芸術世界を、若さも美貌も才能も兼ね備えた女流歌人が共有している。彼女は自己の表現世界をもって光太郎と対等につき合い、そればかりか家庭も子供ももっているらしい。それなのに、自分には何もない……。綾子の存在を知ったとしたら、智恵子の苦しみはいかばかりだっただろうか。

智恵子が光太郎の旅行中に精神変調の最初の徴候を示した一九三一年(昭和六)夏といえば、ちょうど綾子の『いづかし』(八月一日創刊)が創刊された時期である。光太郎は旅立ちの直前、雑誌の礼状(七月二九日付はがき)を書いている。

雑誌〝いづかし〟拝受、大層頁数の多い立派な雑誌なので驚きました。これだけ編輯《へんしゅう》なさるのは一通りでなからうと思いました、よき発展をいのります、小生は九月頃まで海の旅に出かけます故しばらく失礼いたします、いつれ又帰京の上、(同右)

ひょっとして、智恵子が光太郎の長い留守を恋の逃避行と疑った、とは考えられないだろうか?綾子がこの時期、小野俊一との恋愛でそれどころではなかったにしろ、智恵子が狂おしい嫉妬のあまり妄想をたくましくしても不思議はないだろう。

塩原温泉での二人（昭和８年９月）

実家の破産、画家としての挫折、光太郎の心の不在、自分自身への絶望……。智恵子、四十五歳。いつの頃からか、眠れぬ夜々に睡眠薬を常習するようになっていた。それは翌一九三二年七月一五日のあの忌わしい事件、薬一瓶を服用した末の自殺未遂へとつながる。「わたし死ぬわ」――救いを求める智恵子の心の叫びを、光太郎は聞かなかったのだろうか？

智恵子の異変を更年期のせいだろうと、たかをくくっていたらしい光太郎にも、服毒自殺未遂はさすがにショックであった。彼はこう書いている。

彼女は童女のように円く肥って眼をつぶり口を閉ぢ、寝台の上に仰臥《ぎょうが》したままいくら呼んでも揺ってても眠っていた。呼吸もあり、体温は中々高い。すぐに医者に来てもらって解毒《げどく》の手当をし、医者から一応警察に届け、九段病院に入れた。遺書が出たが、其にはただ私への愛と感謝の言葉と、父への謝罪とが書いてあるだけだった。その文章には少しも頭脳不調の痕跡は見られなかった。

（「智恵子の半生」）

智恵子は幸い、事なきを得て八月九日には退院した。妻の胸中を思ってだろうか、償いの気持ちからだろうか、光太郎は一九三三年（昭和八）八月二三日、結婚生活十九年にして初めて智恵子を入籍した。そして彼女をともない、保養のため、二本松、川上、土湯《つちゆ》、塩原《しおばら》と温泉巡りをする。が、帰京したとき、智恵子の症状はさらに悪化していた。一九三四年五月には、母や妹一家が移り住んでいた千葉の九十九里浜《くじゅうくりはま》に転地療養することにした。光太郎は週に一度、智恵子を見舞った。海辺の生活で、智恵子の身体は丈夫になったが、精神の健康は回復しなかった。そんな折り、一〇月一〇日に父光雲が八十三歳で亡くなる。智恵子の病状の方は次第に亢進《こうしん》して狂暴状態が続き、転地先にも置いておけなくなって、一二月には自宅に連れ戻ることになった。

こうして自宅での壮絶な生活が始まる。

光太郎の苦悩――自分の妻が狂気する

光太郎の人生のなかで最も辛い時期であったろうこの時期に、何かと心の支えになったのは中原綾子だった。綾子はのちに、岩手の山にこもった光太郎を訪ねて行った時、「あの頃は、あなたに、ずいぶん手紙を書いたなあ」と嘆息されたと記しているが、実に頻繁に光太郎は手紙をしたためている。理不尽に人格崩壊させていく妻に全生活が振り回される苦悩と焦躁を、誰かに訴えずにはいられなかったのだろう。光太郎は時に驚くほど赤裸々に智恵子の病状や治療を語り、綾子宛書簡は当時の実人生の貴重な記録になっているのである。

この書簡（一九三四年一二月から翌年一〇月までのもの）は、光太郎の死後、綾子による註をつけて、『婦人公論』（一九五六年六月号）に発表され、その後、『光太郎智恵子』（龍星閣）に掲載された。また

『歌人　中原綾子』には『高村光太郎全集』（第十四巻）に収録されている全書簡のうち、綾子宛のものがまとめて掲載されている。

光太郎が綾子に語った惨状とは――。病人は発作が起ると憑《つ》きものがしたようになり、自分でもコントロールのできない手や首を動かすなどの動作が始まる。狂躁状態には六～七時間も立て続けに、大抵は男言葉で独語《どくご》や放吟《ほうぎん》をやる。光太郎や医者に暴言を浴びせる。器物は破壊する、食事は拒否する、薬は受けつけない……。それは、今まで抑圧されていた生命のエネルギーが、堰《せき》を切って噴き出したかのようだった。光太郎は外出するときにはドアというドアを釘づけにして出る有様だったという。

これでは仕事をするどころか、夜もおちおち眠れない。「一日に小生二三時間の睡眠でもう二週間ばかりやっています」（一九三五年一月八日）、「今年こそ十分に仕事しなければならぬ時期に来ています。小生の数十年の彫刻の修業は此頃になってものになりかけて来た事を感じますから。書きたいものも山ほどあり、作りたいものも山ほどあり、頭の中も体の中もまるで破れそうに一ぱいになっています。（……）ちえ子の変調で小生の生活は急回転して勉強の道が看護の道に変わりました」（一月一一日）、と光太郎は創作の時間も場も奪われた焦燥をぶちまけている。しかし同時に、「小生はちえ子の一生を犠牲にしました。どうかして今後ちえ子を安泰にしてやりたいと念願します」と、智恵子の発病に対する自責の念と悔恨の情をも吐露《とろ》している。

訪問客、とりわけ女性は智恵子の神経にさわった。そんな閉息状態におかれた光太郎にとって、綾子との文通はひとときのオアシスだったに違いない。「おてがみは小生を力づけてくれます」（一月八日）、「あなたの同情は私に絶大の力を添えてくれます」（一月一一日）。また、綾子は折につけ、光太郎に見舞いの品を贈る優しい心づかいも忘れなかった。ある時は、たくさんのリンゴが送られてきて、光太郎は毎日すりおろして智恵子に与えたのだった。贈り主が誰か分かったら、智恵子は断じて口にしなかっただろうが。

同じ頃、光太郎は初めて智恵子の狂気に触れた短い詩、「人生遠視」（一九三五年一月二一日作）を書いている。『智恵子抄』の第三期、発狂してからの智恵子をうたった最初の詩である。

足もとから鳥がたつ
自分の妻が狂気する
自分の着物がぼろになる
照尺距離三千メートル
ああこの鉄砲は長すぎる

光太郎にとって、妻の発狂は「足もとから鳥がたつ」ほどの驚愕だった。そして日常生活はぼろ布のようになった。しかし、行く末見定めがたく、この重荷は背負うにはあまりに重すぎる、というのだろう。

この詩を光太郎は綾子に送っている。詩集の序を、と頼まれていたからだ。しかし綾子は、智恵子が回復した時にこんな詩を読んだら情けなく思うだろう、と難色を示した。光太郎は考えのいたらなさを反省し、詩を撤回するよう返事をして、こう書き添えている。「よく観察していますと、智恵子の勝気の性情がよほどわざわいしているように思います。自己の勝気と能力の不均衡という事はよほど人を苦しめるものと思われます。智恵子に平常かかる点で徹底した悟入を与へる事の出来なかったのは小生の無力の致すところと存じます。」(二月八日)

いまや狂気した智恵子は、光太郎の時間とエネルギーを惜しみなく奪う。それによって、これまでの愛の欠如の返済を求めているかのように。とはいえ、このまま二人の生活を続けていけば共倒れになりかねない。芸術家としての自分を救うためには妻を見捨てなければならない……。自宅療養は限度を越え、光太郎はぎりぎりの選択を迫られていたのだった。

智恵子の入院から死まで

光太郎はついに、智恵子を一九三五年二月末、南品川ゼームス坂病院に入院させた。しかし、それは辛い選択だったに違いない。綾子へは三月一二日、次のように書いている。

チエ子をも両三度訪ねましたが、あまり家人に会うのはいけないとお医者さんがいうので面会はなるたけ遠慮しています。チエ子もさびしく病室に孤坐してひとり自分の妄想の中にひたりこみ、相変わらず独語をくり返している事でしょう。先日あった時わりに静かにはしているものの、家に居る時と違って如何にも精神病者らしい風姿を備えて来たのを見て実にさびしく感じました。まわりに愛の手の無いところに斯ういう病人を置く事を何だか間違った事のように感じました。仕事という使命さえ無ければ一生チヱ子の病気の為に捧げたい気がむらむらと起ります。チヱ子、チヱ子と家でくりかえし呼びます。(……)実に純粋に私を愛してくれた、二十年前に私を精神的頽廃から救ってくれたあのチヱ子にせめて一日でもいつものようにして会いたい願で今一ぱいです。(……)今度の事ではあなたの慰めがどんなに私の力になっているか知れません。(『全集』第十四巻所収)

この夏、久々に光太郎は仕事に専念できた。父の胸像(光雲一周忌を記念する肖像)を作っていたこと、それが完成したら、「北をさす人」という裸体や、「人間になった観世音」、「刺青」などを作りたいと思っていること――、綾子に近況を知らせる手紙(八月一七日)には、さすがに安堵の様子がうかがえる。

光太郎はまた、智恵子のいなくなった寂れた家で、「ばけもの屋敷」(九月二四日作)という詩を作っている。

主人の好きな蜘蛛の巣で荘厳《しょうごん》された四角の家には、
伝統と反逆と知識の欲と鉄火の情とに荘厳された主人が住む。
主人は生れるとすぐ忠孝の道で叩き上げられた。

主人は長じてあらゆるこの世の矛盾を見た。

そして「主人は権威と欲情とを無視した。／（……）／主人はただ触目《しょくもく》の美に生きた」。その結果、「主人は正直で可憐な妻を気違いにした」と、主人のいわば罪状が列挙されたあと、次のように続く。

夏草しげる垣根の下を掃いている主人を見ると、
近所の子供が寄ってくる。
「小父さんとこはばけもの屋敷だね。」
「ほんとにそうだよ。」

自嘲的な調子のなかに、人生未曾有《みぞう》の挫折に直面した初老の男の悲哀と、妻を発狂にまで追い込んだことの自責の念がにじむ。〝ばけもの屋敷〟、それは荒廃した家屋であると同時に、光太郎の心象風景でもあったろう。

智恵子の病状は一進一退を繰り返した。光太郎は日記にこう記している。

今日は病院へ智恵子を見舞いに行って来て、心が重く、くづほれている。智恵子を思うと限りなく悲しい。智恵子の狂気は一朝一夕に起ったものではない事を痛感する。むしろその幼年時代からあった異常の種子が、年と共に発達して来て、とうとう平常意識を圧倒してしまったもののようだ。その異常な頭の良さも、その勝気も、その自力以上への渇望も、その洪水のような愛情も、皆それがさせた業のようだ。智恵子は私との不如意な生活の中で愛と芸術との板ばさみに苦しみ、その自己の異常性に犯されて、刀折れ矢尽きた感じである。精一ぱいに巻き切ったゼムマイがぷすんと弾けてしまったのだ。（……）智恵子は半分はまだ自意識を持ち、半分は自己の自由にならぬ狂った意識を持ち、其の相剋の中で夢幻の世界にいるようだ。ああ、かわいそうな智恵子よ。

（一九三六年四月の日記、『某月某日』）

一方、綾子からは一九三七年（昭和一二）五月、小野俊一との結婚の通知と内祝いの品が送られてきた。その礼状に、光太郎は先日見舞いに行ったら「陽気のせいか智恵子の容態がすっかり逆戻りしていたのでがっかりして」帰ったことを述べ、こう書き送っている。「残酷な運命の下にある今日、せめてあなた方の幸福をおもって慰めを感じます。」（五月二二日）

智恵子の付き添いは、一九三七年初頭から、看護婦の資格を持つ姪の春子があたるようになった。晩年の智恵子は言葉のない世界に自閉したが、手先の器用さを生かして一九三六年末頃からは切り紙絵に熱中した。作品は大事にしまっておいて、光太郎が見舞いに来るといそいそと取り出し、恥ずかしそうに笑ったり、何度もお辞儀をしたりしながら見せるのだった。智恵子の切り紙絵は色彩にも構図にも神経の行き届いた作品だった。彼女は油絵で果たせなかった創作の夢を、こうして果たしたのである。
しかし、智恵子の健康が回復することはなかった。そして一九三八年（昭和一三）六月二〇日、粟《ぞく》粒《りゅう》性肺結核のため五十二歳の命を閉じるのである。

浮遊する「智恵子」——狂女から天女へ

『智恵子抄』第三期の詩群は、精神に変調をきたした智恵子をよんだものである。「人生遠視」をのぞいて、いずれも智恵子が入院してからの作であり、詩のなかの「智恵子」は生活空間から姿を消した分、光太郎の想像界で自由に変容していく。
「山麓の二人」（一九三八年六月二〇日作）は、一九三三年に二人で温泉旅行したときのことを想起したのだろう、八月の磐梯《ばんだい》山を舞台としている。

半ば狂える妻は草を藉《し》いて坐し
わたくしの手に重くもたれて
泣きやまぬ童女のように慟哭《どうこく》する
——わたしもうぢき駄目になる
意識を襲う宿命の鬼にさらわれて
のがれる途無き魂との別離
その不可抗の予感
——わたしもうぢき駄目になる

（……）
意識の境から最後にふり返って
わたくしに縋《すが》る
この妻をとりもどすすべが今は世に無い

狂気の側に絡《から》め取られそうになりながら、必死に抵抗し、助けを求める智恵子の哀れな姿、その宿命の圧倒的な力に対し、何もなす術《すべ》のない光太郎の無力感……。ここに描かれた「智恵子」は、「泣きやまぬ童女」と形容されるとおりに、大人の女から少女に、清純で汚れを知らない童女に逆戻りしている。

「風にのる智恵子」（一九三五年四月二〇日作）と「千鳥と遊ぶ智恵子」（一九三七年七月一一日作）は、九十九里浜で療養していた頃の智恵子である。

狂った智恵子は口をきかない
ただ尾長や千鳥と相図する
（……）
わたしは松露をひろいながら
ゆっくり智恵子のあとをおう

尾長や千鳥が智恵子の友だち
もう人間であることをやめた智恵子に
恐ろしくきれいな朝の天空は絶好の遊歩場
智恵子飛ぶ

（「風にのる智恵子」）

人っ子ひとり居ない九十九里の砂浜の
砂にすわって智恵子は遊ぶ。
無数の友だちが智恵子の名をよぶ。
ちい、ちい、ちい、ちい、ちい――
（……）
人間商売さらりとやめて
もう天然の向こうへ行ってしまった智恵子の
うしろ姿がぽつんと見える。
二丁も離れた防風林の夕日の中で
松の花粉をあびながら私はいつまでも立ち盡《尽》す

（「千鳥と遊ぶ智恵子」）

智恵子はいまや「人間であること」をやめ、意識の束縛から解き放たれて、無意識の存在となっている。そして鳥や動物の仲間になり、自然界に溶け込んで、重力を失い、現実から遊離して空中に舞い、童女のように無心に遊んでいる。かたや光太郎は人間界に取り残されて、呆然と智恵子を眺めるしかない。ここでも「智恵子」の童女化は顕著である。

「値ひがたき智恵子」（一九三七年七日一二作）についても同様、「智恵子はくるしみの重さを今はすてて、／限りない荒漠の美意識圏にさまよい出た。／わたしをよぶ声をしきりにきくが、／智恵子はもう人間界の切符を持たない」と、人間界を離れ、天然界へ入り、天女的な存在になった「智恵子」が描かれる。

発狂してからの智恵子が、時に狂暴性を発揮し、我がままで、手におえない狂女だった現実はすっぽりと忘れられ、光太郎の想像界では「智恵子」は意識的存在でなくなることによって、天然界の住人になる。このような変容ができたのは、「病間雑記」などに現われた、この世ならぬ純粋な愛の境地に達した智恵子の記憶が光太郎のなかに生きており、彼のなかで智恵子が〝精神の極北〟であり続けたからだろう。

また、智恵子の主治医であった斎藤玉男は、その第一印象を「或る近さ以上の接近を許さない」「神秘的な微笑」にあったといい、彼女のことを「透明な分裂病者」と呼んでいる。そしていみじくも、宇治平等院の天井絵の天女を思い浮かべ、智恵子は少々汚すぎる現実世界に墜ちてきた「微笑む堕天使」であるかもしれないとし、次のように述べている。

多分にその道への天分に恵まれ、初めから芸術畑への意欲に燃えた彼女が、病気の末期にはほぼ完全にコトバと絶縁されることに甘んじ、「人間嫌い」というよりは「人間無視」の世界に寂静な安住境を開拓し、紙絵と言う創作一本に突入されたのは、それが自然にせよ不自然にせよ、コトバを虚しいものと受取った彼女一流の悟入の姿であるとする外はありません。（「智恵子さんの病誌」）

同じく、治療に当たった医師の一人である斎藤徳次郎も、智恵子の印象を「痩身、小柄で色白で肌のとても美しい人」、「木彫にされた女神のような端正さ」と語っている。そして晩年の切絵について、その頃は病状が相当に進み、「外界との同化、順応が中断されて、（……）本来の個性が明確化された所産」であろうと述べ、次のように続けている。「精神分裂病は人間を包む外界や、生得された人格を鋭いメスではぎとってしまいます。そうしてその中核にある生来の個性を白日下にさらすのです。このときに真の個性が前景に浮かんできます」。この時期は一般に短く、ついには病変は個性の中核さえも崩し去り、痴呆状態に陥るのが普通だが、智恵子の場合は進行が遅かった。「この例外的な病期の進行が、彼女を裸形にし、彼女の芸術的才能や欲求、審美力等を余すところなく発揮させてくれたものと云えるのです。それで切絵は智恵子さんの人格の中心であり、個性そのものの美的表出に外ならないと思います。」（「高村智恵子さんの思い出」）

光太郎における「智恵子」の天女化は、智恵子没後に作られた『智恵子抄』第四期の詩になると、さらに顕著である。たとえば、臨終の智恵子を思い出してうたった「レモン哀歌」（一九三九年二月二三日作)。

そんなにもあなたはレモンを待っていた
かなしく白くあかるい死の床で
わたしの手からとった一つのレモンを
あなたのきれいな歯ががりりと噛んだ
トパアズいろの香気が立つ
その数滴の天のものなるレモンの汁は
ぱっとあなたの意識を正常にした
あなたの青く澄んだ眼がかすかに笑ふ

レモンは「トパアズいろの香気」をたてる「天のもの」、という具合に天上界の特別な果実を象徴し、それを「きれいな歯」で「がりりと噛」むことによって、死の床にある智恵子は一瞬、意識を取り戻し、「青く澄んだ眼」をする。こうして天上の果実レモンによって彼女の死は聖化され、「白くあかるい」ものとなる。同時に「智恵子」もまた、天上的な存在となるのである。

このように『智恵子抄』の発狂から狂死にいたる詩は、実際の出来事より時間がたって書かれた分、それだけ光太郎の想像世界のなかで現実は美化され、理想化されていったが、それもひとえに異常なまでの透明さという智恵子生来の希有《けう》な性質と、発狂してからの切絵による芸術的昇華とに負うものであろう。

そして不思議なことにというべきか、当然のことにというべきか、母も智恵子も亡き後、光太郎のなかでは母と妻の境界が揺らぎ、〝母なるもの〟と〝女性性〟は溶解し融合する。

智恵子に呼びかけた「亡き人に」（一九三九年七月一六日作）を見てみよう。

私はあなたの子供となり
あなたは私のうら若い母となる

あなたはまだいる其処にいる
あなたは万物となって私に満ちる

私はあなたの愛に値しないと思うけれど
あなたの愛は一切を無視して私をつつむ

と、智恵子は光太郎の「母」になってしまうのである。それはあたかも、アメリカ留学中に作られた詩「秒刻」で夢枕に立ち手招きした、母と山の少女が融合した〝母なる自然〟が、そしてフランス留学中には帰国を促し決意させた〝母なるもの〟が、無意識のなかから再び立ち現われたかのようである。

さらに、「亡き人に」と前後して作られた「愛について」（一九三九年八月一九日作）では、母性愛の神聖さがうたわれている。曰く、「子をさづかりものと母はいふ。／子はおのがものにして／また神のもの。／母の愛の底に潜む此の神聖感よ。／かけがへの無い子への／母の絶対愛の神々しさよ」。ところが、いつの間にか、母性愛は異性愛とすり変わる。「をみなは男を恋ひ、／男はをみなをおもふ」と。そして続けて、「されどもし厳たる神秘感無くばそは快楽《けらく》のみ。／いたづらに舐《ね》ぶるもの愛にあらず、／身に代えて神のこころを知るもの、／それが愛だ」と結ばれる。つまり、異性愛のなかに母性愛の神秘が含まれ、献身的愛が含まれているものこそ本当の愛で、それがないときには単なる「快楽」にすぎない、と表明されているのである。

「梅酒」（一九四〇年三月三一日作）でも、早春の夜ふけの肌寒さのなかで、智恵子が作っておいた梅酒、「十年の重みにどんより澱《よど》んで光を蔵《つつ》み」「琥珀《こはく》の杯に凝って玉のよう」になった梅酒をひとり寂しく飲みながら、「これをあがってくださいと、／おのれの死後に遺していった人を思ふ」と、亡き妻の献身的な愛が偲ばれている。

このように智恵子亡き後、光太郎の想像界では「母性」と「女性性」が融合する。それは、〝母なる自然〟のなかに日本的なアニマが回復される兆候なのだろうか。いずれにせよ、ロダンに体現された〝父なる自然〟は影を潜めるのである。

光太郎と智恵子の恋愛は、大正時代を風靡《ふうび》する新しい男女の結びつきだった。光太郎は智恵子に西洋的愛の伴侶を、智恵子は光太郎との結婚に二人で築く愛と芸術の生活を夢見た。ところが、夢のような生活は長くは続かない。表現者として確固とした自己を持てなかった智恵子は、芸術の上でも社会的階層においても優位にたつ光太郎との関係において、影に生きる存在になってしまう。しかも光太郎は、ロダン彫刻に表現された官能的性愛と、ヴェルハーレンの恋愛詩に歌われた夫婦愛に魅了される一方で、日本の伝統的母親への愛着も無意識の内に強くもっていた。そして日本的自己の復権の過程で、アニマが西洋的異性愛と日本的母性愛との間で揺らぐと、智恵子のアイデンティティーもまた揺らぎ、浮遊した。生来の内向的性格に加え、葛藤の多い芸術家同士の生活、画家としての挫折、光太郎の創造世界を共有できない孤独、心の拠り所だった実家の倒産・崩壊に、智恵子は神経を病み、ついには狂死するにいたる。

光太郎にとって詩が彫刻の〝安全弁〟であったとすれば、智恵子は光太郎を支える感情の〝安全弁〟でもあった。そして智恵子の死とともに、光太郎の内部世界もまた崩れさる。そうした意味で、『智恵子抄』は光太郎が智恵子と生きようと試みた、西洋的愛の試みと挫折の物語としても読めるのである。

第四章　日本回帰、そして東西文化の融合へ（一九四〇～一九五六）

1　文化的ナショナリズム

光太郎を取り巻く状況は日増しに軍国色を強めていた。第一次世界大戦時に一時的な軍需景気を経験したものの、戦後、ヨーロッパ諸国が生産力を回復するにつれ、輸出が激減して不景気に見舞われた日本では、関東大震災（一九二三）、金融恐慌（一九二七）、世界大恐慌（一九二九）と災難が続き、資本主義の基盤の弱い経済は大きな打撃を受けて、社会不安が増大した。こうした状況下、政府は軍部と結び、恐慌からの脱出を中国大陸侵出に見いだしていった。大陸政策は着々と進められ、満洲事変（一九三一）、満洲国の建国宣言（一九三二）、国際連盟脱退（一九三三）と、国際的に孤立していくとともに、国内では軍部が政権を掌握し、ファシズム体制が進展する。日華事変（一九三七）が勃発すると、日本軍は中国全土に軍事行動を展開するが、中国はイギリスやアメリカの援助のもとに抗戦を続けたので長期戦となり、国内では戦時体制が強化されていった。

一方、ヨーロッパでは一九三九年、第二次世界大戦が火蓋《ひぶた》を切った。日本は経済力が底をつき、しかも列強は日本に対し門戸を閉ざしたので、貿易は衰退し、悪性インフレーションが蔓延《まんえん》して国民生活は逼迫《ひっぱく》していた。一九四〇年、日本は日華事変の解決をみないまま、アジアにおける日本の指導的立場を認める日独伊三国同盟を締結し、大陸政策をめぐってアメリカとの対立を深めていく。危機回避の和平交渉が重ねられるが実を結ばず、一九四一年、日本軍は南部仏印進駐を決行。これに対し、アメリカは日本への経済封鎖を強化し、石油の日本向け輸出を全面的に禁止する。そして日米交渉が行き詰まると、日本は太平洋戦争（一九四一～四五）へと突入していくのである。

さて、光太郎だが――。それまで智恵子との〝同棲同類〟によって外的世界から孤立して成り立っていた光太郎の内部世界は、智恵子の死（一九三八）によって心棒を失ったかのごとく空洞化していった。そして太平洋戦争の開始という時局の変化とともに、かつての西洋文化賛美者は伝統文化擁護にまわり、愛国主義的な詩や論説を次々に発表していくのである。

この光太郎の変貌をどのように解釈したらよいだろうか？　非日常的な危機状況における理性の放棄、ないし退行現象なのか？　でないとすれば、彼の真意はどこにあったのだろうか？　戦時中に発表された光太郎の詩や文章を検討しながら、光太郎の心中を解明していくことにしよう。

愛国詩による戦争協力

戦争という非常事態の影響は、思想や芸術の分野にも容赦なく及んだ。挙国一致体制のもと、作品を通じ興亜国策に貢献することが奨励され、国家による統制が進んでいくなか、光太郎は一九四〇年（昭和一五）、中央協力会議議員に就任する。

「協力会議というものができて／民意を上通するという。／かねて尊敬していた人が来て／或夜国情の非をつぶさに語り、／私に委員になれという。／だしぬけを驚いている世代でない。／民意が上通できるなら、／上通したいことは山ほどある。／結局私は委員になった」（「協力会議」一九四七）と、光太郎は戦後に発表された「暗愚小伝」に収められた詩のなかで書いている。民意を上通するという口実のもと、戦争協力体制の組織であったことは、次に続く詩句、「一旦まはりはじめると／歯車全部はいやでも動く。／（……）／一種異様な重圧が／かえって上からのしかかる」からも明らかなのだが、当時の光太郎には推察できなかったのだろうか。

　というよりむしろ、一九三七～三八年頃から頻出するようになった愛国主義的な詩や文章にすでに変容の兆しが表れており、光太郎に中央協力会議議員という白羽の矢がたっても、当然といえば当然だったのかもしれない。

　一九四一年（昭和一六）一二月八日、真珠湾攻撃によって太平洋戦争が開戦すると、翌日から四日間にわたって、「戦時下の芸術家」と題された光太郎の文章が新聞に掲載された。そのなかで彼は、「文学美術は元来人間を内から支える機能に富む」との見地から、戦争という危機的状況において美術が果たせる役割があるとすれば、それは人心の荒廃を防ぎ、ひるまずに邁進《まいしん》する勇気を奮い起こさせることにあるとし、「人心に美を浸透させる事に成功すれば、美の力は必ずそういう役目を果す。戦時大いに美を用いるべし」といって、芸術のもつ精神力向上の効用を強調している。あわせて中央協力会議に対しては、「全国の工場施設に美術家を動員せよ」と、いささか的外れな提案を至極真面目にしているのである。

戦争中、芸術は非常事態の国家に奉仕すべく、戦意昂揚《こうよう》、生産意欲増進、愛国心の鼓吹《こすい》、といった軍国主義に見合った作品が強要されたが、光太郎の愛国心は軍部にとって実に好都合だった。一九四二年、光太郎は日本文学報国会詩部会会長に推される。五十代後半という年齢のため、実地に戦場に赴《おもむ》くことはなかったが、国民精神を昂揚する多くの愛国詩を作って間接的に戦争に協力するのである。

さて、光太郎の戦争詩の際だった特徴の一つは、アジア主義にあるといってよいだろう。「地理の書」（一九三八）では、「両手をひろげて大陸の没落を救うもの／日本南北の両湾は百本の杭となり／そのまん中の大地溝《フォッサマグナ》に富士は秀でる」と、日本列島はアジア大陸を支える最後の砦として位置づけられる。

アジアはみな同胞であり、日本はさしずめ兄貴分である。日華事変勃発から二年後、光太郎は「事変二周年」（一九三九）で隣国中国に親しげに〝君〟と呼びかけ、「植民地支那にして置きたい連中の貪欲から／君をほんとの君に救い出すには、／君の頭をなぐるより外ないではないか。／われらの『道』を彼らの利権に置きかえようと、／世界中に張られた網の目の中で／今日も国民はいのちを捧げる」といって、日本の侵略を老大国の目を醒まさせ植民地から解放するための、あたかも兄弟愛あふれる行為であるかのように描いている。

「君等に与ふ」（一九三九）では〝君等〟列強諸国に対し、その非が糾弾される。

長い間支那南北を争わせて
漁夫の利をせしめていたのは誰だ
今又日本と支那とを喧嘩させて
同じ利をせしめようとしたのは誰だ
だが今度の東亜の内乱は
そういいようにはおさまるまい
兄弟喧嘩をしているうちに
東亜の人間は眼がさめて来た

そして「神のものは神にかえせだ」「君等の手から東亜を自由にしたかったのだ」と、日本の行為が釈明される。このように侵略戦争は「東亜の内乱」とか「兄弟喧嘩」と、身内の単なる内輪もめのごとく卑小化され、アジアのものはアジアへと、白人支配からの解放が叫ばれるのである。

日本の軍部は侵略戦争を植民地解放戦争の名のもとに正当化したが、そのプロパガンダをそのまま鵜呑《うの》みにし、「アジアの民の眠りをさまし、／アジアの自立を世界の前に建てようと／一切をかけて血を流しているのだ」(「紀元二千六百年にあたりて」一九四〇)と書く無批判さは、今から見ると信じがたい。大東亜共栄圏のスローガンが掲げられるのは、ちょうどこの年(一九四〇年)のことだが、アジアから欧米勢力を排除して日本を盟主とするアジア諸民族の共存共栄を説く、この思想の内包するある種のロマンティシズムと理想主義は、当時の知識人の心情に強く訴えかける魔力をもっていたのだろう。それにしても、光太郎の〝西洋的知性〟はいったいどこにいったのだろうか、と思わずにはいられない。

光太郎の戦争詩のもう一つの特徴は、白色人種と黄色人種の対立構造である。一九三九年の年頭を飾る詩「正直一途なお正月」で、「劣等人種と彼等のきめた／その劣等が何を意味するかを／天地の前に証《あかし》しようと裸になって／けなげに立ち上がった民族の直情を／正直一途なお正月は理解するだろう」とうたっている。これは「猛獣篇」の詩、「マント狒狒」や「森のゴリラ」に表明された、優等人種＝白人によって、劣等人種＝黄色人種が凌辱されることに対する怒りの感情、すなわち裏返された西洋コンプレックスと同じ心情であろう。

光太郎が敵意をむき出しにするのは、白人のなかでもアングロ・サクソンに対してである。それは太平洋戦争で日本が戦った敵国がアメリカであることと、そのアメリカが近代的物質文明の力でもって東洋文明を威圧・破壊すると解釈されたことによるのだろう。開戦の日を題名にした「十二月八日」(一九四二)では、「記憶せよ、十二月八日。／この日世界の歴史あらたまる。／アングロ・サクソンの主権、／この日東亜の陸と海に否定さる。／否定するものは彼等のジャパン、／眇《びょう》たる東海の国にして／また神の国たる日本なり」と、意気軒昂である。

それに対し、フランスは依然、その高い精神文化によって敬愛の国であり続ける。一九四〇年、ナチス・ドイツによってパリが陥落した時、光太郎は「わが愛するフランス土着の民よ。／政治を超えて今こそ君等が／あのゴオルの強靭さに立ちかえる時だ。／文化がいかに民族を救うかを証《あかし》する時が来たのだ」（「無血開城、わが愛するフランスの為に」）と、フランス国民を勇気づけにはいられなかった。

戦局が進むにつれ、光太郎の国粋主義は精鋭化する。たとえば「神とともにあり」（一九四二）では、正義は神国日本の側にあるという見解が示される。

アジアの住民アジアを護り、
アジアの良民アジアをたのしむ。
これを非とする神は此の世にいまさぬ。
これを非とする理不尽は唯彼等の我欲だ。
世界の選民と思ひ上った彼等の夢が
逐《お》はれた彼等を歯がみさせる。
昔日の非道に未練をすてない
米英蘭の妄執断じて絶つべし。

大東亜の同胞われら日本の義を知り、
われら神とともに彼等を撃つ。

そしてそれは、東洋文化によって世界を救うという、思い上がりというか、妄想というか、一種の使命感さえ帯びてくるのである。「われらの道」（一九四二）を見てみよう。

再びおこる東洋は自らただ惑溺せず、
人類文化の総決算を整備して
精神と物質との比例を匡《ただ》す。
一切を生かして根源をあやまらず、
まったく新しい美の理念に
今や世界を導き入れようとする。
彼等に理解なくば彼等は遅れる。
むしろ毛むくじゃらな彼等を救うのが
神々の示したまうわれらの道だ

かつて、白色人種を〝人間〟とするなら、有色人種はそれより劣る〝猿〟や〝ゴリラ〟あるいは

"マントヒヒ"と形容されたのに対し、今では自分たちは"神"の民に格上げされ、彼らは"毛むくじゃら〟な〝けだもの〟扱いである。曰く、「われらを猿と呼ぶもの、野獣のみ。／われら、けだものの族を内に有たず、／人ことごとく神の兵だ」（「殄滅《せんめつ》せんのみ」一九四三）。

時にアングロ・サクソンに対する敵意が、おそらく過去の個人的外傷体験から由来するものであろう、恨みがましい憎悪に彩《いろど》られることがあったにせよ、光太郎にとってこの戦争が何よりもアングロ・サクソンの物質文明支配からアジアを解放し、東洋の精神文化を守るための戦い、すなわち民族文化防衛の戦いとして位置づけられていたことは、以下に挙げる詩句からも明らかだろう。

アングロ・サクソンの族《やから》みずから驕《おご》り、
人類はただ己が指導の下《もと》にありとなす。
東亜の民の如き殆と眼中になく、
われらが深き精神の質を顧ずして
ただ喧々《けんけん》たる実利の理念を追ふ。
かくの如き卑俗の文明をわれらは否定す。
彼等は彼等の圏内にあってその波をあげよ。
断じてわれらの文化を犯すをゆるさず

（「ビルマ独立」一九四三）

若い頃はあれほど憧れを抱いた西洋美術さえ、「君等の美術は官能の刺戟とめどもなく、／あるいは紳士淑女の俗気を放つ。／君等は魂の黙会を知らず、／ただおのれを主張して知見を争う」と、その「官能」性と「俗気」、また自己主張の強さによって否定される。それに対して日本美術は、「全く類を異にする高き美と潔き倫理と、／悠久のながれ日本にありて滅びず」として称揚されるのである（「米英自ら知らず」一九四四）。

光太郎の愛国主義を特徴づけるもの、それは文化的ナショナリズムであったという点だろう。では、彼は日本文化についてどのようなヴィジョンをもっていたのだろうか？

日本文化擁護

中年期になって日本美術の再評価を始めていた光太郎が、日本の本来的な美を、明治時代になって西洋文化が移入される以前の日本に見いだしていったのは、ある意味で当然の成り行きだった。彼は「明治以来の無差別な俗物趣味」と「成金趣味」とを弾劾《だんがい》し、伝統的日本美を古代日本の「簡潔の美」に求めていく（「美の健康性」一九四〇）。西洋の、頽廃をも許容する豊潤な美よりも、日本古来の純朴で健やかな美が志向されるのである。

光太郎の不幸は、本来個人的な作業であるべき日本美の再発見が、戦争という時代背景のもとに国粋主義と結びついていったことだろう。もともと〝離群性〟が強く社会意識の脆弱《ぜいじゃく》だった光太郎が、「戦時、美を語る」（一九三九）では「美に関する社会教育」の問題提起をし、「大衆をして真の美に目ざめしめる」必要性を説いている。

日本民族は概して美に対する感覚の敏《さと》く、又ひろく瀰漫《びまん》している民族であるから、これを正しくもりたててゆけば世にも珍しい、床しい美の遍在する国となる可能性が多い。明治以来の文化の混乱が一度そういう感覚をめちゃめちゃにしてしまったのであるから、これはどうしても美術調査会あたりによって美意識快復の途を考え出してもらわねばならぬ。真の美の推奨、悪趣味の撲滅、視聴覚の訓練、輸入美の防疫的検査、国土の美的清掃、純朴の擁護、美的感覚の活性誘発。その仕事は実に多端だ。かかる仕事にどういう具体的方法を似てとりかかるかが考慮のいるところである。

確かに時代は、明治以来の西洋の文物なら何でも摂取し、西洋に学び追いつく段階を経て、外来文化の再検討と自国文化の再評価の時期に入っていた。光太郎の変化はそれと同じ曲線を描いている。「外来の美術を新しい方法で検討し（……）真に民族の要求する独特にして普遍的なる価値を創造せねばならぬ新生面の日が来たのである」（「奉祝展に因みて」一九四〇）と主張する光太郎は、戦争という物心両面での非常事態のなかで、人心の荒廃を国民の「芸術心をめざめさせる」ような「芸術政策」を講じることによって防ぐ必要性を説く（「芸術政策の中心」一九四〇）。そして国民的レベルにおける「芸術精神の覚醒」こそ、「国民生活の最も根本的な救世的意味」をもっているとして、「国民的美意識」の覚醒を呼びかける（「美の影強力」一九四二）のである。

光太郎のいう「芸術精神」とは、要するに清貧の美学であり、物質的窮乏を精神力によって乗り切ろうとする一種の精神主義である。美意識がイデオロギーと結びついたとき、本来「芸術精神」を支えるべき個人の自由な精神は崩壊を免れない。光太郎のこのような考え方は国粋主義に結びつき、軍国主義に利用される危険性を秘めていた。そして光太郎自身も、戦況の進行とともに過激化していくのである。

「芸術による国威宣揚」（一九四二）では、日本は日露戦争以後、武力においては世界の強国の仲間入りをしたのにもかかわらず、精神・倫理面では尊敬を受けていない現状を遺憾とし、「芸術力による国家性格の明示」を提案して次のように続けている。

芸術はとにかく眼に訴え耳に訴える。国家なり民族なりの最も深いところにある精神が、或る形として直接に人を撃つ。本格的な日本芸術が本格的に世界大衆に理解せられるようになれば、日本の国家性格は必ず彼等の心魂に徹する。日本の芸術力が世界に遍布せられるようになれば、皇国の無比な精神の高さ、厚さ、深さを彼等は認めざるを得なくなる。これまでの誤認を訂正しなければならなくなる。

文化・芸術によって世界の一流国として尊敬をされたい、というわけである。そうした気持ちは日本美術を世界に広めたいという願いから、広めねばならないという使命感に増長していく。

「美の日本的源泉」（一九四二）を見てみよう。ここでは、世界の美術史は「民族の美の源泉間に行われる勢力交流の消長」に外ならず、ある民族の美的源泉が強力な時、その美は世界に広まるのだ、という歴史観が述べられる。そして欧米人には日本美術は漢民族の美を主流とする東洋美術の傍系の一つ、くらいにしか理解されていないが、「大和民族に独立の美の一大源泉」があるのであって、それは「深く神々の世の血統の中」にあり、「新鮮無比、健康にして闊達《かったつ》な、又みやびにして姿高いもの」である、という説が展開される。

その一つの現われを、光太郎は古代の「埴輪の美」に求めている。それは「明るく、簡素質朴であり、直接自然から汲み取った美」であり、「天真らんまんな、大づかみの美が、日常性の健康美を似て表現されている」と、手放しの褒めようである。そしてこのような美を世界に広める使命が、いささか誇大妄想的に語られる。「此の明るく清らかな美の感覚はやがて人類一般にもあまねく感得せられねばならないものであり、日本が未来に於て世界に与え世界に加え得る美の一大源泉の一特徴である」と。光太郎は、「爛熟と頽廃と自暴自棄」とに落ち込んでいる近代の美術を、もう一度「新鮮な黎明の美」に還さしめるのが日本民族の仕事であると主張しているのである。

さらに「内面的力量の問題」（一九四二）では、これまで日本美術が世界にあまり認められてこなかったのは、相手方に鑑賞力が欠けていたことと、こちら側の努力不足とによるとし、次のように続けている。

ところが大東亜戦による国力の発展に従って今日は事情が激変した。日本美術という此の類例の無い美を世界に遍漫させ、それを似て世界の人々の精神を豊かにし、高やかにさせ得る外的条件が備わって来たのである。もはや問題は現在の日本美術そのものの内面的力量の如何にかかって来た。現在の日本美術家の責任の重大さは限り知れない。

こうなると、もはや文明化の名のもとに他民族の未開文明を破壊した、西洋の植民地主義の傲慢さと変わるところがない。

事実、光太郎のナショナリズムは文化的侵略主義にまでエスカレートしていく。「この世界的頽廃性を救ふのがわれわれの任務である。（……）彼等との今次の生存戦は同時に世界浄化の決戦である」（「人類清濁の分かるところ」一九四三）。「われわれ民族こそ、いわゆる文明によって低下した世界の野卑な生活を救うのである」（「厳《おごそか》たり古代の心」一九四四）。「世界の美はもう一度健康をとりもどさねばならず、更にもう一度高度の美にまで引き上げられねばならない。いま日本が起たねば忽《たちま》ち世界に美の暗黒時代、美の俗物化時代、美の無精神時代、美の野卑時代が襲いかかるであらう」（「美の中心」一九四四）。まさに日本文化原理主義ともいうべき激烈さである。

詩においても同様の主張がなされる。

品性の美日本にありてわれらを護る。
（……）
狂躁飽くなき世界の上に

品性かくの如きものあるを
神今にして示したまはんとす。
日本の美世界をきよめ、
日本の道世界を救ふにあらざれば
世界とこしへに我利の巷たらん。
（……）
われら神州清潔の民、
品性の美に護られて今 醜虜《しゅうりょ》と戦ふ。
（「品性の美」一九四四）

戦争の政治経済的側面は無視され、俗悪に対し神聖なる美を護るための戦いだとされる奇妙な聖戦意識――。これはもう、民族文化の多様性も自由も無視した、誤った選民意識にもとづく文化的ファシズムにほかならない。

要するに、物質的で頽廃的な西洋文化に対し、大和民族の簡素で明るく清らかで健康的な日本美を対置し、そうして伝統的な日本の美意識を流布することによって世界の精神文化を救おう、というのが光太郎の考えの骨子といってよいだろう。

〝日本の母〟の賛美

光太郎の文化に対する反動的な考え方は、女性観にも表れている。若い頃は西洋式の恋愛や男女の対等な関係を 標榜《ひょうぼう》し、進歩的文化人の前衛に連なっていたかにみえた光太郎が、愛国心と民族意識に目覚めたいま、伝統的な日本の母の擁護を始めるのである。もっとも光太郎にとっては、女性の権利を援護するフェミニズムと母性賛美は矛盾するものではなかった。彼は『新女苑』誌上で、昭和一四年一月号から一六年一二月号まで応募詩の選者を務めているのだが、ある月の選評にこう書いている。

今月は又不思議に「女性」の悲しみと不当な位置を歌った詩ばかりを特別扱いした事に気づいた。数百篇の机上の詩の中にどの位多くの女性の此の嘆きが歌はれているか知れないのである。女性がどんなに其の不当な位置のために悩んでいるかを感ずる。女性はもっと尊重せられねばならず、又尊重に値する女性が多くならなければならない。さもなくば日本の実質的進歩が覚束《おぼつか》ない。

ここには女性の理解者としての光太郎がよく表れているが、しかし、日本の「実質的進歩」と書いた時、おそらく彼の頭のなかにあったのは、欧米諸国に対して日本の国際的立場の増進ということだろう。女性尊重が社会意識の進歩ではなく、国力増強思想と結びついた時、銃後を守り国を守る日本の母の称揚となって、軍国主義に絡め取られ利用されていく。光太郎自身、その風潮に逆らわなかった。どころか、そのオピニオン・リーダーとしての役割を担いさえするのである。

この時女性はますます美しかれ。ますますやさしかれ。ますますうるおいあれ。ますます此世の母性たれ。戦う男子の支柱たれ。男子の心は剛直にして折れ易い。すさび易い。その時、女性の美はこれを救う。倫理を高めよ。精神美の源たれ。内から照らすあたたかき光の母体たれ。力を与うる永遠の若さはひとり女性の真の愛のうちにある。

（『新女苑』一九四二）

そして同様の趣旨を詩でもうたい、献身の美徳を鼓舞《こぶ》している。

女性はいまや変貌する。
女性はきのうの美をすてた。
（……）
兄を送り夫を送った日本女性に
不思議な変貌が徐々に来る。
女性の瞳に知恵が息づき、
女性の腕《かいな》に力が潜み、
そうして女性の心の奥に、
相手を清めるまことの愛が天から降《くだ》った。
（……）
敢然として立つ女性の美が

神話時代を更に生む。
いちばん新しい美が日本におこる。

（「変貌する女性」一九四二）

少女であれ、妻であれ、老女であれ、「女性はみんな母である。／（……）／母の神秘は深さ知られず、／母の愛撫は天地に満つ」（「女性はみんな母である」一九四二）と、すべての女性のなかの母性が称讃され、「女性の一念は国を支える。／（……）／今こそ日本全土の女性は立った。／理解を超える大和《やまと》女子《おみな》の不思議の力を／世界がつひに見る日は来た」（「逞しき一念」一九四三）と、女性＝母性は救国の美神に祭り上げられるのである。

光太郎はまた、この頃、小野（中原）綾子の第四歌集『刈株《かりばね》』（一九四三）に長文の讃辞を寄せている。いわく――。むかしは綾子女史の歌をよむと、「そのみやびとひたごころと、その絶望と情熱と、その修辞の簡潔と艶冶《えんや》と」によって、和泉式部を思い出したものだが、いまや彼女は式部を凌駕し、「もっと人の世の深奥の世界に足をふみいれて」いる。それは「国を挙げて戦いのさなかにある今日の日常生活」が女性歌人を鍛えるからであり、それこそ「新しい歴史を生みつつある現代に生を享けた女史の強さ」でもある。とくに、「人の母としてその入営するいとし子を懐《おも》う歌」は、「人をして粛然《しゅくぜん》たらしめる」ものがある。自分はこのような「すぐれた美しい女性歌人の友である事を此の上もない仕合」と思う（『歌人　中原綾子』所収）。

つまり、かつての綾子の情熱的でなまめかしい恋の歌よりも、戦場へ赴くわが子を思う「母」の歌を、「心のまこと」を詠んだ深遠かつ高尚な歌として称讃しているわけである。

『智恵子抄』の没後の詩のなかで、すでに童女となり天女となった「智恵子」が母のイメージと重なっていたことを思い出すなら、光太郎のアニマがいまや〝母なるもの〟で占められているのも不思議ではない。次の詩でも、女性の内なる母性が賛美される。

女性に宿る母の不思議は
此世にそそぐ醍醐甘露《だいごかんろ》の天のしたたり。
（……）
私のような老年さえ
少女を見ても母を感ずる。
（……）
母よ、天地に遍漫《へんまん》せよ。
女性に宿る母の不思議よ、到らぬ隈なく
この戦の日の民草《たみくさ》をあたたかに保育せよ。

（「保育」一九四四）

光太郎の美意識が日本回帰するにともない、その女性観もまた日本の母へと母胎回帰したのである。ついには〝日本婦道〟という言葉さえ登場し、献身の美徳が説かれる。

日本婦人の美質は戦前すでに世界のあまねく認めて讃嘆していた所のものである。（……）日本婦人の従順温雅の内に包まれた毅然として正しきを守り、清きを尊び、死を似ても奪い難い志を堅持する志操、愛する者の為、次代の為、更に君国の為に常時非常時の別なく当然事として行われる昔ながらの献身の道こそ飽くまでも日本婦道の精髄である。

（「日本婦道の美」一九四五）

この光太郎の母性主義への傾斜は、奇しくも、平塚らいてうの思想的変貌とも歩調が合っている。「新しい女」のリーダーだったフェミニストらいてうは、自らも母となった経験から、母性をとおして親から子へと個体を越えて繋がる「種族」の生命に思いをいたし、生命の源泉である母は個人的存在の域を脱して社会的・国家的存在であるという女性観に到達する。そのことによって、民族主義的な母性主義者ないし国家主義的母性フェミニストとなり、軍国主義に取り込まれていったのである。そしてこのような、本来、平和のシンボルたる女性の戦争協力、生命の源たる母性の軍国主義との結びつきは、進歩的知識人の間で多かれ少なかれ見られた現象なのであった。

光太郎・変貌の心理的メカニズム

このような光太郎の戦時中の変貌は、どのようにして起ったのだろうか？　それは光太郎の個人的な問題なのだろうか、それとも日本人特有のメンタリティーと関係しているのだろうか？

まず、第一に考えられるのは智恵子の死である。光太郎は終戦後の一九四七年（昭和二二）、蟄居《ちっきょ》先の山中で、誕生から現在までの生涯を振り返り、戦争中に民族主義者へと変貌したプロセスを自己検討する。そして自責の念を込めて「暗愚小伝」を著《あらわ》すのだが、そのなかの「おそろしい空虚」という詩で、智恵子亡き後の心の空白をこう記している。

「母はとうに死んでいた。／東郷元帥と前後して／まさかと思った父も死んだ。／智恵子の狂気はさかんになり、／七年病んで智恵子が死んだ。／私は精根をつかい果し、／がらんどうな月日の流の中に、／死んだ智恵子をうつつに求めた。／智恵子が私の支柱であり、／智恵子が私のジャイロであったことが／死んでみるとはっきりした。／（……）／私はひとりアトリエにいて、／裏打の無い唐紙のやうに／いつ破れるか知れない気がした。／いつでもからだのどこかにほろ穴があり、／精神のバランスに無理があった。」

確かに、光太郎にとって智恵子の狂死は大きな喪失体験だったに違いない。いとしい母も、反撥しつつも敬愛していた父も亡き後、さらには妻をも失った初老の孤独——。その存在の寄る辺《よるべ》なさを補償するかのごとく、光太郎は民族の伝統文化へと帰属意識を強めていく。折しも、日華事変の勃発を契機に日本は中国大陸への軍事行動を展開し、一九三八年には国民総動員法が公布されて、国を挙げて戦時体制を強めていく。精神のバランスを失っていた光太郎は、この時流に呑まれていった。

第二として、子供時代の家庭環境があるだろう。「暗愚小伝」のなかで回想しているように、高村家の家庭環境は天皇崇拝の雰囲気に満たされていた。光太郎は「真珠湾の日」で、自分の戦時中の突然の変身を、一種の先祖返りとして次のように描写している。

「天皇あやうし。／ただこの一語が／私の一切を決定した。／子供の時のおぢいさんが、／父が母がそこに居た。/少年の日の家の雲霧が/部屋一ぱいに立ちこめた。/私の耳は祖先の声でみたされ、/陛下が、陛下がと/あへぐ意識は眩《めくるめ》いた。」

では、どうしてこのような先祖返りや民族文化への帰属意識化など、一種の退行現象ともいえる現象が起ったのだろうか? 第三として考えなければならないのは、光太郎の異文化体験である。これまでも述べてきたように、帰国してからの光太郎は西洋の芸術家に倣い、西洋的な自己確立に努めてきたのだが、四十代になり、日本人としての自己の再認識と人格の再統合を行おうとする過程で、無意識のなかに抑圧されていた過去の外傷体験や自己の内なる日本人的体質が湧出し、以前の西洋化の反動としての日本回帰が生じた。それが戦争という時流と出合って増幅現象を起して、民族主義的変貌を引き起したのだ。

青春時代における異文化体験、それは光太郎にとって生涯の決定的な出来事であった。高度に発達したフランス文化に触れて、光太郎のうちには称讃と憧憬と同時に、西洋に対する激しい劣等感と、その伝統のなかに自分は決して連なれないという深い絶望感とが生じた。帰国以後の光太郎は、前近代的な体質を温存させている日本の美術界に対しては、西洋文化に通じた進歩的文化人として対峙し、一方、西洋に対しては、自らを日本の伝統文化の担い手として位置づけ、その優秀性を誇示して対等の立場に立とうとする、そういうダブル・スタンダードを取らざるを得なくなったのである。

とりわけ、フランスは自己確立された個人主義的色彩の強い国で、芸術においては独創性や個性を高く評価し、自国の成熟し洗練された文化に強い誇りをもっている。そうしたフランス文化にあい対する場合、相手の存在感に圧倒され、感嘆するあまり、自分の文化的アイデンティティーを見失い、フランスに追随する、いわゆるフランスかぶれに陥りかねない。あるいは逆に、フランス文化に呑み込まれないためには、自分が何者であるのかを相手に示せる強い自意識を確立する必要がある。そこから、自国の伝統文化にアイデンティティーを求め、自国文化の独自性を顕示することでフランスと対等な関係に立とうとし、時には極端な文化的民族主義に走ってしまう事態さえ起こる。光太郎の場合がそれであろう。

ところが、日本は近代化の過程で西洋から学ばねばならず、西洋文化を必要としたが、フランスの方は外から優れたものを受け入れはするものの、日本を必要としているわけではない。対等の関係にはなりようがないのである。森有正や平川祐弘氏がいうところの〝片思いの恋〟——。光太郎の悲劇はそこにあった。ロマン・ロランが西洋と東洋の相補性という概念を示したとき、光太郎が喜んで飛びついたのはそれ故である。

光太郎が戦争詩において東洋文明を擁護し、日本文化を称揚したのは、個人としては、たとえばロダンと対等な関係を結べなかった分、日本の伝統文化という個人を超えた集合体の力を借りて、西洋と文化的に対等な、あるいは優勢な立場に立ちたいという無意識の思いが働いたからだろう。そしてまた、フランスと対等に接することができるためにも、ロマン・ロランから示唆された西洋文明を補完すべき東洋文明という文明史的視点からも、自国文化をしっかりと守り育てなければならないという使命感に促されたからだろう。

第四として挙げたいのは、白樺派的体質である。光太郎の戦争理解はもとより社会意識の未熟さを示すものだが、それは個人の善意を信じ、人道主義と理想主義を掲げる白樺派の体質とも通底する。鶴見俊輔氏は白樺派の盲点を次のように分析している。すなわち、トルストイ、ホイットマン、ロマン・ロランなどに対する傾倒によって始まった白樺派には、「世界平和への熱意」や「革命に対する共感」があったし、ロダンと手紙をやり取りしたり、その作品と浮世絵との交換を計画するなど、「ブルジョワの子弟のみにゆるされたコスモポリタニズム（世界主義）を実感としてもっていた」が、彼らには「制度」という観念が欠けていた。「これをぬきにして世界史を見る限り、人間相互の本来の善意と善意とがこんがらかって世界大戦が生じたとしか考えられず、自分たちの戦争責任を理解することもない」（『現代日本の思想』）。

こうして政治・社会に対する認識の甘い白樺派のほとんど全員が、国家主義思想に絡《から》め取られていったのだが、とくに外遊体験のある光太郎と有島武郎《たけお》について、鶴見氏はこう記している。「(二人は）青春期をヨーロッパに送って、市民社会のしくみを自分の眼で見たということで、ヨーロッパ社会と日本社会との異質性について他の同人以上に深い衝撃をうけていた。有島と高村とに、社会運動への参加が何か思いつめた仕方であらわれたのは、この青春の衝撃によるものと思う。」

確かに、光太郎が愛読していたヴェルハーレンにしても、象徴詩派運動の影響を強く受ける一方で、プルードンの社会主義思想にも親しみ、社会問題に強い関心を寄せていた。そして第一次大戦中、ドイツ軍のベルギー侵攻に際しては敢然と立ち上がり、祖国救援のために各地を講演して回ったのだった。光太郎は一九三三年にヴェルハーレンの評伝を著しているが、そのなかで彼の愛国的行動について、次のように感慨を込めて描写している。

一九一四年のドイツ軍の白耳義《ベルギー》侵入は彼を極度に驚かし怒らした。彼の持つものとも見えなかった憎悪の激情がドイツに向って燃え上がった。戦時の詩集としては「戦争の赤い翼」（Les Ailes rouges de la guerre 一九一六）一巻がある。戦争の惨禍と無辜《むこ》の民の怨恨の叫と傷つける人類愛への挽歌と蹂躙《じゅうりん》された故国白耳義への望郷と敵国民衆への覚醒の呼びかけとを強い抒情と叙事とに託す。（……）彼は故国白耳義救援の為に立ち、著書に講演に訪問に席の暖まる暇も無く東奔西走したが、ルウアン市での講演の帰途一九一六年十一月二十七日過って汽車の車輪に触れて轢死《れきし》した。

（「ヴェルハアラン」）

光太郎がロダンと並んで敬愛する彫刻家ミケランジェロもまた、故郷の町フィレンツェが一五二九年、皇帝カール五世と教皇クレメンス七世の連合軍と戦ったときには、防衛指揮官として祖国防衛にあたったのだった。光太郎は日本が戦争に傾斜していく頃、「つゆの夜ふけに」（一九三九）でミケランジェロに思いをいたし、次のように書いている。

「ミケランジェロは市民と共にあった。／花と文化と人間の都フィレンツェを護るため、／ただ権勢と陰謀と利己とに燃える四方の外敵、／わけてメヂチ一族の暴力に備えるため、／義と純潔との表象、／あのダビデやピエタに注いだ力を十倍にして／都の南サン・ミニヤアトの門に要塞を築いた。／土木と兵器とに紀元をひらいた」と。そして、こう結んでいる。「アジアの果の東京に今つゆの雨が降る。／雨は夜ふけの屋根をうつ。／わたくしは斯ういう詩でない詩を書いて／四百年の昔の人の怒と悲と力と祈とにうなだれる。」

祖国の危機に救国のために戦った西洋の芸術家たちに見習って、自分も国のためにできることをしたいと光太郎が望み、またそうすべきだと考えたとしても不思議はないのである。

さて第五として、異文化体験のネガティヴな側面を挙げておきたい。留学時代の外傷体験、日本人故に味わった屈辱的体験に対する無意識の復讐という面も否定できないからである。光太郎が「猛獣篇」において外傷体験の解消、詩における昇華を始めていたのはすでに見たとおりだが、戦争詩はその延長線上にあるといってよい。そこに時折見られる、とりわけアングロ・サクソンに対する攻撃性や敵意――。戦うべきは自己のうちなる劣等意識であるのに、ここでもまた光太郎の個人的体験は、戦争という外的事件、すなわち欧米から侵略される東洋という図式に転移され、それに対して戦う日本は、欧米の暴力から東洋文明を守るものとして正当化される。平川氏の指摘にもあるように、戦争は「光太郎世代の問題の根源に潜んでいたインフェリオリティー・コンプレクスから彼等を解放してくれる勝利の解放」（「高村光太郎と西洋」）として機能したのである。

ユング派の心理学者マリオ・ヤコービは、「外部の敵と戦うという欲望は、無意識のうちに内的葛藤の負担軽減にしばしば役立つ」（「汝の敵を愛せよ」『ユング研究』7）といっているが、光太郎も日本という国家に自己同一化して外なる敵と戦うことで、かつての屈辱感を晴らしていたのだろう。そしてまた、「自分自身と国家との同一化はしばしば国粋主義的な盲目化をもたらす」というヤコービの指摘どおり、昔日の西洋文化崇拝者・光太郎はもっとも愛国的な文化的ナショナリストへと変貌をとげたのである。

第六として考えられるのに、日本特有の事情がある。このような民族文化への帰属意識、国家への自己同一性は、光太郎だけに限らないからだ。明治維新以来、長い鎖国を解いて開国した日本では、欧米に追いつき追い越すことを目標に、官民ともに励んできたが、そこではナショナリズムは国力増大のための動力だった。そして、戦時中は知識人を含め、大部分の日本人が愛国的反応を示したのである。祖国を愛する心は万国共通のもので、それ自体非難されるべきものではなかろうが、ただ日本の場合、特殊だったのは、愛国心が天皇への忠誠心と分かち難く結びついたことであろう。近代市民革命を経ずに近代国家に移行した日本では、制度として国家を支えたのが、明治政府によって作り上げられた天皇制だった。そこにおいて、天皇は国の父とも現人神《あらひとがみ》ともみなされ、国家神道に基づく教育が徹底してなされたのである。日本人がこの戦いを聖戦とみなし、天皇のために、そしてお国のために、一丸《いちがん》となって戦ったのはそれ故である。天皇に対する光太郎の畏敬、天皇あやうしと知ったときの反応には、理性を超えたものがあった。

また最後に、このような制度が機能した要因として、日本人の自我構造の脆弱さにも触れておきたい。河合隼雄氏は西洋と東洋の意識の構造について、次のように説明している。すなわち、西洋人における意識は無意識から切りはなされた自我として発達し、その自我は外界を認識し判断する意識体系の中心として機能している。いいかえると「自我を中心として、それ自身一つのまとまりをもった意識構造」をもっている。それに対し、東洋人は「自我のない意識」をもち、意識と無意識の境界が不明確で、外界と内界の区分は漠然としており、自分と他者は深いところで重なりあっている。この自我をもたない意識体系の特徴として、「心の内部に潜在している自己は、しばしば外界に投影され、天皇、君主、あるいは家長はその担い手になり」、あるいはまた、自と他が重なり合うところから「〈個〉を無視した強烈な連帯感が発生する」(『ユング心理学入門』)。

西洋的な自我や個人とは別の意識構造をしている日本人が、光太郎を含めて、アイデンティティーを自分自身ではなく、民族や国家に求めたプロセスがよく理解できるのではないだろうか。

このように、光太郎の民族主義的変貌は、個人的要因(智恵子の死、子供時代の家庭環境、西洋滞在体験)と、外的要因(日本の近代化、戦争、日本人の意識構造)とが、幾重にも絡み合ってもたらされたのであった。

自己省察

一九四五年(昭和二〇)八月一五日、敗戦。光太郎はその日を、四月一三日の東京大空襲でアトリエが炎上して以来疎開していた、岩手県花巻町で迎えた。玉音《ぎょくおん》放送を悲痛な思いで聞いた光太郎は、「一億の号泣」(一九四五)で、「鋼鉄の武器を失える時/精神の武器おのづから強からんとす/真と美と到らざるなき我等が未来の文化こそ/必ずこの号泣を母胎としてその形相を孕まん」と祖国の文化復興の願いを吐露し、「犯すべからず」(一九四五)では、「どんなことに立ち至ろうとも／神国日本の高さ、美しさに変りはない。／やがて皎然《こうぜん》とかがやき出でる／神聖日本文化の力をみよ」と結んでいる。光太郎の戦争把握がもっぱら文化的な視点でなされていたことは、これらの詩句からも明らかだろう。光太郎にとって大戦はあくまで西洋文明と東洋文明の衝突だったのであり、戦争に負けたからといって日本文化に対する愛情が揺らぐことはなかったのである。

それにしても、西洋的教養を積み知性の人であった光太郎は、戦時中、まったく盲目になってしまったのだろうか？　この点に関してよく引き合いに出されるのは、「暗愚小伝」（一九四七）におさめられた詩の一節である。

「会議場の五階から／霊廟《モオゾレエ》のやうな議事堂が見えた。／霊廟のやうな議事堂と書いた詩は／赤く消されて新聞社からかえってきた。／会議の空気は窒息的で、／私の中にいる猛獣は／官僚くささに中毒し、／夜毎に広野を望んで吼えた。」（「協力会議」）

「私には二いろの詩が生れた。／一いろは印刷され、／一いろは印刷されない。／どちらも私はむきに書いた。／暗愚の魂を自らあわれみながら／やっぱり私は記録をつづけた。」（「ロマン　ロラン」）

「霊廟のやうな議事堂」、「窒息的」などの表現からも明らかなように、光太郎は軍国主義的な状況に反撥は感じていたが、時局から厭戦《えんせん》的な字句は検閲され、使用できなかった、というのだ。また、「二いろの詩」というように、光太郎は二種類の詩を書いていて、戦争詩の方は発表され、そうではない方は発表されなかった、というのである。

竹之内静雄の証言によれば[1]、光太郎は戦争中に書きためた未発表だった詩稿を集めて、一九四五年三月頃、『石くれの歌』という題名の詩集にまとめて発表しようとしていた。ところが印刷されないうちに、四月の大空襲で家屋もろとも焼失してしまったという。この失われた詩集に、あるいは光太郎の隠された心情が刻まれていたかもしれないと、喪失を惜しむ声は多い。が、今では取り返すべくもなく、どのようなことが書かれていたのかは想像するしかないのである。

繰り返すようだが、光太郎の場合、戦争詩といっても決して戦争賛歌ではなく、ときに国粋主義に片寄ることがあったにせよ、その根本にあったのは民族文化賛歌であり、祖国愛であった。この点については、明治人の愛国心の表れとする、次のような高見順の見方が当を得ているのではないだろうか。

あの高村さんが戦争謳歌のやうな詩を書いたといふのは、それまでの高村さんからすると、実に不思議な感じがするのだが、実は不思議でもなんでもない。明治の人だといふことである。その詩は決して戦争讃美でもなければ、もとより戦意昂揚といふやうなものでもない。明治期に青春時代をすごした日本人といふものの、日本への愛情のひとつの吐露だったのだ。若い世代を残忍に死の戦場へと駆り立てたファッシスト文学者などと同一視することはできないのである。（「高村光太郎」）

戦後、日本軍部がアジア解放の名のもとに大陸で行っていた蛮行の数々が明らかになるにつれ、光太郎は政治に関する自分の無知を痛感する。同時に、戦争という状況や組織の枠のなかでは個人の意思は意図どおりには通らず、善意は歪められ悪用されうることに気づいて愕然《がくぜん》とするのである。終戦を疎開先で迎えた光太郎は、戦後も東京へは帰らず、さらに人里離れた山奥に移住して農耕自炊の生活を営《いとな》みながら、自己省察の日々を送り、そうして著した自責の書が「暗愚小伝」であった。

このなかのロマン・ロランに呼びかけた詩で、ロランの人道主義に学びながら、狭い国粋主義に陥り、真理を見る目を曇らせた自分を責めて、こう書いている。「ロマン　ロランの友の会。／それは人間の愛と尊重と／魂の自由と高さを学ぶ／友だち同志の集まりだった。／ロマン　ロランは言うようだ。／——パトリオチスムの本質を／君はまだ本気に考えないのか。／あれ程ものを読んでいて、／君にはまだヴェリテが見えないのか。」（「ロマン　ロラン」）

ヴェリテ（真理）が見えなかったばかりか、誤った判断に基づいて書かれた光太郎の戦争詩に鼓舞されて、多くの若者たちが戦場に赴き、命を落としたのである。光太郎は慙愧《ざんき》の念に耐えず、「死の恐怖から私自身を救うために／『必死の時』を必死になって私は書いた。／その詩を戦地の同胞がよんだ。／人はそれをよんで死に立ち向かった。／その詩を毎日よみかえすと家郷へ書き送った。／潜航艇の艇長はやがて艇と共に死んだ」（「わが詩をよみて人死に就けり」一九四七）と、深い悔恨の情を表わしている。

また「蔣先生に慙謝《ざんしゃ》す」（一九四七）では、戦時中、抗日運動を繰り広げた蔣介石《しょうかいせき》に対して、欧米の支配からアジアを解放しようとする日本の善意を理解するよう、「沈思せよ蔣先生」（一九四二）など僭越《せんえつ》な忠告を与えたことを悔い、自らの〝暗愚〟と〝驕慢《きょうまん》〟を恥じて、「わたくしは唯心を傾けて先生に慙謝し、／自分の醜を天日の下に曝《さら》すほかない」と謝罪している。

戦後の日本では、戦時中、国民を一つにまとめていた国粋主義は否定され、価値観の一八〇度の転換がもたらされた。光太郎は疎開先の太田村山口で時折、国民学校の教諭等と談話の機会をもった。ある時、教師が戦中、軍国主義的教育をしたことを悔やむ発言をしたのだろうか、光太郎は「去年卒業さしてやった生徒にまちがったことを教えてやったってそれは仕方なかったでしょう。戦争している以上、勝ちたいのがあたり前であり、負けることを教えることは出来ないのですから」と受けて、続けて次のように述懐している。

僕の詩にしても、戦争中は萎靡《いび》する国民の心を奮い立たせるために書いたのですが、今になってみればまちがいであっても、その時はほんとうであると思っていました。大本営の発表は随分巧妙で、余程疑い深い人でない限り、国民は信じ切っていたし、アメリカの宣伝は嘘だと教えこまれ、日本は正しいと思っていた。僕も日本の軍隊程立派なものはないと思っていたし、海軍など規律厳しく、全くすばらしいと信じていたのに、今真相を耳にして恥づかしくてなりません。勿論私たちは考えが足りませんでした。――しかし正直な愛国心のある者程、信じて勝つために努力したのでした。日本軍は正しいと思い、忠誠心が勝つということの一点に集中していたのです。

（「今日はうららかな」）

アトリエの焼失により、自作の彫刻作品も蔵書もすべて失い、無一物になって敗戦を迎えた光太郎は、戦後、まるで憑《つ》きものが落ちるように、大和魂の亡霊から解放されるのを感じたようだ。「終戦」（一九四七）にはそうした心境が表れている。

「日を重ねるに従って、／私の眼からは 梁《うつばり》が取れ、／いつのまにか六十年の重荷は消えた。／再びおぢいさんも父も母も／遠い涅槃《ねはん》の座にかえり／私は大きく息をついた。不思議なほどの脱却のあとに／ただ人たるの愛がある。／（……）／いま悠々たる無一物に／私は荒涼の美を満喫する。」

敗戦後の日本では、戦争責任を追及する仕事が占領軍によって課せられ、軍国主義的風潮を助長した戦争協力者の弾劾は、政財界から言論界まで広く及んだ。文学界では斎藤茂吉や高村光太郎の名が〝戦争協力者〟として糾弾の矛先《ほこさき》に挙げられた。しかし、そうした粛正《しゅくせい》ブームも一時的な現象でしかなく、戦争責任問題は未開決のまま一九五一年に打ち切りとなり、時の推移とともに人々に意識から忘れ去られたのである。岩手の山奥に自己流謫《るたく》し、ひたすら自己省察に専念するというよう徹底的な行為は、光太郎以外、文学者にも言論人にも見られなかったことである。その痛烈な自己反省に、光太郎の真面目を見ることができるのではないだろうか。

光太郎のナショナリストへの変貌は、明治から昭和へかけての日本の近代史のなかで、個人と日本、さらに日本を取り巻く外的状況など、いくつもの要因が絡み合って起った現象といえるだろう。そこには西洋に外遊し異文化体験をした明治・大正時代の知識人が直面した知識人ゆえの苦悩、アイデンティティーの問題、等が露呈している。また、時代の潮流に翻弄された個人の鮮烈なドラマを読み取ることができるのである。

2 西洋文化と東洋文化の止揚

東京大空襲でアトリエを焼失した後、光太郎は宮沢賢治（一八九六～一九三三）の縁故を頼って、岩手県花巻町の宮沢清六《せいろく》（賢治の弟）方に疎開した。終戦を花巻で迎えた光太郎は、戦後も東京へは戻らず、その年の一〇月には花巻からさらに奥地、岩手県稗貫《ひえぬき》郡太田村山口の、集落から三〇〇～四〇〇メートル離れた森のなかにぽつんと建つ小屋に移り住んだ。営林署から払い下げてもらった元鉱山の飯場の廃屋を、村の人々が総出で解体して運び、組立て直してくれたあばら小屋である。こうして光太郎は一九四五年から一九五二年までの七年間を、東北の奥深い山里の村に引き籠《こも》り、農耕自炊の生活をして過ごした。それはひたすら自己を見つめる思索の日々だった。戦後、日本は首都東京を中心に、急激な社会変革と経済成長を成し遂げたが、光太郎は都会の喧騒《けんそう》からも、美術界や文学界の動向からも遠く離れ、いにしえの隠遁《いんとん》者のごとくに生きることを自分に課した。

大自然のなかでの自省の日々は光太郎にいかなる内面の変化をもたらしただろうか。光太郎の晩年の年月、それは単なる日本回帰だったのだろうか、それとも東西文化の止揚《しよう》の試みでもあったのだろうか？

光太郎が六十二歳という高齢でありながら、岩手の山奥に留まろうと決意をしたのは、何よりも戦争中の国粋的言論についての自責の念と自己懲罰《ちょうばつ》の気持ちからだった。彼は晩年、親交のあった奥平英雄氏に、「ぼくが山にはいったのには、必然的な理由があってのことだ。あれは隠遁とはちがう。一つには自分の云ったことに対する責任を負うために、どうしてもいったん山に入らなければならなかったのだ。また一つには人生そのもののくだらなさと自己流謫の気もちから山に入った」（『晩年の高村光太郎』）と語っている。それまでの人生で築いたもの、背負ったものをすべて断ち切り、無に帰して自己を見つめ直そうとの内的衝迫《しょうはく》が、それほど強かったのだろう。

自己流謫《るたく》、そして生活芸術の実践

自然のなかで暮らすことは、若い頃からの憧れでもあった。彼は自給自足の農耕生活という人道主義的理想主義を、かつて白樺派と共有していた。たとえば武者小路実篤《むしゃこうじさねあつ》は、トルストイの影響下に理想的な社会を建設する試みとして、自発的な労働と自己実現の共同体である「新しき村」の運動を、一九一八年（大正七）に宮崎県児湯《こゆ》郡木城《きじょう》村で始め、一九三九年（昭和一三）からは埼玉県入間《いるま》郡葛貫《つづらぬき》に場所を移して展開していた。有島武郎は親から受け継いだ北海道の広大な農場を、人道的立場から小作民に解放し、自らは地主の権利を捨てて共同経営とした。光太郎の若い頃からの親友である詩人の水野葉舟《ようしゅう》は、やはりトルストイの影響を受けて、一九二四年から千葉県三里塚《さんりづか》で半農生活を送っていた。光太郎自身、これまで二度ほど北海道移住を計画しては挫折に終わっていたが、敗戦直後に葉舟あてた手紙（九月一二日）で、次のように語っている。

日本の所々方々に小さな、しかし善い中心が無数に出来て、ほんとのよい生活がはじまらなければなりません。無理でなく又せっかちではく、地味に、かくれた努力が必要です。これまでのような所謂《いわゆる》文化でない、真の日本文化が高く築かるべきです。大地と密接な関係を持ち、自己の生存を自己の責任とする営みの上に築かれる至高の文化こそ望ましいものと考えます。是非やりましょう。小生もやります。小生は東北へ来た因縁を無駄にせず、此処《ここ》でその一環をつくり上げたいと思っています。

それに何より岩手県は、詩人にして農民、科学者にして熱心な法華経信者でもあった宮沢賢治の縁《ゆか》りの地である。光太郎は、仏教的宇宙観に霊感を得て独特のコスモロジーを展開したこの詩人を敬愛していたが、そのひそみにならい、太田村での暮しに農業と芸術とが調和した理想の文化村建設を夢見たのである。

「第四次元の願望」（一九四六）と題する記事を見てみよう。光太郎は賢治の説く「第四次元の芸術」について、それは「天然四元と大地とに日夜出入する農そのものを、全く新しい意識によって芸術として生活する事を意味する」と説明し、「第四次元の生活芸術を創《はず》むべき時が丁度今来ている」として、次のように続けている。

日本は国を挙げて生活即芸術の方向に進んで、人類最善の理想国をやがて樹立せねばならないが、その基本となるべきは自然を常住の相手とする農そのものである。天然から享《う》けた不思議な「いのち」の表象である種子を播いて耕せば一粒万倍となるという事実だけでも、それは神のみ業《わざ》への参加であり、その生成の過程をつぶさに見守って無限に深い天然理法の未知の領域を寸分でも吾等の智恵の境にもたらすことほど大きな喜びはなく、その喜びを日常の生活として生きる事は即ち芸術の法悦に生きる事である。

自然と芸術、生活と美を融合させること、それが山居生活の光太郎の指針となった。光太郎は頼まれると太田村山口分校で村人たちのために談話会をしたが、そこでは「日本の美」（一九四六年五月から一二月まで連続講演）をはじめ、「美」が好んでテーマとして取り上げられた。同年四月の談話では、日常生活や自然のなかの「美」について語り、宮沢賢治の精神に引きつけて、生きること自体が美でありたいと、次のように述べている。

私達の生活そのものが常に美でありたいものです。生活を美化しようとか美的な生活をする前に、先づ生きてゆくその事が美でなければならない。宮沢精神です。全く報酬を考えないのです。太陽系がヘラクレス座の方向へ進むように、世界全体の人々がそこに向かって進まねばなりません。

（談話筆記「春になって」）

光太郎の山小屋（高村山荘）

実際、光太郎は農家の人に教えてもらい、畑を作り、種を蒔《ま》き、慣れない農作業に精を出した。しかし、太田村というところは酸性土壌の痩せ地で、来る日も来る日も牛馬のごとく働いてやっと自給自足ができるほどのごく貧しいところだった。衛生状態も悪く、寄生虫病や皮膚病などの心配もある。それに、電気も水道もない僻地での一人暮らしの孤独はいかばかりだっただろうか。小屋は小さな窓があるだけで昼間も薄暗く、夜はランプのわずかな明りがたよりだった。裸の床には囲炉裏《いろり》のそばに方寄せて畳が三枚だけ敷いてある。一一月ともなれば雪が降り始め、やがてあたり一面は雪に閉ざされる。外気は氷点下二〇度にも下がり、小屋のなかは薪を焚いても身を切るような寒さである。吹雪の日にはすき間だらけの壁から雪が吹きこんでふとんの上に積もった。美しい自然と素朴な人情があるとはいえ、都会に慣れた者には厳しい生活だったろう。

こうして山居すること二年、ただの人として農耕と自省の日々を送った光太郎は、「暗愚小伝」を世に問い、そのなかで自分を愚者として位置づける。そして、「一切を脱却すれば無価値にいたる。／めぐりめぐって現世がそのまま／無価値の価値に立ちかえり、／四次元世界がそこにある。／絶対不可避の崖っぷちを／おれは平気で前進する」（「脱却の歌」一九四七）と、それまで自分を支えていたすべての価値観を脱却し、無になって出直す精神の姿勢を示している。

また「ブランデンブルグ」（一九四七）では、「おれは自己流謫のこの山に根を張って／おれの錬金術を究尽する。／おれは半文明の都会と手を切って／この辺陬《へんすう》を太極とする。／おれは近代精神の網の目からあの天上の音に聴こう」と書いている。この詩は、ラジオもなく人声を聞くこともない無音の生活を続けていたある日、山を歩いていたらバッハの音楽が鳴り響くような幻聴体験した光太郎が、花巻まで出かけて行って宮沢清六家でブランデンブルグ協奏曲をかけてもらい、音楽が身体中にしみわたるような至福感を味わった、そのときの感動をもとにしたものである。ここには、変幻する都会の軽薄な現代文明から身を退け、辺境の地にしっかりと根を張って自分自身の生き方を究め、バッハの音楽に象徴されるような究極の美にいたろうとする希求が表白されている。

山居生活、その理想と現実

山合いの僻地に自己流謫し、農耕と自省の生活を送りながら自己回復に努める光太郎が立とうとした地点、それはもはや西洋でも東洋でもなく、自分は自分でしかないという地点だった。

「おれの詩は西欧ポエジイに属さない。／二つの円周は互いに切線を描くが、／ついに完《まった》くは重らない。／おれは西欧ポエジイの世界を熱愛するが、／自分の詩が別の根拠に立つことを否めない。／（……）／西欧ポエジイは親愛なる隣人だが、／おれの詩の運行は一本軌道がちがっている。」（「おれの詩」一九四八）

そして自分は自分であるという自覚から、自己閉塞《へいそく》するのではなく、世界に向かって自分を開いていこうとする。

「二重底の内生活はなくなった。／思索のつきあたりにいつでも頑として／一隅におれを閉じこめていたあの壁が／今度こそ崩壊した。／(……)／おれの思索の向うところ／東西南北あけっぱなしだ。／天命のようにあらがい難い／思惟以前の邪魔は消えた。／今こそ自己の責任に於いて考えるのみだ。／随分高い代価だったが、／今は一切を失って一切を得た。／(……)／日本産のおれは日本産の声を出す。／それが世界共通の声なのだ。／おれはのろまな牛《べこ》こだが／じりじりまっすぐにやるばかりだ。」(「鈍牛の言葉」一九四九)

農耕生活をするにつれ、光太郎のなかには自然とつながった生活のなかにこそ本来の美があり、真の文化はそこにこそ育つという確信が強まっていった。村人たちについては、「総じて生一本で、表裏がなく、他所《よそ》行きの言動などはまるで知らないような天真の妙味があり、いつどこで会っても確かにその人がその人である、気持ちのよい全部まる出しの、しかもその背後は奥の知れない大自然につながっているという生活者」であると評価し、文化育成の可能性については、「太田村のようにいわゆる文化から遅れているといわれるようなところこそ却って有望なので、なまじっかな軽薄文化に冒されていない、人間本来の真実性を今でも保持している人々の今後の歩みがたのしみに思える。まがいものでない、厚手の、本格的な文化はこういう土地にこそ育つ」(「十二月十五日」一九五〇)と書いている。

とはいえ、現実が理想通りではなかったことも事実である。光太郎が六十七歳（数え年）というから一九四八年のことだろう、詩人の三好達治《みよしたつじ》が四月上旬に山小屋を訪れている。壮年時代の光太郎の立派な風貌、瀟洒《しょうしゃ》なアトリエ、ハイカラな身だしなみを知る三好達治は、住まいというにはあまりにも粗末なあばら小屋や、補綴《ほてい》のあたった仕事着にゴム靴をつっかけた奇妙な服装に、農業と芸術の調和を見るより老詩人の辛い境遇を見て呆然とし、悲壮感に打たれたのだった（「高村先生訪問記」）。

そのうえ、栄養状態も衛生状態も劣悪な環境での年月は、光太郎の健康を害さずにはいなかった。いつ発病していたのか結核が進行し、ちょっと無理すると吐血したり、高熱をだして寝込むことが重なった。三好達治と前後して、奥平英雄氏が一九四八年の夏に山小屋を訪れているが、折りから光太郎は病み上がりだった。東京時代に比べ、急に歳をとったように見える光太郎の健康を気遣い、奥平氏はしきりに帰京を勧めたが、光太郎は東京に帰っても住むところもないし、「それにここはなかなかいいところだよ。四季の風情もいいし、村人の気風も純朴だし、私はちっとも不自由なんか感じていない。私はそのうちここにアトリエを建てて大いに彫刻の制作をやるつもりだ」といって、少しも帰る気配を見せなかったという（『晩年の高村光太郎』）。

戦後の復興が急速に進むにつれ、文学界や美術界では光太郎がいつまで山に籠っているつもりかと、心配する声が少なくなかった。三好達治も山小屋を訪問した折りに、帰京の意図はないのかと尋ねている。光太郎の返答は、東京ではこの節、彫刻を買える余裕のある人はいないだろうから、生計のたてようがないだろう、というものだった。達治はこの答えに、「本来多芸多能なこの人の自己判断としてはどうかすると何か皮肉とも聞こえかねない」調子をかぎとり、食い下がった。すると光太郎は、そのうち仕事場を建てるのだといってあれこれ将来計画を描いて見せたのだが、達治には「何だかその高村さんのお考えにはどこかしら無理があって実現がむづかしさうに感じられ」、有能な芸術家が創作活動をせずに「山中で不如意な自炊生活」をしている姿に、ある痛ましさを感じずにいられなかったという（「高村先生訪問記」）。

同じく、晩年の光太郎と親交をもち、山小屋にも何度か足を運んだ藤島宇内《うだい》氏は、光太郎が山での生活に適応していたかというと、決してそうではなかったと証言している。藤島氏は光太郎の性格には極端な二面性があったことを指摘し、山暮らしについても書物に書いたり人前で話したりするときは良い面だけを強調していたが、その実、「農村に住むことの苦しさ、農家の人々の悪口をいやという程長い時間きかされたことがある。（……）いざそういう批難悪口をいう時は、高村さんはずいぶんひどい不満をもらした」（「高村さんの一断面」）と書いている。いくら自然が素晴しくとも、生来都会の文化人である光太郎が、本来的な仕事である彫刻もできない土地で農民芸術家になりきることは所詮、無理だったのだろう。

ひたすら農耕と自省の日々に明け暮れる光太郎は、「典型」（一九五〇）では自らを「愚劣の典型」と呼ぶにいたっている。

今日も愚直な雪がふり

小屋はつんぼのように黙りこむ。
小屋にいるのは一つの典型、
一つの愚劣の典型だ。
三代を貫く特殊国の
特殊の倫理に鍛えられて、
内に反逆の鷲の翼を抱きながら
いたましい強引の爪をといで
みづから風切の自力をへし折り、
六十年の鉄の網に蓋われて、
端座粛服、
まことをつくして唯一の倫理に生きた
降りやまぬ雪のように愚直な生きもの。
今放たれて翼を伸ばし、
かなしいおのれの真実を見て、
三列の羽さえ失い、
眼に暗緑の盲点をちらつかせ、
四方の壁の崩れた廃虚に

それでも静かに息をして
ただ前方の広漠に向うという
そういう一つの愚劣の典型。
典型を容れる山の小屋、
小屋を埋める愚直な雪、
雪は降らねばならぬように降り、
一切をかぶせて降りにふる。

荒涼とした冬景色とあいまって、この詩にはいいようのない寂寥《せきりょう》感とニヒリズムが漂う。自己懲罰として山に籠り、そうして自然と芸術の融合する地平に、失われたアイデンティティーの再建をはかろうとする光太郎の、その孤独と困難をかいま見させて、胸を打たずにはいない。

美しくも厳しい自然のなかでの老境――。しかし、たとえ現実がいかにあれ、自分の主義を曲げず、困難に耐え、高い理想に生きようとする光太郎の姿は、奥平氏に次のような感慨を抱かさずにはいなかった。

私が接してきた高村光太郎という人は、毅然《きぜん》としたたたずまいの、一種巨人的な風格をもった人であった。しかしそれと同時に、その奥底に孤独の影をふかく蔵した、孤独の結晶とでもいうような印象を私はあたえられた。いかにもその詩にかかれているような、「孤独の痛さに耐へ切った」ひとという印象が鮮烈であった。いわば光太郎というひとは、奥ふかい孤独と、毅然とした風格とが渾然ととけあった人柄に見えた。

(『晩年の高村光太郎』)

ヴェルハーレンの自然詩

光太郎は奥平氏に、「山に入ってみると、自然の中がもっとも安住の地だと思った。ぼくには自然の美しさが実にすばらしかった。そして自然の愛をよく知った。しかし同時に自然の厳しさもよく知った」と語っているが、彼が困難な生活に耐えられたのは、四季折々の自然に勇気づけられてのことだろう。

俗世間を離れ、無一物になって自然のなかに身を置き、そうして自然と一体化し、自然の美を感得し、ある精神の高みに到達する――。古来、仏教思想の影響のもとに発展をとげ、西行や芭蕉などの漂泊詩人や、あるいは鴨長明《かものちょうめい》や兼好などの隠遁《いんとん》の文学者たちを輩出してきた日本文化において、自然による美的救済は広く浸透した思想である。そのような意味では、この山居生活も、若い頃は参禅の経験もあり、禅宗の『無門関』を生涯の愛読書とし、仏教にもなじみの深かった光太郎の日本回帰と見なすこともできるだろう。しかし、それは単なる伝統への復帰ではない。戦争中の誤った民族主義の否定の上に立つ、西洋的教養と東洋的教養の統合の試みでもあった。そして自然と芸術が融合し、西洋と東洋が共存する地平こそ、光太郎が自己の再生を目指した地点であった。

そうした意味で、あらためて考察すべき詩人にヴェルハーレンがいる。光太郎はロダンの自然の理法に学んで以来、西洋の芸術家のなかでも自然から霊感を汲む芸術家に親近感をもち、その作品を翻訳紹介したり評伝を書いたりしながら、彼らに学び彼らを精神の糧としてきた。とりわけヴェルハーレンについては、もっぱら『智恵子抄』との関連で論じられることが多いのだが、自然詩人としての面からも光太郎に大いなる影響を与えたことを忘れてはならない。

ヴェルハーレンは一八九八年に故国ベルギーからパリに移り住んだが、フランドル地方へのノスタルジーにかられ、翌年から夏はベルギー辺境の森のなかの村、カイユ＝キ＝ビックで過ごすことにした。この地の野生味にあふれた自然は、新たな詩境の展開を与えた。こうして『生活の相貌 *Les Visages de la Vie*』（一八九九）——むしろ『生命（力）の相貌』と訳した方がよいだろう——、『騒然たる力 *Les Forces tumultueuses*』（一九〇二）、『無量の壮麗 *La Multiple Splendeur*』（一九〇六）、『至上律 *Les Rythmes souverains*』（一九一〇）などの作品が生まれた。いずれも、自然界に運動を与えているダイナミックで神秘的な力、その壮麗な美と普遍の理法、そして人間の努力の集積としての文明と宇宙との調和などをテーマにした、宇宙感情に溢《あふ》れる汎神論的で壮大な詩を集めてある。

光太郎はこれらの詩集から何篇かを、一九二一年から一九二四年にかけて文学雑誌に翻訳発表している。ここで、そのいくつかを紹介しておこう。(2) 若き日の光太郎を熱狂させたヴェルハーレンの自然詩は、時空を隔てて、山暮らしの老詩人の心のなかに鮮やかに蘇っていただろう、と思われるからである。

たとえば、『生活の相貌』のなかの「海の方へ Vers la mer」では、海の壮麗さ、潮の運動のダイナミズム、宇宙と自分との一体感などが、高揚した調子でうたわれている。

ひろやかな魂を以て、私は生きも為《し》よう、
遠い水平線の高みから
その壮麗さに向って湧き立つ私の力を見下《みおろ》している
あの明るい、深い、確かな面貌の下で。
（……）
私は山を生き、森を生き、大地を生きも為よう。
私は神々の血を自分の血管の中に流しも為よう。
（……）
しかも遂には君の岸辺にこそ、おう至上の海よ、
一切のものが解体された後、破滅された後、
再び其処で生まれかわり、再び其処で育ち栄える君の傍らにこそ、
私そのものなる此の宇宙が
蒔き散らされるためにやって来るのだ。

あるいは『無量の壮麗』の「空をたたふ A la gloire des cieux」では、深く暗い夜を綴《つづ》れ織りのよ

うに飾る星空が賛美される。

無窮がすっかり幕の奥に透いて見える。
輝かしい年月の指が彼の為に織ったものだ。
そして天上模糊《もこ》たる深い森林が
その星の葉むらをわれらの方へ垂れている。
（……）
あそこでは、もつれをつくり又ほどいて、
銀河の大河が、半透明の夜を、流れて行く。
又不思議な酸のきらめくのを見るかと思う、
湖水が引き張る盃の中で、あおい山々のほとり。

「天頂から天底に到るまで、一切は光輪をつけて光りかがやく」星は、宇宙の生命の発光であり、「おうこれら生命の醸造桶《つくりおけ》よ、稲妻の火となって、／強盛多産な物質は無窮を貫いて沸騰する」と、詩人は星空に繰り広げられる宇宙の生命の生成と運動に感嘆の声を上げている。

ヴェルハーレンは自然界のダイナミズムを賛美するだけではない。『騒然たる力』のなかの詩、「わが人種 Ma race」では、自然界の力を利用し、文明を築いてきた「わが人種」、すなわち西洋人——

ここに一九世紀の西欧に特有な人種優越主義をかいま見ることができるが、その問題にはここでは立ち入らない――の努力をも称え、神々や宗教に代わって人間の思想や意志が世界を司ることを洞察し、またそう祈願している。

汝等は空気、水、土、火を使用する。
汝等は其等のものからその投げかける恐怖を祓《はら》う。
礼拝時代に、神々であった者等は、
人間らしくなって汝等の思想に過ぎなくなる。
（……）
おう荘厳な人種よ、東方、西方、北方
大地と天空と、極地と海洋とは汝等の領。
君臨せよ、汝等によって運命の意志が
だんだん人類の意志となるのである。

人間精神に信頼をおいたヒューマニズム的自然観といったらよいだろうか、人生肯定的な未来哲学が通奏低音のように流れている。

あるいは『無量の壮麗』に収められた詩、「吾家のまわり Autour de ma maison」では、

私の家はまるで光の中に動揺し生活する一切の者に
やさしく渇望されている巣のようだ。
私は小さな灌木から巨大な太陽に至るまで、
この豊満な自然を限りなく讃嘆する。
(……)
私は最早《もはや》世界と私自身とに分ちをしない。
私は繁った葉であり又ひるがえる小枝である。
私はうす青い小石を踏む地面であり、
又酔って夢中になり、猛烈に、喜び又むせび泣いて、
はからず落ち込む溝の中の草である。

と、家のまわりの豊饒たる自然を賛美し、世界と自分との一体感、そして自然と融合する陶酔感を官能的なまでにうたいあげている。

光太郎はヴェルハーレンの詩を共感をこめて翻訳したばかりではない。一九二三年(大正一二)には、実現は見ずに終わったのだが、個人誌の発行を計画し、その抱負を述べたエッセイで、

此の大きな自然の中では万物が自己の生活を十全に開展せしめ進展せしめて、互に其の同胞と呼び

かわす事を許されています。そうして微妙な因果律が万物の間に万物各自の存在理由を作っています。万物は皆大きな至上律の下に自由を得ています。自由とは至上律の命ずるままに動くこと、それに身をまかせる事であります。

（「一隅の卓より」）

と、森羅万象に運動を与える「至上律」について語り、その思想といい、用語といい、ヴェルハーレンからの濃厚な影響をうかがわせている。

自然宗教――東西文化融合の地平

さらに光太郎は、評伝「ヴェルハアラン」（一九三三）を著している。その冒頭でヴェルハーレンを、一民族一地方的な存在を脱し、「世界普遍の情意生活に入り、（……）宇宙人としての意識に生き、世界人としての存在を持つ」、スケールの大きな詩人として紹介し、とりわけ一連の自然詩集を「人間生活と自然との巨大な詩篇」と称讃しているのである。たとえば『無量の壮麗』は、「人間の天才と万象との融合一致、天上の理法のままに生きる宇宙的霊魂」をうたった詩集であり、ヴェルハーレンほど「身辺の自然と共にある詩人」も珍しく、彼の自然詩は「詩の肉体に自然が乗りうつって」いる、といった具合である。

評伝執筆から十余年、いまや山暮しの光太郎は、宇宙感覚をもった日本の詩人・宮沢賢治に親近感を覚えたのと同様に、ヴェルハーレンをよりいっそう身近に感じたことだろう。光太郎自身もまた、山で営まれる生活をテーマとした「山口より」（一九四八）と題された詩群（「山口部落」「かくしねんぶつ」「クロツグミ」「ヨタカ」「別天地」）や、「山の少女」（一九四九）、「山からの贈物」（一九四九）、「山のともだち」(一九五二)など、多くの自然詩を書いている。
なかでも「山荒れる」(一九四九)には、ヴェルハーレンと宮沢賢治との影響が濃密に響き合っているように思われる。

無機世界のうつくしさよ。
永劫沈黙のいさぎよさよ。
元素の燃える大火団と、
燃えつくした死火山塊と、
黒闇のがらんどうと、
ただ力学的に動くのみなる宇宙の美よ。
野放しの一人民には違いないこの微生物の
太田村字山口のみじめな巣に
空風火水が今日は荒れる。
嵐に四元は解放せられ、
嵐はおれを四元にかえす。

この詩は、未来永劫の宇宙の美、自然界を構成する四元素とそのダイナミズム、自然界のなかの人間存在などをうたい、宮沢賢治を喚起すると同時に、宇宙の力学的把握とスケールの大きな自然観にヴェルハーレンの詩境との親和性を見せている。ただし、自分のことを「野放しの（……）微生物」にたとえたり、山小屋を「みじめな巣」と呼ぶ矮小化やストイシズムは、ヴェルハーレンには無縁のものではあるが。

また、岩手開拓五周年を記念した「開拓に寄す」（一九五〇）では、開拓を、大地に人の手を加え「無から有《う》を生む奇蹟」の行為であり、「人を養うもろもろの命の糧を生んでいる」行為として肯定し、「開拓の精神を失う時、／人類は腐り、／開拓の精神を持つ時、／人類は生きる」と、フロンティア精神を称えている。ここにも自然と人類との調和、人間の努力の肯定、世界の運命をつかさどる人間精神への信頼、といったヴェルハーレン的なテーマが表出されている。また、この詩では宮沢賢治の名もよみこまれ、岩手の開拓に農学者として献身的に貢献した詩人への敬愛と共感が示されている。

さらに「ばた屋」（一九五二）という詩。これは、夏の夜の見ながら輝く星座に霊感を得て作られたのだろうか。

言葉は成層圏に結晶する。
おれは言葉を手に取って
気圏の底を離れない。
（……）

寒暄《かんけん》路傍のただ言は
たちまち用を転じて体となり
鉄とマンガンの元素にかえる。
銀河の穴からのぞいた宇宙の
鉄とマンガンと同列な
組成と質とがここにある。
おれは気圏の底を歩いて
言葉のばた屋をやらかそう。
そこら中のがらくたに
無機究極の極をさがそう。

「成層圏」「気圏」「銀河」「宇宙」などの言葉は天空や銀河系宇宙を示唆し、「結晶」「元素」「無機」「究極」などは、その宇宙を構成する物質の単位としての元素、すなわち物事の究極の本質を連想させる。光太郎はその宇宙の元素と同列の、究極の本質を表わす「言葉」を拾い集めようというのだろう。ヴェルハーレンの詩「空をたたふ」を思わせる宇宙感覚が見て取れる。そこにはまた、宮沢賢治の銀河体験も響き合っていただろう。「宮沢賢治がしきりと星の詩を書き、星に関する空想を逞しくし、銀河鉄道などという破天荒な構想をかまえたのも決して観念的なものではなくて、まったく実感からきた当然の表現であった」（「みちのく便り1」一九五〇）と述懐しているように、光太郎は賢治の銀河体験を自らも実感し、共有したからである。

山での生活は光太郎に自然の美しさと厳しさとを教えた。山で見る星座は「超人的な美」で輝き、自然に対する「畏敬の念」と「天然の法楽」を吹き込まずにはいなかった（同右）。彼は山居生活でヴェルハーレンや宮沢賢治などと魂の交流をもち、彼らが経験した宇宙感覚を追体験していたのだろう。そしてそれは、西洋と東洋に共通する自然宗教の境地、自然と人間が渾然《こんぜん》一体と融合する境地でもあっただろう。

自然に遍在する「元素智恵子」

光太郎の孤独を慰めたのは自然詩人たちばかりではない。亡き妻・智恵子の面影《おもかげ》もあった。山小屋の裏手には小高い丘がある。その頂からは智恵子の故郷、福島の山々が彼方に見渡せる。光太郎はよくこの丘に登り、「智恵子！　智恵子！」と声の限り叫んだという。光太郎は「一人で淋しいだろう」ときく村人に対して、「そんなことはない」と次のように答えている。

この小屋の中にはいろいろの有象無象が充満していますが、それらが消え去ったあとに、昔の人たちが出て来ていろいろ囁《ささや》きます。最後に智恵子が出て来ます。食事の時でも執筆の時でも、僕はいつでも智恵子と二人います。人間は死ねば普遍的になります。生きている間は対《むか》い合っている時だけの二人ですが、死ねばどこへでも現れます。ここにこうしていても、散歩している時でも、

いつも智恵子は僕の傍《かたわら》に居ます。　（「今日はうららかな」一九四六）

死んで「普遍的」になった智恵子――。その智恵子に、いまや光太郎は殉じようとする。

智恵子の面影のみならず、陸奥の山小屋には光太郎の安否を気づかう現身《うつしみ》の綾子さえもがやってきた。一九四九年（昭和二四）一一月下旬のこと、第三期『スバル』創刊に向けて、その題字を依頼するために遠路はるばる足を運んだのである。綾子は五十一歳、三年前に小野俊一とは協議離婚していた。陸奥《みちのく》はもう雪である。「おどろきてわれを見たまふ先生にもの言はざるは泣かざらんため」と、感激の再会を綾子は詠んでいる。彼女は山小屋でいっしょに夜を明かすつもりだったが、ストイックな光太郎に断られてしまった。「雪の中に埋まっている小さい、小さい小舎に泊めて下さるとばかり思っていたのに、夜通しお話がしたかったのに、先生は提灯さげて私を村長さんの家につれてゆかれました。」（『歌人　中原綾子』）

それから二年たった一九五一年九月、綾子は光太郎を再訪する。前の年に病気で入退院を繰り返した綾子は、にわかに老女になったように光太郎の目には映った。「中原さん一年の間に大層年よりじみ、皺など目立つ。胃酸過多といふ。そのためか、顔いろもあし」と、その驚きを冷酷なまでの筆致で記している（「光太郎日記」）。

五十路《いそじ》の綾子はちょうど智恵子の死んだ歳である。記憶のなかの智恵子がいつまでも若々しさを保っているのに、あれほどの美貌と才気を誇った綾子の顔に刻まれた紛れもない老いの徴候――。在りとし在るものを衰退へと導く「時」の残酷さは、光太郎を驚愕させた。それは、変幻する現実は虚しく、ただ芸術のみが真実であり、「時」の破壊作用を免れうる、という一種の芸術至上主義を、光太郎のうちにいっそう鮮やかに刻印したのではないだろうか。

山住まいの光太郎は、現実が厳しく残酷であればあるだけ、「智恵子」と生きる永遠の生命の世界の構築に耽溺していった。では、詩人の想像世界のなかで智恵子像はどのように完成していったのだろうか？　光太郎は太田村滞在中に作った智恵子をテーマとする詩を集め、「智恵子抄その後」として一九五〇年一一月、『新女苑』誌上に発表している。そのなかに現われた「智恵子」を中心に見ていくことにしよう。

岩手の山里に一人で住んでも、光太郎の心は常に智恵子とともにあった。「智恵さん気に入りましたか、好きですか。／（……）／智恵さん斯ういうところ好きでしょう」（「案内」一九四九）と、呼びかける。そして、「若しも智恵子が私といっしょに／岩手の山の源始の息吹につつまれて／いま六月の草木の中のここに居たら、／（……）／奥州南部の山の中の一軒家が／たちまち真空管の機構となって／無数の強いエレクトロンを飛ばすでしょう」（「若しも智恵子が」一九四九）と、彼女がいたら貧しい山小屋生活もどんなに光輝くことか、思わずにはいられない。

そして智恵子は光太郎の夢のなかにも姿を現わす。

あのしゃれた登山電車で智恵子と二人、

ヴェズヴィオの噴火口をのぞきにいった。
夢というものは香料のように微粒的で
智恵子は二十代の噴霧で濃厚に私を包んだ。
（……）
智恵子はほのぼのと美しく清浄で
しかもかぎりなく惑溺にみちていた。
あの山の水のやうに透明な女体を燃やして
私にもたれながら崩れる砂をふんで歩いた。

（「噴霧的な夢」一九四八）

夢のなかに現われる智恵子は、永遠の若さと美しさをそなえている。彼女は「香料」のように、あるいは「微粒」や「噴霧」のように、形をもたず空中に漂い、「美しく清浄」で、「山の水」のように「透明」感をもった天上的存在でありながら、しかも「惑溺にみち」、「女体を燃やし」、「濃厚に私を包」むエロス的存在でもある。舞台は情念の炎を象徴するかのごとくヴェスヴィオ火山、さらにその爆発で消滅し灰に埋もれた古代の都市ポンペイが喚起される。

寝ても覚めても心に寄り添う智恵子は、まさに光太郎の霊的伴侶《はんりょ》である。光太郎はその智恵子を、「元素」となった智恵子だと認識する。

智恵子はすでに元素にかえった。
わたくしは心霊独存の理《ことわり》を信じない。
智恵子はしかも実存する。
智恵子はわたくしの肉に居る。
（……）
精神とは肉体の別の名だ。
わたくしの肉に居る智恵子は、
そのままわたくしの精神の極北。
智恵子はこよなき審判者であり、
（……）
智恵子はただ喜々としてとびはね、
わたくしの全存在をかけめぐる。

（「元素智恵子」一九四九）

「元素」という言葉は晩年の光太郎のキー・ワードの一つで、物質の構成要素、究極の本質などを意味するものと解釈できる。この詩では、宇宙の生命の根源を指すのだろう。智恵子は生命体の「元素」に返り、永遠の命として「実存」する。光太郎は生命元素となった智恵子が、自分の「肉に」住みつき、体中を「かけめぐる」ように感じている。智恵子はこうして光太郎のうちに受肉し、内在化位置づけられる。

したのである。さらに「精神の極北」にして「こよなき審判者」として、すなわち魂の導き手として

「メトロポオル」（一九四九）では、「智恵子が憧れていた深い自然の真只中に／運命の曲折はわたくしを叩きこんだ。／運命は生きた智恵子を都会に殺し、／都会の子であるわたくしをここに置く」と、智恵子（自然）を光太郎（都会）が殺したことに対する呵責《かしゃく》の念が表出され、その「都会の子」である光太郎がいま、「深い自然の真只中」に生かされている運命の不思議な巡り合わせに思いがいたされる。そして「智恵子は死んでよみがえり、／わたくしの肉に宿ってここに生き、／かくの如き山川草木にまみれてよろこぶ」と、智恵子が永遠の生命となってよみがえり、自然のなかに遍満《へんまん》し、光太郎の「肉に宿って」在ることが表明される。さらに続けて、「変幻きはまりない宇宙の現象、／転変かぎりない世代の起伏。／それをみんな智恵子がうけとめ、／それをわたくしが触知する」と、宇宙と自分との仲介者としての智恵子、すなわち精神の導き手としての智恵子が確認される。ここには光太郎の汎神論的自然観と宇宙・生命観がよく表れているのではないだろうか。

天の仲介者・智恵子

智恵子は天界と自分との仲介者にして、天上的存在でもある。青年期のデカダンスから智恵子の人を信じる一途さによって救われたことを回想した「あの頃」（一九四九）では、「智恵子はにこやかにわたくしを迎え、／その清浄な甘い香りでわたくしを包んだ。／わたくしはその甘美に酔って一切を忘れた。／わたくしの猛獣性をさえ物ともしない／この天の族なる一女性の不可思議力に／無頼のわたくしは初めて自己の位置を知った」と、あらためて、エロ

ス的存在であると同時に救済者でもある智恵子が想起される。「清浄な甘い香り」「甘美に酔って」「天の族」「不可思議力」などの言葉によって、智恵子の天女としての属性、すなわち清らかなエロス性をそなえた魂の救済者としての属性が示されているのである。

さらに、「智恵子と遊ぶ」（一九五二）になると、「智恵子の所在はａ次元。／ａ次元こそ絶対現実。／岩手の山に智恵子と遊ぶ／夢幻《ゆめまぼろし》の生の真実」と、元素となった智恵子は自然のなかに遍在し、宇宙を浮遊する。

このように、思索と自省の日々のなかで宇宙感覚が精鋭化するにつれ、光太郎の想像界の「智恵子」は宇宙的次元で変容をとげ、生命元素に還元され、自然のなかで浮遊する存在、しかも透明なエロス性をそなえた天界の仲介者となっていくのである。それは〝山の少女〟でもあり、〝母なる自然〟でもあるような、また聖母マリアのようでもあり、観音のようでもあるような、光太郎のなかの女性性を具現するイメージである。すなわち、アニマとしての「智恵子」が完成するのである。

さてここで、光太郎における智恵子像の変遷を、アニマの観点からもう一度、見直してみたい。河合隼雄《はやお》氏の『ユング心理学入門』によれば、男性にとって心のなかにある女性像は、まず最初は母親の像として、次に母親代理のやさしい姉や従姉妹などとして現われ、この準備段階を経たのちにアニマが登場するのだが、それは次の四段階に分類される。すなわち、第一の生物学的段階（母親から分離するため性の面が強調され、アニマは娼婦型の女性像として現われることが多い）、第二のロマンチックな段階（女性を人格として認め、一人の女性への愛として体験される）、第三の霊的段階（母でありながら処女である聖母マリアによって典型的に示される聖なる愛)、第四の叡智の段階(ギリシャの女神アテネあるいは観音菩薩のように、性別を超越した深い知恵と慈悲をもつ)である。

あるいは、湯浅泰雄氏は『日本神話の思想』で、ユング派心理学者ノイマンの『意識の起源史』を援用しつつ、男性の人格形成の過程でアニマがどのように体験されるかを、多少の違いはあるが、同じく四段階に区分している。すなわち、「母なるもの」として無意識の根底に感得《かんとく》される第一段階(「母」)、青年を幻惑《げんわく》する性的魅力の力として経験される第二段階(「妻」)、男性の意識に働きかけ人格の変容を内から促す精神的導き手としての第三段階(「姉」)、そして神性に向かって開かれた霊的存在(処女)として男性の魂を宗教的高みに導く第四段階(「娘」)、の四段階である。

いずれにしろ、光太郎の精神的成熟において、最初に〝母なるもの〟と〝山の少女〟が渾然一体となって現われた青春期に始まり、女性の性的魅力に幻惑され女性遍歴を体験したデカダンス時代を経て、智恵子にロマンチック・アニマを見いだして以来、戦争中に退行的に日本の母を賛美した時期をのぞいて、智恵子が一身に光太郎のうちなる心の女性像を担ってきたこと、そして最後は霊的伴侶として宗教的高みにまで導く存在となったことが分かるだろう。

さらに河合氏は、アニマは西洋の男性の心的発達過程ではこのような段階を踏んで現われるが、母の影響力の大きな日本では必ずしも同様ではないこと、とりわけロマンチック・アニマは西洋文学が多大の努力を払って描き続けたのに対し、古来の日本では女性の役割が、家を守り跡継ぎを産む妻と、美的感覚的快楽を担う娼婦とに分化されたため、アニマは家とは別世界のところで美的アニマとして開発されたこと、などを指摘している。

たしかに、母性原理の強い日本文化では母子のつながりが緊密であり、男性は女性のなかに異性よりも母親的なやさしさを求め、夫は妻に母親に代わる母性を求めて、夫婦関係が男女関係であるよりも母子関係の変形であることが、往々にして見受けられる。そして近代になるまで、女性は産み育てる性である妻と、性の快楽を担う娼婦とに役割分担されてきたため、相互の人格関係に基づく男女関係、いわゆる西洋的な恋愛（ロマンチック・ラヴ）は発達しなかった。そして西洋の「愛」の観念が輸入された明治になって初めて、近代日本文学で恋愛を新しいテーマとして取り扱うようになったのである。(3)

そうしてみると、光太郎が生物的段階から霊的段階へいたるアニマの四段階を比較的はっきりとした形で経験したことは、この時代の日本男性としては特筆すべきケースといえるのではないだろうか。とくに、智恵子のなかに太母の影響力を脱してロマンチック・アニマを追求した事実は、西洋文学の影響が大きかったからできたことだろうし、またこの段階を経たからこそ、智恵子は光太郎にとって単なる性愛の相手や母親の代理に留まらず、日本文学には珍しい霊的伴侶や精神的導き手としてのアニマにもなりえたのだろう。とすれば、晩年に光太郎が到達した「智恵子」というアニマ像も、東西文化の止揚としてあったといわねばなるまい。

思索する彫刻家

アニマとしての「智恵子」に、最晩年の光太郎は彫像として形を与えることになるのだが、それについて語る前に、山居生活での彫刻家としての光太郎を振り返っておくことにしよう。

山では仕事場もなければ十分な道具もそろっていない。冬になると零下二〇度という気候に粘土は凍ってしまうし、よいモデルは望むべくもない。何もかも欠乏し、制作をしたくてもできる状態になかった。彫刻というのは光太郎も言っていたように、何よりも触覚の芸術であり、人体に対する燃えるような情熱があってこそできるものであってみれば、粘土をこねたり、木肌に触れたり、モデルの体温を感じたりすることができない状況は、光太郎のうちに極度の欠乏感をもたらしたのである。

それを光太郎は「人体飢餓」(一九四八)という詩にしている。「彫刻家山に飢える。/くらうもの山に余りあれど、/山に人体の饗宴なく/山に女体の美味が無い。/精神の蛋白飢餓。/造型の餓鬼」。外は雪である。山小屋の炉辺《ろばた》に「孤坐」する彫刻家は、人体に飢えるあまり、雪で雪女の裸婦を造ることを夢想する。が、その夢想はなにやら狂気じみ凄惨《せいさん》さをおびてくる。「渇望は胸を衝く。/氷を噛んで暗夜の空に訴える。/雪女出ろ。/この彫刻家をとって食え。/とって食う時この雪原で舞いを舞え。/その時彫刻家は雪でつくる。/汝のしなやかな胴体を」と——。雪女は来ない。彫刻家の飢餓感はいやまし、夢幻に、空の雲には「伯爵婦人」が白く横たわった姿を想像し、ブナの木肌には女体の「逞しい太股」を、山々には「巨大なトルソオ」を、囲炉裏の燃えさかる火炎には「女体」を、幻視するのである。人体に飢えた光太郎はたまに山合いの温泉に行き、そこで労働に鍛えられた山に生きる人たちの肉体を見て、わずかに飢えを満たしたという。

また光太郎は、いまにここに仕事場を建てて彫刻をやるのだと、山小屋を訪ねてくる人たちに意気軒昂に語り、友人たちへの手紙でもそう書いている。粘土は近所に良質のがあるし、盛岡には鋳金《ちゅうきん》工がいる、モデルは来てもらえばいい、と。どこまで本気で考えていたのか、実現する可能性の薄い夢であり、空元気《から》をいっているような印象さえ与える。実際、アトリエ建築はおろか、粘土をこねた未完成の小さな野うさぎ以外、作品らしいものは何も残されていないのである。

実作はできなかったが、彫刻について、芸術について、思索を深めることはできた。のちに山居生活を振り返り、「やりたいと思っていてやらないのは神経にさわっていけないし、小屋の状態や時候から考えても彫刻をすることは無理だと思って」、彫刻をすることは諦《あきら》めたが、「彫刻については頭の中の倉にいっぱいためてあるので、せきを切ればそれが一ぺんにあふれ出て来ると思います」と語り、「わたしは自分の芸術と農業とは同じようなものだと思っています。彫刻をやらなくても、わたしはその間に自分でおくれたとは思わない、人間は何をやっても成長しなくてはならないのです」と語っている（「南沢座談」一九五二）。が、しかし、思索が実作にとって代わることはできるはずもない。そこにも、光太郎の現実から遊離した理想主義を見る思いがする。

ところで、晩年の光太郎が最も敬愛の情を抱いた彫刻家は、ミケランジェロだった。一九五一年（昭和二六）に出版された『世界美術全集』（平凡社）に寄せた記事で、光太郎は、中世封建社会とキリスト教世界の束縛から人間精神が解き放たれ、人間個人の知性と才能が前代未聞の開花をみせたルネサンスにあって、ミケランジェロはそれまでの洗練された上層芸術に対して、「むしろ獰猛《どうもう》な精力を傾けて、その精神の底に横たわる人民派の魂から迸《ほとばし》る健康な、奔放な、また思慮深い、鉄のように剛く、岩石のやうに固く、天体のやうに壮大な秩序ある一つの別の芸術をうち樹《た》てた」芸術家だったといい、次のように書いている。

ミケランジェロは何をおいても美に生きた。彼ほど美の力を深く感じ、美が人間を救うものだと信じていた者はあまりいなかったように思える。彼は宗教的だと普通いわれている。そして彼自身も宗教的な詩を書き、日常、神をたたえた言葉、神に祈る言葉を口にしていたが、彼が神といい、宗教といっていたものは、どうも当時のヴァティカノ宮の神や宗教とは違っていたように思える。彼はキリストの偉大を神聖視していたが、心の底ではキリストもまた人間であり、それ故にこそ神聖であると思っていたように思える。彼が神と仰ぐものはどうも自然の理法のように思える。そしてそれがそのまま美であったように思える。

（「ミケランジェロ　ブオナローティ」）

ここから読み取れるのは、ミケランジェロにとって神とは「自然の理法」にほかならず、それはすなわち「美」であり、彼は美が人間を「救う」ことを信じていた、という内容である。つまり、ミケランジェロにとって宗教とは、自然＝美による救済であった、という論旨である。光太郎は続けて、ミケランジェロは「自然に厳存する大理法のきびしさと微妙さとの深さに魅入られ」、自然に美を見い出したのだと述べ、「彼の美とはきびしい生命の告知であり、自然の大理法の直射エネルギーにほかならない」と結論づけている。

光太郎は、この記事を書くためにミケランジェロに没頭して過ごすあまり、「岩手の山の中にいながらまるで日本に居るような気がせず、朝夕を夢うつつの境に送り、何だか眼の前の見なれた風景さえ不思議な倒錯を起し」、そのような「心的状態の中で私はまっすぐにミケランジェロを凝視した」（「私はさきごろ」）、と述懐している。こうして光太郎によって捉えられたミケランジェロ像、それは繰り返すようだが、次のようなものである。

その時代の芸術家のつねとしてミケランジェロはキリスト教に題材を求めたが、それはあくまで芸術的意味においてであり、彼の信仰はキリスト教のドグマを超えた次元にあった、すなわち「彼の内なる神とはただ犯し難い自然の理法の事であり、クリストとは人間の中の人間の事であり、マリアとは母の中なる母の事であった」。そして「彼にとって一切は美の次元から照射され」、「美に仕へることが彼の内なる神に仕へること」であった、と。

このような解釈は、奇しくも光太郎自身の内面を語っていよう。というのは、自然と芸術を融合させ、美という「内なる神」に仕えることで自己存在の回復をはかること、それはまさに山居生活で光太郎が実践してきたことだからである。西洋と東洋が共通してもつ自然＝美による救済思想こそ、光太郎の晩年の境地を示す思想であり、光太郎はそれをここでミケランジェロのうちに投影している。あるいはミケランジェロに代弁させている、といってもよいだろう。そうして、かつてロダンに、あるいはヴェルハーレンに自己同化したように、老彫刻家はミケランジェロに自己同化しているのである。

また、彫刻ができないことの埋め合わせでもあるかのように、晩年、書画に喜びを見い出していた光太郎は、奥平英雄氏から所望されて書画帖「有機無機帖」（一九五四）を作っている。そこには自作の詩にまじって、『ロダンの言葉』からの抜粋文と、ヴェルハーレンの作で以前に光太郎が訳した長詩「ミケランジュ」が引用され、生涯、最も敬愛した芸術家たちへのオマージュとなっていることを言い添えておこう。

十和田湖畔の乙女像

さて智恵子の彫像に話を戻そう。一九五二年（昭和二七）のこと、山居暮しの光太郎に思いがけず彫刻制作の話が舞い込んだ。青森県からの依頼で、十和田湖畔に建てる記念像を造ってくれないか、というのである。六月中旬、県の担当者の案内のもと、佐藤春夫や草野心平らが同行して現地の下見がなされた。桂の若葉のもえる季節、十和田湖の景観はたちまち彫刻家の造形精神を駆り立て、光太郎は「自ら進んでこの神聖な湖の魂に捧げるものを作りたい」（「松原忠様」(4)）という気持ちになった。それに老齢と健康状態を考えても、残された時間とエネルギーを創作にあてるのは今をおいてない。光太郎はこの申し出を引き受けることにした。協議の結果、制作のアトリエは東京に求めることが同意された。こうして光太郎は一〇月、八年ぶりに東京の地を踏むことになった。制作が終わったら、また山に戻るつもりだった。

かねてより光太郎には、生涯の証《あかし》として作り残したいと願っていた主題があった。智恵子観音である。すでに一九四七年、友人にあてた手紙で彫刻について語った箇所に、「小木彫と粘土の裸像、これは智恵子観音の原型」（宮崎稔への手紙(5)）との記述があり、習作を試みていたことをうかがわせる。

また「裸形」（一九四九）と題した詩では、「智恵子の裸形をわたくしは恋う」と始まり、「星宿のように森厳で／山脈のように波うって」いた、自然の美と神秘の体現者である智恵子の裸形が懐かしく思い出される。そして「わたくしの手でもう一度、／あの造型を生むことは／自然の定めた約束であり」、そのために自分は今、生かされているのだと、智恵子に彫像という形で芸術的生命を与えることについての、やむにやまれぬ内的衝迫感が表白される。そして最後に、「智恵子の裸形をこの世にのこして／わたくしはやがて天然の素中《そちゅう》に帰ろう」と、使命をまっとうしたのちに没することが希求されているのである。

十和田湖畔

　そういう気持ちがあったからこそ、十和田湖を実地に見学したとき、光太郎の頭にはただちに、「天然造化の傑作である処女の裸像」の構想が浮かんだのだった。「此の自然の美しさと強さと清らかさとに答え得る造型としてはやはり人間の体躯以外にない」と。それは「自然の神秘と人間の神秘との合致《がっち》渾《こん》融《ゆう》」を象徴すべき彫像だった（「松原忠様」）。

　よいモデルが見つかり、久々に仕事にかかった光太郎は創作の喜びをかみしめた。「モデルを眺めながら作品を造っておると、何となく張りがあって、身の内に生気があふれるような気がする」、「モデルの若く活き活きした力が自分の胸の中の力と撃ち合って、自分の手は、この裸像の肉体に、普通でない息吹を与えるようだ」（松下英麿「雑話筆記」(6)）――こうした言葉は、老彫刻家がいかに一種の陶酔感をもって制作していたかを表白している。

光太郎はまた、乙女像の意図を次のように語っている。――十和田湖の湖水に舟を浮かべてじっと水底を見つめていると、空が水なのか水が空なのか、ひょいと舟から下りて歩きだしたい衝動に駆られる。「水の精に魅せられる」とはこのことか。「深淵をのぞいていると吸い込まれるような」感じを現わしたくて像を創ることにした。その像を見ていると、「自分が自分を見ているような」感覚に襲われるような像である。できれば湖水のなかに、外から見ただけでは「鏡のような水面」に何の変哲もないが、よく見ると水を透かして美しい乙女の裸像が見える、というような「ミステリアスな、幽玄な趣のあるもの」を創りたかった（「美と真実の生活」）。

「深淵をのぞいていると吸い込まれる」、「ミステリアスな、幽玄な趣」などの言葉からは、かつて「樹下の二人」の詩にうたわれた智恵子、「幽妙な愛の海ぞこに人を誘う」、「魔もののように捉えがたい」智恵子のイメージが浮かんでこないだろうか。光太郎の胸中にある彫像こそは、魔性でもあり天女でもある、女性そのものを表象すべき像なのである。光太郎はこうもいっている。「世間の人は何というかも知れないが、ぼくは観音様と思ってつくりました。（……）東洋の女は菩薩なんです。女から虚栄さえのぞけば本当の菩薩なんです。本当の女、菩薩をあらわしたものです」（駿河重次郎「高村先生の思い出」）。生涯最後の彫像制作に挑む老彫刻家の意気込みが伝わってくる。

彫像は七尺もの大きな裸婦立像で、裸婦が二人、あたかも鏡のような水面に映る自分に手を差し伸べているように、そしてまた虚と実、夢と現《うつつ》を表象するかのように、互いの手を軽く触れながら同一姿態で向き合って立っている。完成した像は、一九五三年（昭和二八）一〇月二一日、晩秋の十和田湖畔にて除幕された。彫刻芸術に対する造詣《ぞうけい》の深さと制作の意図がいかにあれ、長年のあいだ実作にたずさわれなかった空白期間と、貧困生活に体力も弱り病魔に犯された老体という現実は、残酷にも老彫刻家の理想主義を裏切る結果になった。光太郎が最晩年の全精力を投入して制作した乙女像は、見事な失敗作といわざるをえないからである。

光太郎自身にとっても決して満足のゆく出来ではなかっただろう。中原綾子は、光太郎が不如意な山小屋暮らしを、「六十になると本当の仕事が出来ると僕は思っている。それまでは修業だ」といって耐えていたこと、また乙女像については、「現在の僕の気持ちから云えばこれはたしかに古い。しかし、こういうものをもう二つ三つ造ってからでないと、現在のものは造れない」といっていたことを想起し、「天は先生にその健康と齢を与えなかった」と、無念な思いを語っている（『歌人　中原綾子』）。

ただ昔日の親友・高田博厚だけは、光太郎にとって問題だったのは「彫刻芸術の究極の課題である〝裸の人間〟の構成姿態」を創作することであり、たとえ作品が未完に終わっていようとも、この乙女像ほど、「身振りを捨てて独り立って〝存在〟の安らかさと美しさを無限に貯え得る作品」はまれであって、この作品は「今日の日本の彫刻に指針を与えている」のだと、理解を示した（『人間の風景』）。また、「この像は〝自然〟の中に調和していて、自然を裏切らない。このことは技術のせいで

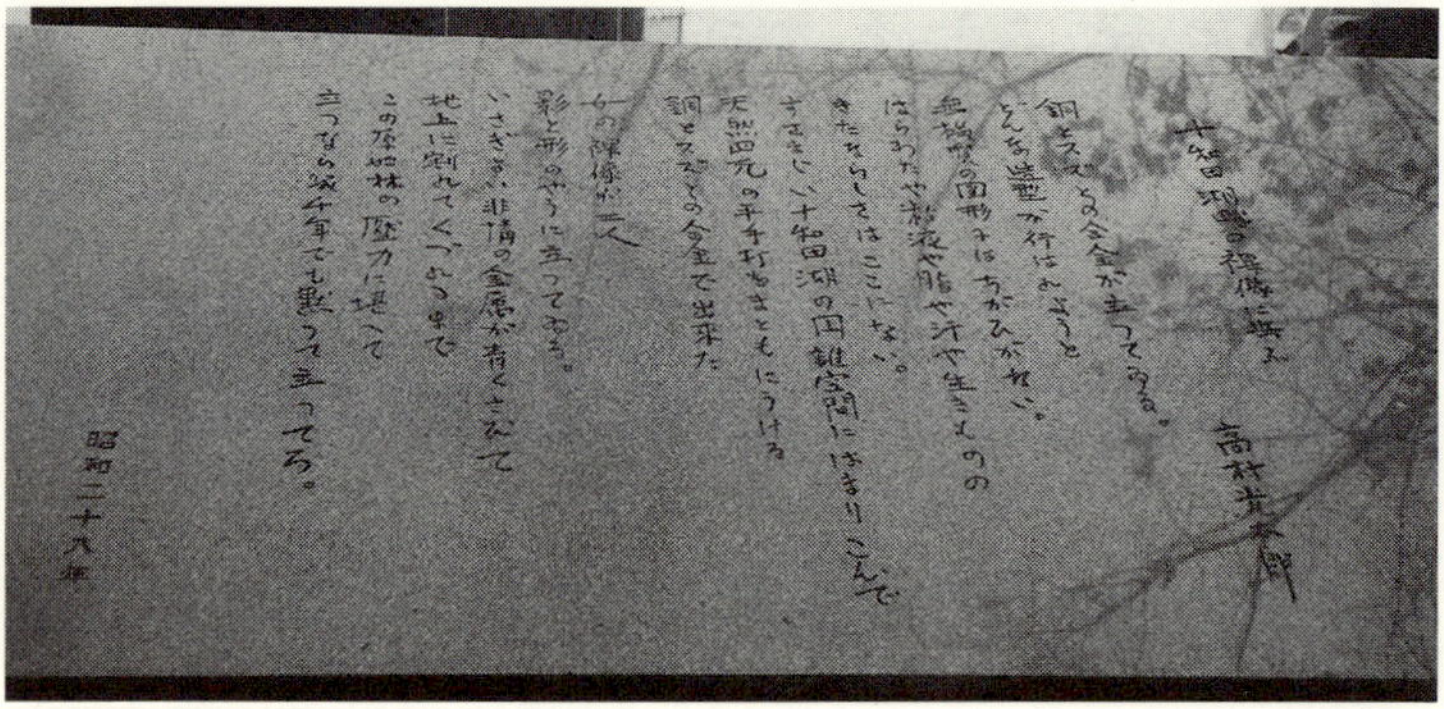

「十和田湖畔の裸像に与ふ」

も、知恵のせいでもない。高村光太郎の〝人格〟が出ているからである」（『思索の遠近』）と、好意的な見解を述べたのである。

乙女像の台坐の横に設置された石板には、「十和田湖畔の裸像に与ふ」（一九五三）と題された詩が刻まれ、光太郎の乙女像にかける思いのたけを表明している。

すさまじい十和田湖の円錐空間にはまりこんで
天然四元の平手打ちをまともにうける
銅とスズとの合金で出来た
女の裸像が二人
影と形のように立っている。
いさぎよい非情の金属が青くさびて
地上に割れてくづれるまで
この原始林の圧力に堪えて
立つなら幾千年でも黙って立ってろ。

カテドラルがフランスの自然のなかに風雨をうけて建っていたように、乙女像は日本の自然のなかに「天然四元の平手打ち」をうけ、「原始林の圧力に堪え」て立つ。青春時代の光太郎の夢に、〝母なる自然〟のなかの〝山の少女〟として現われたアニマ原像は、なんと逞しく成長したことだろうか。それはもはや、ひ弱なばかりの少女ではなく、自然に対峙し、自然と調和する〝女性性〟（エロス）であり、「智恵子抄その後」にうたわれたアニマとしての智恵子の造型化なのである。

文明のゆくえ

光太郎の山居生活が単なる日本回帰ではなく、むしろ東西文化の融合の試みであったことを示す事例を、最後にもう一つ挙げておきたい。文明のゆくえについての関心である。日本の伝統的な隠遁は、根本に世俗的な幸福や価値観への幻滅ないし諦念《ていねん》があり、ゆえにこの世からの逃避と超脱を求め、魂の救済を自然との一致に見いだそうとするのが特徴的だが、光太郎の場合、そのような東洋的諦念には否定的で、むしろ現世の幸福を求め、文明の進歩を推進する人類の努力を肯定し、推奨しようとする姿勢が濃厚である。

たとえば「東洋的新次元」（一九四八）と題された詩。「東洋は押石《おもし》のように重く、／東洋は鉄鍋のように暗」く、その陰湿のなかでは詩人たちは「世捨人」となり、「人生嘆息」の歌をよむしかなかった、と振り返り、こう呼びかけている。

人類倶通の陽性にかえそう。
東洋の悲と喜と怒とを

嫌気性的東洋の幽霊を追放しよう。
人間解放の天上天下に
東洋の詩人が腸をはいて
もう虫けらでない民のものなる詩を構成する、
そういうまともな世界をつくろう。
東洋をもう一度熔鉱炉にたたきこんで
東洋の性根が世界規格を突破するまで
むしろ渦状星雲の白熱熔点を堪えぬこう。
その精錬による東洋的新次元の美と秩序と思考とを持とう。

東洋的陰性や否定的心的態度への反省と、世界的な視野に立って人間性の解放を進め、そうして新しい東洋文化を築こうという祈念が表明されているのである。

同様に、「ニッポンのマイナア調」をすて、「このニッポンのもろもろの美を／つよくメイジャアの積極調にたて直せ」（「あいさつ」一九四九）と、年頭の挨拶として忠告を発したり、「ヤマト民族よ目をさませ。／口の中からその飴ちょこを取ってすてろ。／オッチョコチョイといわれるお前の／その間に合わせを断絶しろ。／その小ずるさを放逐しろ。／世界の大馬鹿となって／六等国から静かにやれ。／（……）／ヤマト民族よ深く立て。／地殻の岩盤を自分の足でふんで立て」（「地盤に深く立て」一九五二）と檄《げき》をとばしたりしている。

めまぐるしく発展する世界情勢のなかで、原爆によって未曾有《みぞう》の痛手を被《こうむ》った戦後日本をいかに復興させ、日本文化の再建をいかに方向づけるべきかという問題は、光太郎の変らぬ関心事だった。かつて彼は、山口村で開催された「日本の美」と題した連続談話で、日本文化を支えてきた美意識について語り、「美の認識を徹底したものにして人類に貢献したいと思います。美の世界が倫理を支える大きな力です」と、文化国家としての日本の在り方に期待を表明したが、晩年はさらに、美術立国に日本の新しい活路を探るべきだという姿勢を強めていく。

たとえば「明瞭に見よ」（一九五〇）において、光太郎は、

人をあやめる何をも持たない
東方の君子国。
原子力時代の珍重なモラリスト。
逆行また先行の一存在。

と、日本を定義づけている。そして「この君子国の存在が世界の可能となる」道を探り、こう警告を発している。

「その美を養う何かの外に／この君子国のいのちはない。／（……）／科学と美との生活なくして／こ

の国はほろびる」と。

この詩には、近代や西洋を否定して過去の日本文化に戻ろうという国粋主義的な逆行ではなく、科学技術の進歩を肯定し受容したうえで、西洋文明と伝統的日本の美とを調和させようとする視点が示されている。いいかえるなら、第二次大戦敗北や原爆投下という痛い体験を経たあとで、世界の歴史の潮流を見極めながら日本文化の将来を模索する、光太郎の新しい前向きの姿勢が読み取れるのである。

このような人類の進歩や人間の力に対する信頼は、西洋近代文明を推進してきた原動力であり、ヴェルハーレンの晩年の詩群にも高らかにうたわれている精神である。折りから一九五一年、以前に翻訳したヴェルハーレンの詩集『天上の炎』が末巻に評伝「ヴェルハアラン」（一九三三）をつけ加えて再版されることになり、光太郎は再びヴェルハーレンの世界に浸ることになったのだった。

ヴェルハーレンの『天上の炎』

『天上の炎 *Les Flammes hautes*』（一九一七）はヴェルハーレン最後の詩集で、死後出版された(7)。「天上の炎」は星を意味すると光太郎の前書きにあるように、また「未来を愛する人々へ A ceux qui aiment l'avenir」の献辞があるとおり、この詩集は壮大な宇宙感覚と、その宇宙のなかに生きる人類の未来に対する燃えるような希望とに貫かれている。ヴェルハーレンは晩年、キリスト教信仰を超脱し、汎神論的な宇宙宗教とも、神の世紀に代わって人間の世紀を信仰する人類宗教とも、あるいは科学と宗教の一致を目指す未来哲学ともいえる境地に到達した。そして信仰の喪失を神に向かって次のように告白している。

私は信じていました、空も、空気も、大地も、
深淵の底までもわが神に満ちている事を。
幾世紀がその熱火の姿を見て進んだ事を。
又その歩みが世紀百年の歩みに鳴りひびいた事を。
（……）
けれども私は知りました、あわただしいわれわれの時代では、
あなたの顔がもう此の世の面立ちでないことを、
さうして私はこの驚愕で罪を犯しました。
（……）
私は自分を一人の人間と感ずる事に酔いました。
そうして今でもまだ私の最も堅固な思想が
愛を吸い取る為には私の心から起ち上ります。
なぜかといえば、たとえあなたに見捨てられても、主よ、
私の昔の熱烈な心は些少《さしょう》も衰えて居りませぬゆえ。

（「昔の信仰 L'Ancienne foi」）

いまや神に代わり、人間が未来の世界を動かすのだと彼は考える。「要するに人がもはや／聖者達のみ心のまま、神々のみ名の下に、／是非もない天命がきまると信じなくなって以来、／世紀は人々の

手にある」（「未来 L'Avenir」）からである。

そして「誇 L'Orgueil」と題された詩では、世界を創造する人間の才能と努力の累積を肯定し、人間と森羅万象との照応と融合をうたい、生成変化する宇宙への熱烈な信仰を告白する。いくつか詩句を抜粋しておこう。

苦悩と苦痛とに生きるからではない、
刻々希望を創造するからこそ
この荒々しい宇宙が信仰に満ちるのだ。
（……）
世界のあらゆる場所で累積する努力よ、
おん身こそ深い信を蔵《かく》すのだ。
（……）
私が自分を
大袈裟な変身をつづけている此の世界の
すばらしい一断片に過ぎないと感じて以来、
森も、山も、大地も、風も、空気も、天空も、
私に一層親しくなり、

又私自身万物の壮麗の中のおのれを愛する。
私は途方もなく自我を愛し又自我を讃美する、
（……）
そのように
私は交通する、
物象や生物の
あらゆる生命と。
一切のものの中に私をまきちらすが、一切のものも亦私の中にはいり込む。

ここに表白された自我膨張と自我讃美、そして自我と宇宙との一体感は、「神は死んだ」と宣言し、自ら神になり代わろうとしたニーチェの超人思想を思わせるものがないだろうか？　実際、「今日の人に A l'homme d'aujourd'hui」になると、超人思想と自己神格化、そして未来に向かって開かれた解放哲学はさらに明確である。ヴェルハーレンは同時代人を次のようにいって鼓舞《こぶ》している。

世界を思って昂然たれ、おん身此の時代に生きる者よ、
（……）
おん身は神聖な大地におん身の命令をしるす、

今後、ただおん身のみ、大地を作り直そうとする。
神ではなく人間こそが、世界に命令を発し、この世を創造しなおすことができる、というのである。そしてそのような人間（超人）は、宇宙に向って開かれ、宇宙とコミュニケートする、という思想が述べられる。

おん身の明朗な鋭敏な感覚はいかなる時でも開かれている、
おん身自身の中に全宇宙を入らしめる為、
又おん身の頭脳の光によって追求する為、
久遠《くおん》の生命の極微な新らしい景観さへ。

ヴェルハーレンにとって、超人たるべき人間が目指すべき究極の理想、魂を高き未来に向かって飛躍させるもの、それを象徴するのが天上に輝く星、すなわち「天上の炎」なのである。
ヴェルハーレンはまた「わが友風景 Mon ami le paysage」で、「私は隣人または伴侶として／一つの広大な力ある風景を有つ」といい、日光や風や空などの自然を友と呼んでいる。なかでも「天上の壮麗」と形容される星座は、伝説の神々や英雄の魂が星となって天上に光輝いている姿そのものを象徴する。それは、「おん身等の栄光のおかげで、／私の心は立派に立ち堅固になり、／おん身等の名が私の記憶の中に起す／そのひびきに熱狂し叫喚《きょうかん》するほどである」と呼びかけていることからもわかるように、人間を勇気づける空の「やさしい友」でもある。

こうして伝説の神々や英雄の魂と連携した人間は、究極の理想を求めて歩む途上に出会った他者とも同志愛で結ばれる（「或る夕暮の路ゆく人に Au passant d'un soir」）。「私の中に君臨するのと同じ熱情を／彼が愛し信じ／高め又鼓舞する者である以上／（……）／たちまち互いに相燃えて同胞のやうな愛を感ずる」からである。そして「われら」、同胞愛で結ばれた二人は、「天空を前にし」、「沈黙を通してわれらに語るこの宇宙を見」、「われらに告げる宇宙の告白をき」き、「われらは彼等の聖歌をさとり又彼等の言葉を捉え、／そうしてわれらの愛は新しい熱気で一ぱいになる」。つまり、宇宙の神秘を理解し、宇宙と交感することで人間は霊的に再生される、というわけである。

そうして霊的に変容した人間は、未来の人間にも繋がっていく。「かくして一切がわれらの中に変化し、／実にゆたかな人間的な火でわれらの共に焼かれ又生きるのを感ずる。／そうして未来が待ち構えてはわなないているわれら自身のうちに／われらは明日《みょうにち》の人の心を下描きする」と。このようにして人類は壮麗な宇宙のなかに、過去、現在、未来へと連帯の輪を広げていくという、実に壮大なヴィジョンが幻視されているのである。

ヴェルハーレンに見られるように、西洋の精神にあっては、自然思想は単に自然との融合における美的陶酔や神秘的恍惚を求めるにとどまらない。万物の霊長として創造され、世界に君臨する人間は、自我膨張し超人となることによって創造神にとって代り、世界を支配せんとする危険性をも孕《はら》んでいる。その精神の冒険が超自然の領域や宇宙的形而上学の次元にまで踏み込んでいくことによって、デモーニッシュな超自然哲学にまで達する可能性を秘めているのである。

これに対し、東洋思想ではどうだろうか。仏教の浸透した日本の自然観では、人は、地縁血縁の絆を断ち切り、動物や植物など生きとし生けるものと同じレベルまで自己を無化することによって、自然と融合し、美的救済が達せられるのだ、と考えられてきた。そこには絶対神（創造神）に対するサタニックな反抗の契機はない。西洋と東洋の自然思想は、表面的には人間と自然との調和や融合など多くの共通点や類似点をもつように見えるが、以上述べた点に、両者の本質的な違いが認められるのである。

遺作「生命の大河」　光太郎に話を戻そう。彼がいにしえの隠遁僧のような山居生活をしながらも、文明のゆくえや人類の未来について関心を持ち続けたのは、ヴェルハーレンに学んだ、人間の努力の累積を肯定し、人類の未来を信じる西洋的精神ゆえではないだろうか。

晩年の光太郎が好んだ言葉に「有機無機」があるが、それは有と無、生と死、陽と陰、肯定と否定、未来と過去、進歩と伝統、そして西洋と東洋など、さまざまな両極性を含み込む言葉だと解釈できる。そこにはまた、あらゆる矛盾対立の止揚の願いが込められてもいただろう。とはいえ、日本の伝統文化に根を張った光太郎は、ヴェルハーレン流の超人思想や、あまりに楽観的な未来哲学には体質的になじめないものがあっただろう。西洋と東洋の統合を求める光太郎は、ここでまた深い亀裂を感じたのではないだろうか？　とりわけ科学技術の最先端である原子力について示した関心には、肯定すべきか否定すべきか戸惑っているような、しかし無視する訳にはいかないといった微妙なものが感じられるのである。

たとえば「新しい天の火」（一九五四）。原子力を「天の火」と呼んだ題名自身、「天上の炎」を連想させずにいないのだが、この詩で光太郎は次のように書いている。

原子爆弾の大火団が
雲を貫いていのちの微粒子を放射する。
有機の世界、
無機の世界、

晩年の光太郎
（中野のアトリエにて）

この故に屈折無限の意味を持つ。
天の火を盗んだプロメテの今日の悲劇よ。

原子力を「いのちの微粒子」とか、「天の火」と形容する言葉からは肯定的イメージが読み取れるが、同時に、太陽の火を盗みゼウスの怒りをかったプロメテウスは、神に反逆する超人のプロトタイプでもあり、人間の果てしない欲望のもつ破壊性・悲劇性が暗示される。しかし、いったん「天の火」を手に入れた人類は、それを手放すことはないだろう。光太郎はこう願わずにいられない。

ノアの洪水に生きのこった人間の末よ、
人類は原子力による自滅を脱し、
むしろ原子力による万物生々に向え。
(……)
清められた新しき力ここにとどろけ。

次に、光太郎の遺作となった「生命の大河」(一九五五)を見てみよう。この詩はしばしば、第一連だけが引用され、あたかも光太郎が最後に東洋的生命観に回帰したように解釈されるのだが、果たしてそうだろうか? 第一連はこう始まる。

生命の大河ながれてやまず、
一切の矛盾と逆と無駄と悪とを容れて
ごうごうと遠い時間の果つるところへいそぐ。
時間の果つるところ即ちねはん。

ねはんは無窮の奥にあり、
またここに在り、
生命の大河この世に二なく美しく、
一切の「物」ことごとく光る。

たしかに、ここに表明されているのは仏教的な生命観である。しかし、第二連では一変して、原子力を知った人類の悲劇、プロメテウスの悲劇が語られるのである。

人類の文化いまだ幼く
源始の事態をいくらも出ない。
（……）
原子にいどんで
人類破滅の寸前にまで到着した。

続いて第三連、

放射能の克服と

放射能の善用とに
科学は万全をかける。
原子力の解放は
やがて人類の一切を変え
想像しがたい生活圏の世紀が来る。

と、「天の火」を手に入れた後に来るべき人類の世紀へ、思索の糸を伸ばそうとする。しかし、それは「想像しがたい」。そして最終連、

学問芸術倫理の如きは
うずまく生命の大河に一度は没して
そういう世紀の要素となるのが
解脱ねはんの大本道だ

と、東洋的生命観と西洋的進歩主義とを統合しようとして、具体的な道は示されないまま、なかば判断停止の状態で詩は結ばれる。

この詩には、宮沢賢治に触発された仏教的生命・宇宙観と、ヴェルハーレンから霊感を得た人類・

未来哲学とが渾然と混じり合っているように思われる。「生命の大河」という題名自身、「天の河」や「銀河」など、賢治に親しい世界を思い起こさせるのだが、ここで賢治の代表的詩集『春と修羅』第一集の序文の一節を引用しよう。

わたしといふ現象は
仮定された有機交流電燈の
ひとつの青い照明です
（あらゆる透明な幽霊の複合体）
風景やみんなといっしょに
せわしくせわしく明滅しながら
いかにもたしかにともりつづける
因果交流電燈の
ひとつの青い照明です
（ひかりはたもち　その電灯は失はれ）

難解な詩でさまざまな解釈があるだろうが、ここでは梅原猛氏の解釈に従いたい。それによれば、私という人間の存在は、生成流転する宇宙的生命という「実体」が形をとってあらわれた一つの「現象」に過ぎない。宇宙的生命はあらゆる生きものの生命を集積した大きな生命の流れである。「電燈」というのは自然の大生命のもつ意識の比喩であり、個々の人間の意識はある期間、青い光をともしては消えていくが、宇宙的意識は全体として光りを保ち続ける。世界は多くの意識の点滅をともなう一つの大生命の流れであるとともに、個々の意識に大生命の世界が宿っている。この詩は賢治のこのような仏教的世界観を表わしたものである、という解釈である（『地獄の思想』）。

光太郎の「生命の大河」第一連に表れた生命・宇宙観と、なんと共通するのだろうか。同時に、無数の青い光りを点滅させて流れる生命の大河のイメージは、ヴェルハーレンの「天上の炎」をも喚起せずにはいない。光太郎の「生命の大河」には東洋的自然観と西洋的汎神論とが浸透し合っている。しかし、ヴェルハーレンが一九世紀後半の人間で、まだ科学の進歩と人類の輝かしい未来を信じることができたのに対し、原子爆弾を知ってしまった二〇世紀の人間である光太郎は、もはや彼ほど楽観主義になることはできない。一方には東洋的な生命・宇宙観、もう一方には西洋の進歩思想と人類未来哲学……。「生命の大河」は、その両者を矛盾なく一致させたいが、その解決法はいまだわからない、という光太郎の心的状況をよく物語っているように思われるのである。

光太郎は長年の山居生活の無理がたたったのか、乙女像を完成してから急速に健康を悪化させ、山に戻ることがないまま、一九五六年四月二日、肺結核のため七十三歳の生涯を閉じた。

光太郎の晩年は、単なる日本回帰ではない。彼は東洋と西洋の自然観の間で揺れ動きつつ、最後まで東西の文化を調和させる試みを放棄しなかったのである。自然と文化、科学と芸術が調和し、西洋と東洋が融合する地平こそ、光太郎が目指した地点だった。孤独のなかに身を置き、隠遁僧のごとく生きながら、光太郎は自然と芸術が一致する自然宗教の美的救済の境地に、また自然と人類の調和に、西洋的霊性と東洋的霊性の融合点を求めた。遺作となった詩「生命の大河」には、それが未解決のまま提示されている。その東洋的生命観と西洋的進歩主義の亀裂にこそ、東洋と西洋の越え難い隔たりと、その狭間《はざま》で生涯揺れ動いた光太郎の苦悩の深さを見ることができよう。

とはいえ、この詩に東洋的自然観と西洋的自然観の止揚への光太郎の内的衝迫が表われていることに異論はあるまい。

註

第一章　西洋文化との出会い（一八八三〜一九〇九）

（1）平川祐弘氏は「高村光太郎と西洋」で、光太郎と西洋との愛憎関係を、国家建国の第一世代の父と第二世代の息子との間の愛憎関係として論じている。

明治の彫刻界については、田中修二『近代日本最初の彫刻家』、高村光雲に関しては自伝的回想録『幕末維新懐古談』がある。

（2）なお本文中、光太郎の詩、評論、その他、著作の引用は、北川太一監修の『高村光太郎全集』（全21巻、筑摩書房、一九九六、以下『全集』と省略）による。

青年期の読書に関しては、堀津省二編・北川太一補注『資料、高村光太郎の読書—少年期・美術学校時代—』を参照。

（3）日本におけるロダンの受容については、東珠樹『近代彫刻　生命の造形—ロダニズムの青春—』に詳しい。

（4）町沢静夫氏は『高村光太郎　芸術と病理』で、この詩を病跡学の立場から分析している。

（5）この時の旅行に関し、光太郎の一九〇七年一一月一三日付けの書簡には「（……）先週巴理へ一寸参り、セザンの妙味をはじめて知り申候」（『全集』第十四巻）とあるが、ロダンへの言及はない。なお、パリのロダン美術館には荻原守衛（碌山）からロダンにあてた書簡が三通保管されており、そのコピーが碌山美術館（長野県南安曇郡穂高町）に展示されている。ちなみに一九〇七年一一月一五日付けの手紙には、ロダンの「熱狂的讃美者」である友人・高村が数日間パリにきたこと、ロダン夫人からアトリエにロダンを訪問するよう勧められたが、時間的余裕がなく実現しなかったことが記されている。
荻原のロダン宛書簡については、千田敬一「ロダン美術館に残っている荻原守衛関係資料について」（碌山美術館報11号）に詳しい。同館報には、五十嵐久雄「アカデミー・ジュリアンに学ぶ、日本人留学生の記録から」という調査報告も載っている。なお碌山美術館関連の資料に関しては、柴田依子氏からご教示いただいた。

第二章　西洋体験の咀嚼と同化（一九〇九〜一九二三）

（1）碌山美術館の庭には、光太郎が亡き友に捧げた詩「荻原守衛」（一九三六）を刻んだ碑が建っている。
（2）室生犀星は「高村光太郎─我が愛する詩人の伝記」（『文芸読本　高村光太郎』）において、光太郎を訪問した時の思い出、智恵子の応対や印象などを語っている。
（3）大場恒明「翻訳家としての高村光太郎──エミール・ヴェルハーレン詩篇をめぐって──」によれば、翻訳本はMercure de Franceから一九〇九年に再版された『明るい時』と『午後の時』の合本による。

第四章　日本回帰、そして東西文化の融合へ（一九四〇〜一九五六）

（1）「戦時下」（『全集』第十四巻、月報14所収）。伊藤信吉『高村光太郎・その詩と生涯』、および大島徳丸『茂吉・光太郎の戦後、明治人に於ける天皇と国家』でも言及されている。
（2）ヴェルハーレンの訳詩は『全集』第十八巻に収められている。
（3）佐伯順子『遊女の文化史』、平川祐弘・萩原孝雄編『日本の母　崩壊と再生』、参照。
（4）「松原忠様」（一九五二年一一月二八日稿）、一二月七日ラジオ東京放送「たのしい手紙」第五〇回で放送された。『全集』第十巻に収録されている。

(5) 宮崎稔への手紙(一九四七年二月二〇日)、『全集』第十五巻。

(6)『全集』第十巻、月報10所収。

(7) 光太郎による翻訳は白玉書房から出版された。『全集』十八巻所収。

主要参考文献

高村光太郎の詩、評論、その他

『高村光太郎全集』、北川太一監修、全二十一巻、筑摩書房、一九九六年

第一巻：明治四〇年（一九〇七）から大正一二年（一九二三）に作られた詩作品、「秒刻」等の初期の詩、詩集『道程』に収められた詩、『智恵子抄』前半の詩、他、二二八篇を収録。

第二巻：大正一三年（一九二四）から昭和一六年（一九四一）に作られた詩作品、『智恵子抄』後半の詩、「猛獣篇」、他、二二五篇を収録。

第三巻：昭和一六年（一九四一）から昭和三〇年（一九五五）に作られた詩作品、戦争詩、「暗愚小伝」、『智恵子抄その後』、他、二四三篇を収録。

第四巻：明治四一年（一九〇八）から大正一五年（一九二六）までの美術に関する評論や啓蒙的文章、「緑色の太陽」、「感覚の鋭鈍と趣味生活」、「彫塑総論」等、三五篇を収録。

第五巻：昭和二年（一九二七）から昭和三〇年（一九五五）までの美術に関する評論や啓蒙的文章、「彫刻の方向」、「現代の彫刻」等、四一篇、日本美に関する文章、「美の日本的源泉」等、一七篇、書に関する文章五篇、を収録。

第六巻：第四〜六巻に収録した以外の展覧会評、散文作品、「文部省美術展覧会評」、「女みづから考へよ」、「母性のふところ」、「戦時下の芸術家」等、七三篇。

第七巻：「ミケランジュロ　ブオナローティ」、「オオギュスト　ロダン」等、芸術家の評伝および作品に関する

評論、書評、他、五一篇、および戯曲「青年画家」を収録。
第八巻：「ヴェルハアラン」、「ウォルト　ホィットマン」等、詩人の評伝、および「ロマン　ロラン六十回の誕辰に」、「コスモスの所持者宮沢賢治」等、文学や詩に関する評論や散文、一二五篇。
第九巻：明治三九年（一九〇六）渡米後から昭和二〇年（一九四五）太平洋戦争集結までの随筆、「珈琲店より」、「出さずにしまった手紙の一束」、「工房より」、「母のこと」、「姉のことなど」、「智恵子の半生」、「美術学校時代」、「子供の頃」等、八一篇を収録。
第十巻：昭和一九年の談話筆記「回想録」、および昭和二〇年（一九四五）太平洋戦争集結以後から昭和三一年没までの随筆、談話筆記、「みちのく便り」、「美と真実の生活」、「父との関係―アトリエにて2、3、4―」、「わたしの青銅時代」、「モデルいろいろ―アトリエにて―6、7―」等、四七篇を収録。
第十一巻：「毒うつぎ」はじめ、新詩社時代から昭和二八年（一九五三）までの短歌作品六九七首、明治三二年頃から昭和二二年にいたる俳句作品六二句、他。
第十二巻：昭和二一年（一九四六）から昭和二四年（一九四九）までの日記。
第十三巻：昭和二五年（一九五〇）から昭和三一年（一九五六）までの日記。
第十四巻：明治三〇（一八九七）から昭和二一年（一九四六）までの書簡。
第十五巻：昭和二二年（一九四七）から昭和三一年（一九五六）までの書簡。
第十六巻：『ロダンの言葉』、『続ロダンの言葉』等、ロダンに関する翻訳を収録。
第十七巻：ロマン・ロランの「クロオド　デュビュッシイの歌劇」や「リリュリ」はじめ、セザンヌ、ゴッホ、ブルデル等、芸術に関する文章の翻訳を収録。
第十八巻：ヴェルハーレンの詩集、『明るい時』、『生活の相貌』、『騒然たる力』、『午後の時』、『無量の壮麗』、『至上律』、『天上の炎』等の翻訳詩を収録。

第十九、二十巻：昭和三三年に完結した旧全集に補遺として収められたもの、および全集完結以後発見された作品を収録。

第二十一巻：明治三二年頃から昭和三〇年までの書簡補遺。

『高村光太郎彫刻全作品』、六耀社、一九七九年

高村光太郎に関する記事、研究、著書、その他

有島生馬「パリ時代の高村君」『文芸』一九五六年六月号
栗津則夫「高村光太郎の青春とフランス」『国文学、解釈と教材の研究』第25巻7号6月号、学燈社、一九八〇年
井出康子『高村光太郎の生』、教育出版センター、一九九三年
伊藤信吉『高村光太郎　その詩と生涯』（新潮社、一九五八年）、角川文庫、一九六四年
今橋映子「乖離の様相―高村光太郎」『異都憧憬　日本人のパリ』、柏書房、一九九三年
請川利夫『高村光太郎の世界』、新典社、一九九〇年
請川利夫・野末明『高村光太郎のパリ・ロンドン』、新典社、一九九三年
大島徳丸『茂吉・光太郎の戦後　明治人に於ける天皇と国家』、清水弘文堂、一九七九年
大場恒明「翻訳家としての高村光太郎―エミール・ヴェルハーレン詩篇をめぐって―」『日本女子大学紀要』、文学部37、一九八七年
奥平英雄『晩年の高村光太郎』、瑠璃書房、一九七六年
角田敏郎『高村光太郎研究』、有精堂、一九七二年
北川太一『高村光太郎資料』、文治堂、一九七二年
北川太一『高村光太郎』、新潮日本文学アルバム、新潮社、一九八四年

北川太一、高村規、津村節子、藤島宇内『光太郎と智恵子』、新潮社、一九九五年
北川太一監修、高村規（写真）『高村光太郎　智恵子抄アルバム』、芳賀書店、一九九五年
草野心平編『高村光太郎と智恵子』、筑摩書房、一九五九年（室生犀星「光太郎印象」、駿河重次郎「高村先生の思い出」、三好達治「高村光太郎先生訪問記」、藤島宇内「高村さんの一断面」、他収録）
駒尺喜美『魔女の論理』、不二出版、一九八四年
駒尺喜美『高村光太郎のフェミニズム』、朝日文庫、朝日新聞社、一九九二年
佐藤隆房『高村光太郎山居七年』、筑摩書房、一九六二年
佐藤隆房『光太郎と賢治』、佐藤郷志館、一九八六年
澤田伊四郎編『光太郎　智恵子』、龍星閣、一九六〇年
高田博厚「高村光太郎」『人間の風景』、朝日新聞社、一九七二年
高田博厚「彫刻家高村光太郎と時代」『思索の遠近』、読売新聞社、一九七五年
高見順「高村光太郎」『高見順全集』第16巻、勁草書房、一九七四年
高村豊周『定本　光太郎回想』、有信堂、一九七三年
平川祐弘「高村光太郎と西洋」『新潮』一九八九年12月号所収、『米大統領への手紙』再録、新潮社、一九九六年
平川祐弘「高村光太郎における訳詩と創作詩」『西洋の詩東洋の詩』、河出書房新社、一九八六年
文芸読本『高村光太郎』、河出書房新社、一九七九年（吉本隆明「高村光太郎・敗戦期」、室生犀星「高村光太郎――我が愛する詩人の伝記」、他収録）
堀津省二編『高村光太郎の読書――少年記・美術学校時代――』、北斗会刊、文治堂、一九九二年
本郷新「日本の近代彫刻にもちこんだ造形の原理」（対談）、日本文学研究資料叢書『高村光太郎・宮沢賢治』、有精堂、一九七三年

町沢静夫『高村光太郎　芸術と病理』、金剛出版、一九七九年
吉田精一編著『高村光太郎の人間と芸術』、教育出版センター、一九七四年
吉本隆明『高村光太郎』（飯島書店、一九五七年）、春秋社、一九七七年
吉本隆明「『出さずにしまった手紙の一束』のこと」『高村光太郎全集』第一巻・月報（一九五七年三月）
「高村光太郎：有機無機帖」『書画船』no. 1、二玄社、一九九七年
『高村光太郎・智恵子展』カタログ、碌山美術館、一九九八年

高村智恵子に関するもの

上杉省和『智恵子抄の光と影』、大修館書店、一九九九年
草野心平編『高村光太郎と智恵子』、前掲書、（真壁仁「高村智恵子の一生」、秋広あさ「智恵子様のこと」、津田青楓「高村君と智恵子女史のこと」、小島善太郎「智恵子二十七、八歳の像」、尾竹紅吉「一つの原型」、斎藤玉男「智恵子さんの病誌」、斎藤徳次郎「高村智恵子さんの思い出」、宮崎春子「紙絵のおもいで」、他収録）
黒澤亜里子『女の首—逆光の「智恵子抄」』、ドメス出版、一九八五年
郷原宏『詩人の妻　高村智恵子ノート』、未來社、一九八三年
佐々木隆嘉『ふるさとの智恵子』、桜楓社、一九七八年
佐藤春夫『小説智恵子抄』（初版一九六二年）、角川文庫、一九九六年
澤田城子『智恵子抄の五十年』、龍星閣、一九九一年
清水邦夫「哄笑」『清水邦夫全仕事、一九八一—一九九一』、河出書房新社、一九九二年
高村智恵子「病間雑記」（『女性』大正12年1月号）、復刻版『女性』第5巻、日本図書センター、一九九一年
高村智恵子『智恵子紙絵』、写真・高村規、ちくま文庫、一九九三年

高村智恵子『命と愛のメッセージ』、安達町智恵子記念館、一九九二年
田村俊子「悪寒」（『文章世界』大正元年10月号）、「女作者」（『新潮』大正2年1月号）、『田村俊子作品集』第1巻、オリジン出版センター、一九八七年
津田青楓『漱石と十弟子』、朋文堂新社、一九六七年
津村節子『智恵子飛ぶ』、講談社、一九九七年
出口逸平「智恵子の笑み―清水邦夫『哄笑』考―」『河南論集』No3、大阪芸術大学芸術学部芸術文化研究室、一九九六年
平塚らいてう「高村智恵子さんの印象」、「高村光太郎と智恵子夫妻」、『平塚らいてう著作集』第7巻、大月書店、一九八四年
松島光秋『高村智恵子―その若き日』、永田書房、一九七七年

その他

東珠樹『大正期の青春群像―ヒューマニズムの胎動―』、美術公論社、一九八四年
東珠樹『近代彫刻　生命の造形―ロダニズムの青春―』、美術公論社、一九八五年
梅原猛『地獄の思想』、中公新書、一九八二年
荻原美術館報11号（五十嵐久雄「アカデミー・ジュリアンに学ぶ、日本留学生の記録から」、千田敬一「ロダン美術館に残っている荻原守衛関係資料について」他所収）、荻原美術館、一九九〇年
河合隼雄『ユング心理学入門』、培風館、一九九四年
鈴木裕子『女と戦後五〇年』（国立市公民館女性問題講座「歴史」）、未來社、一九九五年
佐伯順子『遊女の文化史』、中公新書、一九八七年

佐伯順子『「色」と「愛」の比較文化史』、岩波書店、一九九八年
佐々木英昭『「新しい女」の到来　平塚らいてうと漱石』、名古屋大学出版会、一九九四年
瀬沼茂樹『日本文壇史』21、「新しき女」の群、講談社文芸文庫、一九九八年
高田博厚『フランスから』、朝日新聞社、一九七三年
高村光雲『光雲懐古談』、万里閣書房、一九二九年、『幕末維新懐古談』に再録、岩波文庫、一九九五年
田中修二『近代日本最初の彫刻家』、吉川弘文館、一九九四年
鶴見俊輔・久野収『現代日本の思想』、岩波新書、一九五六年
富田仁『フランス小説移入考』、東京書籍、一九八一年
エーリッヒ・ノイマン『意識の起源史』、林道義訳、紀伊国屋書店、一九八五年
仁科惇『荻原碌山その生の軌跡』、柳沢書苑、一九七七年
平川祐弘・萩原孝雄編『日本の母　崩壊と再生』、新曜社、一九九七年
松本和男編著『歌人　中原綾子』、中央公論事業出版、二〇〇二年
『宮沢賢治全集』、筑摩書房、一九九五年
森有正『バビロンの流れのほとりにて』、筑摩書房、一九七〇年
マリオ・ヤコービ「汝の敵を愛せよ」『ユング研究』7（日本ユング研究会）、名著刊行会、一九九三年
湯浅泰雄・他『日本神話の思想』、ミネルヴァ書房、一九八三年
横山博『神話のなかの女たち　日本社会と女性性』、人文書院、一九九五年
『ロマン・ロラン全集』、宮本正清・蛯原徳夫共訳、みすず書房、一九八四年
『碌山　愛と美に生きる　彫刻家荻原守衛』、碌山美術館・南安曇教育会、二〇〇〇年

ロダン、ヴェルハーレンに関するフランス語文献

CLADEL Judith, *Auguste Rodin, l'œuvre et l'homme*, Bruxelles, Librairie Nationale d'Art et d'Histoire, 1908

COQUIOT Gustave, *Le vrai Rodin*, Paris, Edition Jules Tallandier, 1913

MAUCLAIR Camille, *Auguste Rodin, l'homme et l'œuvre*, Paris, la Renaissance du livre, 1918

RODIN Auguste, *L'Art*, entretiens reunis par Paul GSELL, Paris, Bernard Grasset, 1911 ; édition définitive, 1924

"Rodin, l'homme et l'œuvre", in *L'Art et les Artistes*, Revue d'Art Ancien et Moderne des Deux Mondes, Paris, 1914

RODIN Auguste, *Les Cathédrales de France*, avec cent planches inédites hors texte, introduction par Charles Morice, Paris, Librairie Armand Colin, 1914

Les Œuvres Complètes d'Emile Verhaeren, Genève, Slatkine Reprints, 1977

WORHING Beatrice, *Emile Verhaeren* 1855–1916, Paris, Mercure de France, 1992

ZWEIG Stephan, *Emile Verhaeren*, Paris, Belfond, 1985

おわりに

「夢は第二の生」と、一九世紀フランスの詩人ジェラール・ド・ネルヴァルはいったが、現実を糧《かて》として夢の糸を紡《つむ》ぐ詩人にとっては、形而下の実人生よりも、織りなされた「夢」の世界、すなわち存在の内奥の想像世界こそが、真実の生なのだろう。

光太郎もまた、智恵子の狂死、戦争中の愛国詩作成、と実人生での挫折体験の後、晩年を陸奥の山小屋にこもり、「夢」の世界の住人となった。そして記憶のなかの智恵子を甦らせ、詩のなかで美的に深化させ聖化することによって、「智恵子」に芸術という永遠の生命を与えたのだった。その文学的営為は、人生最後の十年余を自室に閉じこもり、記憶のなかから湧出《ゆうしゅつ》する至福の瞬間に人生の本質的な真実を見い出して、畢生《ひっせい》の大作『失われた時を求めて』(一九一三〜二七)を書き上げたマルセル・プルーストをも連想させる。

彫刻家としての光太郎は、さらにまた智恵子を「永遠の女性像」として造型化せずにはおれなかった。オノレ・ド・バルザックは『知られざる傑作』(一八三一)という短編において、理想の女性美を描こうという実現不可能な「絶対」の探求にとりつかれ、その情熱そのものによって身を滅ぼす芸術家の宿命の悲劇を描いた。「智恵子」をイメージした乙女像に挑み、力つきた光太郎もまた、美に殉じた芸術家の一人だろう。

こうした美や真実の「絶対」の探求こそ、光太郎が西洋の文学や芸術から学んだことかもしれない。

日本近代の歴史は、西洋文明との出合いや影響なしに語ることはできない。多くの知識人が欧米の文化に憧れ、その影響を受けるとともに、異文化間の矛盾に苦しみ、アイデンティティーの葛藤を体験した。

日本人にとって西洋文化を受容する際の最大の困難の一つは、キリスト教にあるのではないだろうか。仏教に培われた日本文化の、よくいえば相対的で寛容、悪くいえば曖昧で妥協的な特性や、日本社会の相互依存的な体質、あるいは日本人の魂の奥底にある母性的心情が、唯一絶対の神を崇めるキリスト教を基底にした西洋文化の父権的性格、その分析的で論理的な知性や高度に確立した個人主義などに、なじみがたい異質なものを感じてしまうからである。

異文化受容において、自分と共通するところのないまったく異質なものに共感し、理解することは難しい。が、いくらか共通点はあるけれども、自分とは違った性格をもつものに対しては、親しみと斬新な魅力を感じるものである。

高村光太郎の場合は、東西文化の共通点を「自然」に見い出した。自然に霊感を汲んだロダンやヴェルハーレンなどの芸術家に傾倒し、自然を通して西洋文化に近づき、自分にないものを彼らから学ぼうとしたのだった。ところで彼らの「自然」とは、宇宙の秩序としての自然であり、その土台には父なる神によって世界が創造されたとするキリスト教的世界観、父性的自然観が横たわっていたのである。

一方、光太郎の魂の奥底には、もうひとつの別な「自然」が潜んでいた。すべてを包みこむ母胎としての自然、母としても少女としても表象され、母性もエロスも包含する、東洋的な自然である。かくして光太郎においては、西洋文化受容の葛藤劇は、「父なる自然」と「母なる自然」とのあいだに展開したのであった。

明治大正期に異文化体験をした日本の作家たちをかえりみると、西洋と東洋の差異に悩み苦しんだ末に、たとえば夏目漱石が晩年には「則天去私」という東洋的境地にたどりつき、永井荷風《かふう》が江戸情緒の美的世界に安住の地を求めたように、最後にはいわゆる日本回帰を果たすのが一般的なパターンだった。

しかし、光太郎はそうではなかった。明治の末に渡欧し、進んだ西洋文化を目の当たりにしてきた光太郎の一生は、西洋と対等になり、西洋文化と東洋文化の相補性を実現したいというイデー（観念）に裏打ちされた、イデアリスト（観念論者・理想主義者）の生涯だった。事実、帰国後はフランスで目覚めた近代的自我と日本社会の前近代性の軋轢《あつれき》に悩みながらも、一方に西洋を意識し他方に自国の文化を見つめつつ、自分が信じるかくあるべき姿を評論や詩によって読者に示し、また自らもロダンに学んだ近代的な芸術家の在り方を、あるいはヴェルハーレン流の西洋的愛の在り方を、実践してみせたのだった。

生来強い官能主義者の面をもちながら、かつまたパリで官能と感覚のめくるめく目覚めを経験しながら、光太郎が自分の欲望に忠実に、自己の生命のエロスのおもむくままに生きることができたのは、智恵子との恋愛の初期の数年間だけではなかったか。そこにおいては確かに、性愛と美学が、欲望と観念が一致していた。『智恵子抄』の恋愛詩が今日でもみずみずしい生命感を保っているのはそれ故であろう。しかし、フランス的な感覚の解放を知らない日本社会で生きるうちに、光太郎は次第に自らのエロスを抑圧し、それにともない生身の智恵子が観念の西洋的愛に浸蝕されていく。そこにこそ、智恵子をも巻き込んだ悲劇の原因があったのではないだろうか。そして智恵子亡き後、その生きられなかったエロスを想像世界のうちに甦らせ、「智恵子抄その後」として昇華していったのである。

戦争中の愛国主義者への変貌も、西欧物質文明に対して東洋の伝統文化を擁護し、そうして文化の相補性を実現せんとする、光太郎一流のイデアリズムの過度の、かつ方向を誤った表われだとも解釈できるだろう。そして晩年、山中での蟄居生活で、イデアリスト光太郎はまたあらたに、自然と調和した文化国家としての日本の行く末を模索し、来るべき未来に向けて新たに東西文化止揚の可能性を思案し続けた。安易な日本回帰をせずに、科学と文化の共存に人類の未来を夢見たところに、その真面目を見ることができるだろう。

光太郎の東西文化融合の試みは、現実離れした理想主義に終わったかもしれない。が、その生涯が露呈する大いなる葛藤矛盾のなかにこそ、西洋と東洋を隔てる壁の大きさと、伝統文化の亡霊と西洋の幻影とに取り憑《っ》かれ、その両者と格闘しつつ、明治から昭和にかけての時代を、自身の言葉を借りれば「愚直」に生きた光太郎の、苦悩の深さを見ることができるのではないだろうか。しかしそれは、高く飛翔しようとして翼を傷つけ墜落したイカロスに似て、不可能事に挑戦する、痛ましくも美しい「巨人」の苦悩である。

ところで、文明開花以来、一世紀以上を経過し、二一世紀を迎えた現在、西洋対東洋という二項対立構造は、さすがにもう時代遅れだろう。日本と西欧以外の世界の諸国を視野に入れた、新しい多文化主義の視点からものを見ることが求められている。

新しい光太郎は誕生するだろうか。

湯原かの子

本稿は一九九九年にパリⅣ大学に提出した博士論文 "Kôtarô TAKAMURA, poète-sculpteur japonais (1883-1959), et la France" をもとに、書き改めたものである。なお引用文献は文語調の詩をのぞいて、旧漢字は新漢字に、旧仮名づかいは新仮名づかいに改めたこと、また原文にないルビは（　）つきで付したことをお断りしておきたい。

このたび、「ミネルヴァ日本評伝選」に加えていただけたことを心から感謝している。最後に、本書の出版にあたって、誠意をもってお世話してくださった編集者の田引勝二さんに厚くお礼を申し上げたい。

高村光太郎略年譜

和暦	西暦	齢	事項	関連事項
明治一六	一八八三	0	**3・13**東京下谷西町に父光雲、母わかの長男として生まれる。	
一九	一八八六			**5・20**長沼智恵子、福島二本松に造酒屋の長女として生まれる。
二〇	一八八七	4	尋常小学校入学。	
二二	一八八九	6	光雲、東京美術学校教諭になる。	
二三	一八九〇	7	下谷谷中町に転居。弟豊周誕生。光雲、帝室技芸員、東京美術学校教授に就任。	
二四	一八九一	8	高等小学校の課程に入る。	
二五	一八九二	9	**9月**長姉さく肺炎で没（16歳）。	
二七	一八九四	11	彫刻作品「もみぢ」「宝珠」などを作る。「八犬伝」「国史眼」などを読み、同級生と回覧雑誌を作る。	
二九	一八九六	13	**3月**下谷高等小学校卒業。**5月**共立美術学館予備科入学。	

三〇	一八九七	14	9月東京美術学校予備科入学。	
三一	一八九八	15	9月本科彫刻科に進む。	岡倉天心が美術学校を辞職。2・27中原綾子誕生。
三二	一八九九	16	同級生と回覧雑誌を作る。	
三三	一九〇〇	17	4月『明星』創刊。新詩社に入る。9月本科三年に進学。青年彫塑会に所属し、彫刻作品を発表する。10月篁砕雨の名で『明星』に短詩発表。	
三四	一九〇一	18	9月本科四年。修学旅行で奈良に行き、仏像に感銘を受ける。	
三五	一九〇二	19	7月東京美術学校卒業。卒業制作に「獅子吼」を作る。研究科に残り彫塑同窓会に所属。	
三六	一九〇三	20	ロダンの名を知る。宗教に関心を持ち、植村正久を訪ねたり、参禅したりする。	
三八	一九〇五	22	ロダンに傾倒。3月「毒うつぎ」を『明星』に発表。9月洋画科に再入学。	
三九	一九〇六	23	2・3横浜から出航。バンクーバーからニューヨークに到着。彫刻家ボーグラムの通勤助手となり、美術学校の夜学に通う。柳敬助、荻原守衛らに会う。	
四〇	一九〇七	24	美術学校特待生に選ばれる。『明星』に「秒刻」他、発表。5月ロンドンに向け出発。	

四一	一九〇八	25	6月イギリスからパリに移る。カンパーニュ・プルミエール通りのアトリエに入居。	
四二	一九〇九	26	3月帰国を決意。イタリア旅行（4～5月）の後、ロンドン経由で7月に帰国。「スバル」等に評論や翻訳を発表。パンの会のメンバーと交遊を持つ。	
四三	一九一〇	27	4月画廊琅玕洞を開く。「緑色の太陽」「珈琲店より」「出さずにしまった手紙の一束」等を発表。本格的に詩作にかかる。	4・20荻原守衛没（30歳）。
四四	一九一一	28	詩作多数。5・4北海道移住を計画するが挫折。琅玕洞を委譲する。6月「光雲還暦記念像」完成。12月長沼智恵子と出会う。	9・1『青鞜』創刊。
明治四五 大正　元	一九一二	29	6月本郷駒込林町にアトリエ完成。9月犬吠埼に写生旅行。「あおい雨」「N女史に」「おそれ」「郊外の人に」等発表。岸田劉生らとフュウザン会結成。	6・24～28琅玕洞で長沼智恵子「団扇絵」と田村俊子「姉様人形」の陳列会開催。
二	一九一三	30	「深夜の雪」「人類の泉」等を発表。夏、上高地で油絵制作。9月智恵子も合流し、婚約する。10・8帰京。「人に」「僕等」等を発表。	
三	一九一四	31	「道程」「愛の嘆美」等を発表。10・25処女詩集『道程』出版。12・22智恵子と結婚。	
四	一九一五	32	ロダンの言葉を訳し始める。この頃、彫刻に専心。	

			詩作なし。	
五	一九一六	33	11・27訳編『ロダンの言葉』刊行。	
六	一九一七	34	2月～ホイットマン「自選日記」を『白樺』に訳載。	綾子、中原斗一と結婚。
七	一九一八	35	『白樺』にロダンの言葉を訳載。	
八	一九一九	36	ヴェルハーレンの詩を訳し始める。	
九	一九二〇	37	5・28訳編『続ロダンの言葉』刊行。	
一〇	一九二一	38	4・22エリザベット・ゴッホ『回想のゴッホ』訳書刊行。9・17ホイットマン『自選日記』訳書刊行。10・15ヴェルハーレン訳詩集『明るい時』刊行。	第二期『明星』創刊。
一一	一九二二	39	11・1長詩「雨にうたるるカテドラル」発表。ロマン・ロラン「リリュリ」を訳す。ヴェルハーレンの訳詩。	
一二	一九二三	40	4・1「樹下の二人」発表。9・1関東大震災、アトリエを被災者に解放する。個人雑誌を企画するが挫折。	9・1関東大震災。
一三	一九二四	41	5・10ロマン・ロラン『リリュリ』訳刊行。9月木彫頒布会を発表。ヴェルハーレンの訳詩。	
一四	一九二五	42	3・25ヴェルハーレン訳詩集『天上の炎』刊行。詩作「猛獣篇」時代。9月母わか没（69歳）。	
昭和元	一九二六	43	1月ロマン・ロランの会結成。4月聖徳太子奉賛会	

			展に『老人の首』と木彫『鯰』を出品。	
二	一九二七	44	4・17「オオギュスト・ロダン」刊行。11・15～24大調和美術展に『中野秀人の首』他出品。	
三	一九二八	45	4・16光雲喜寿の祝賀会。10月大調和美術展に『住友君の首』他出品。	
四	一九二九	46	4月『現代日本詩集』に詩18編収載。	智恵子の実家、長沼家が破産。『相聞』（のちに『スバル』と改題）創刊。綾子、光太郎のところへ原稿依頼に行く。
五	一九三〇	47	詩「のっぽの奴は黙っている」他発表。	
六	一九三一	48	夏、三陸旅行し、「三国めぐり」を連載。留守中、智恵子に異常の徴候。	綾子、『いづかし』を創刊・主宰。
七	一九三二	49	7・15智恵子自殺未遂。	
八	一九三三	50	4・20「成瀬仁蔵」（日本女子大学桜楓会委嘱）除幕。6・5『現代の彫刻』刊行。8・15評伝「ヴェルハァラン」刊行。8・23智恵子入籍。	
九	一九三四	51	5月智恵子、九十九里浜に転地療養。10・10光雲没（83歳）。12月末智恵子アトリエに戻る。	
一〇	一九三五	52	2月智恵子、ゼームス坂病院に入院。11・10光雲一周忌記念像除幕。詩「人生遠視」「風にのる智恵子」	綾子、『悪魔の貞操』を刊行。

			「ばけもの屋敷」等。	
一一	一九三六	53	10月宮沢賢治詩碑のため揮毫。12・19突然、喀血し静養する。	綾子、中原斗一と離婚。
一二	一九三七	54	詩「千鳥と遊ぶ智恵子」「マント狒狒」等。	綾子、小野俊一と再婚。
一三	一九三八	55	10・5智恵子没（53歳）。	
一四	一九三九	56	詩「山麓の二人」「地理の書」「その時期は来る」「未曽有の時」、散文「能面の彫刻美」等。	
一五	一九四〇	57	詩「紀元二千五百年にあたりて」「無血開城」、散文「智恵子の半生」「自分と詩との関係」等発表。11・20詩集『道程』改訂版刊行。12月大政翼賛会中央協力会議員となる。	
一六	一九四一	58	8月随筆集『美について』。8・20詩集『智恵子抄』刊行。11・19ヴェルハーレン『午後の時』の訳詩が『仏蘭西詩集』に収載される。12・8「全国の工場施設に美術家を動員せよ」を読売新聞に発表。詩「荒涼たる帰宅」「必死の時」「彼等を撃つ」他、急激に戦争に傾斜する。	12・8太平洋戦争開始。
一七	一九四二	59	1・26評論集『造型美論』刊行。詩集『大いなる日に』刊行。『道程』により第一回芸術院賞受賞。6月文学報告会詩部会長に就任。詩「沈思せよ蒋先	11月大東亜文学者大会発表式。

一八	一九四三	60	生」「昭南島に題す」等、時局に関するもの多数。4月随筆集『某月某日』刊行。11・3詩集『をぢさんの詩』刊行。詩「全学徒立つ」「神と共にあり」等、散文「彫刻その他」等。	8月第二回大東亜文学者大会。綾子、『刈株』を刊行。
一九	一九四四	61	3月詩集『記録』刊行。戦争詩を多く発表。散文「能の彫刻美」等。	
二〇	一九四五	62	1・15『道程』再改訂版刊行。4・13空襲によりアトリエ焼失。5・16岩手県花巻町、宮沢清六方に疎開。肺炎臥床。8・10宮沢家戦災。8・17「一億の号泣」を朝日新聞に発表。9・10佐藤隆房方に寄寓。10・17岩手県稗貫郡太田村山口に移住。農耕自炊の生活に入る。	8・15敗戦。
二一	一九四六	63	2・21談話「今日はうららかな」を雑誌『ポラーノ広場』に発表。5〜10月講話「日本の美」を行う。8月散文「美術立国」発表。	綾子、小野俊一と離婚。
二二	一九四七	64	7・1群詩「暗愚小伝」発表。10月帝国芸術院会員を辞退。	
二三	一九四八	65	詩「ブランデンブルグ」「蒋先生に慙謝す」「人体飢餓」「東洋的次元」「山口より」「噴霧的な夢」等を発表。	

二四	一九四九	66	詩「おれの詩」「もしも智恵子が」等を発表。	智恵子紙絵展覧会（山形市美術ホール）。11・26～27綾子、山小屋に光太郎を訪問。
二五	一九五〇	67	10・25詩集『典型』刊行。11・20詩文集『智恵子抄その後』刊行。	第三期『スバル』創刊。
二六	一九五一	68	結核悪化。肋間神経痛を患う。『高村光太郎選集』（全六巻）刊行開始。散文「みちのく便り」「青春の日」「遍歴の日」等を発表。	智恵子紙絵展覧会（資生堂画廊）。9・14～15綾子、山小屋に光太郎を再訪。
二七	一九五二	69	6月随筆集『独居自炊』出版。同月、青森県より十和田国立公園功労者顕彰者記念碑のための彫像制作を委嘱される。10・12帰京、中野区桃園町、故中西利雄のアトリエに入る。11月高村光太郎小品展開催。	
二八	一九五三	70	『高村光太郎選集』刊行完了。6月裸婦群像原型完成。10・21十和田湖畔で記念像除幕式。12月日本芸術院会員を辞退。12・25『ヴェルハアラン詩集』刊行。	智恵子紙絵展覧会（中央公論社画廊）。1・7綾子、中野のアトリエに光太郎を訪ねる。
二九	一九五四	71	詩「十和田湖畔の裸婦に与ふ」、散文「私の青銅時代」等を発表。健康悪化し、療養する。	美術映画「高村光太郎」（ブリジストンギャラリー製作）完成公開。6・6綾子、光太郎を再訪。

三〇	一九五五	72	3月選詩集『高村光太郎詩集』刊行。「自伝」を『現代日本詩人全集』に書く。4・30病気療養のため入院。7・8退院。詩「新しい天の火」、散文「東洋と抽象彫刻」「モデルいろいろ」等発表。
三一	一九五六	73	1・1「生命の大河」発表。3・29吐血、病勢が急激に悪化。4・2早朝、肺結核のため死去（73歳）。

人名索引

あ 行

か・さ 行

た 行

な・は 行

ま・や 行

ら　行

事項索引

あ 行

か 行

さ 行

た 行

な 行

は 行

ま　行

や・ら　行

《著者紹介》
湯原かの子（ゆはら・かのこ）
1971年　上智大学仏文学科卒業。
九州大学大学院，上智大学大学院を経て，
1980～81年　フランス政府給費留学。
1984年　パリⅣ大学第三課程博士号取得（J=K・ユイスマンスのモノグラフィー）。
1999年　同大学新制度博士号取得（高村光太郎の比較文学研究）。
現　在　淑徳大学国際コミュニケーション学部教授（専門はフランス文学，比較文学）。
著　書　『カミーユ・クローデル』朝日新聞社，1988年。
『ゴーギャン　芸術・楽園・イヴ』講談社選書メチエ，1995年。
『絵のなかの魂　評伝・田中一村』新潮社，2001年。

ミネルヴァ日本評伝選
高《たか》村《むら》光《こう》太《た》郎《ろう》
——智恵子と遊ぶ夢幻の生——

2003年10月10日　初版第1刷発行　〈検印省略〉

定価はカバーに
表示しています

著　者　湯　原　かの子
発行者　杉　田　啓　三
印刷者　江　戸　宏　介

発行所　株式会社　ミネルヴァ書房
607-8494 京都市山科区日ノ岡堤谷町1
電話（075)581-5191(代表)
振替口座 01020-0-8076番

共同印刷工業・新生製本

ISBN4-623-03870-X
Printed in Japan

刊行のことば

歴史を動かすものは人間であり、興趣に富んだ人間の動きを通じて、世の移り変わりを考えるのは、歴史に接する醍醐味である。

しかし過去の歴史学を顧みるとき、人間不在という批判さえ見られたように、歴史における人間のすがたが、必ずしも十分に描かれてきたとはいえない。二十一世紀を迎えた今、歴史の中の人物像を蘇生させようとの要請はいよいよ強く、またそのための条件もしだいに熟してきている。

この「ミネルヴァ日本評伝選」は、正確な史実に基づいて書かれるのはいうまでもないが、単に経歴の羅列にとどまらず、歴史を動かしてきたすぐれた個性をいきいきとよみがえらせたいと考える。そのためには、対象とした人物とじっくりと対話し、ときにはきびしく対決していくことも必要になるだろう。

今日の歴史学が直面している困難の一つに、研究の過度の細分化、瑣末化が挙げられる。それは緻密さを求めるが故に陥った弊害といえるが、その結果として、歴史の大きな見通しが失われ、歴史学を通しての社会への働きかけの途が閉ざされ、人々の歴史への関心を弱める危険性がある。今こそ歴史が何のためにあるのかという、基本的な課題に応える必要があろう。評伝という興味ある方法を通じて、解決の手がかりを見出せないだろうかというのも、この企画の一つのねらいである。

狭義の歴史学の研究者だけでなく、多くの分野ですぐれた業績をあげている著者たちを迎えて、従来見られなかった規模の大きな人物史の叢書として、「ミネルヴァ日本評伝選」の刊行を開始したい。

平成十五年（二〇〇三）九月

ミネルヴァ書房

ミネルヴァ日本評伝選

企画推薦
梅原　猛
ドナルド・キーン
佐伯彰一
角田文衛

監修委員
上横手雅敬
芳賀　徹

編集委員
石川九楊
伊藤之雄
猪木武徳
今谷　明
今橋映子
熊倉功夫
佐伯順子
坂本多加雄
武田佐知子
竹西寛子
西口順子
兵藤裕己
御厨　貴

上代

卑弥呼　古田武彦
日本武尊　西宮秀紀
蘇我氏四代　遠山美都男
聖徳太子　仁藤敦史
斉明天皇　武田佐知子
天武天皇　新川登亀男
持統天皇　丸山裕美子
阿倍比羅夫　熊田亮介
柿本人麻呂　古橋信孝
聖武天皇　本郷真紹
光明皇后　寺崎保広
孝謙天皇　勝浦令子
藤原不比等　荒木敏夫
吉備真備　今津勝紀
道　鏡　吉川真司
大伴家持　和田　萃
行　基　吉田靖雄

平安

桓武天皇　井上満郎
嵯峨天皇　西別府元日
宇多天皇　古藤真平
醍醐天皇　石上英一
村上天皇　京樂真帆子
花山天皇　上島　享
三条天皇　倉本一宏
後白河天皇　美川　圭
菅原道真　竹居明男
小野小町　錦　仁
紀貫之　神田龍身
慶滋保胤　平林盛得
安倍晴明　斎藤英喜
藤原道長　朧谷　寿
清少納言　後藤祥子
紫式部　竹西寛子
和泉式部　ツベタナ・クリステワ
大江匡房　小峯和明
建礼門院　生形貴重
阿弖流為　樋口知志
坂上田村麻呂　熊谷公男
源満仲・頼光　元木泰雄
平将門　西山良平
藤原秀衡　入間田宣夫
空　海　頼富本宏
最　澄　吉田一彦
源　信　小原　仁
守覚法親王　阿部泰郎

鎌倉

源頼朝　川合　康
源義経　近藤好和
北条時政　野口　実
北条政子　関　幸彦
北条義時　岡田清一
北条時宗　近藤成一
後鳥羽天皇　五味文彦
安達泰盛　山陰加春夫
竹崎季長　堀本一繁
西　行　光田和伸
藤原定家　赤瀬信吾
*京極為兼　今谷　明
兼　好　島内裕子
重　源　横内裕人
運　慶　根立研介

法然　今堀太逸
慈円　大隅和雄
明恵　西山　厚
恵信尼・覚信尼　西口順子
道元　船岡　誠
日蓮　佐藤弘夫
一遍　蒲池勢至
叡尊　細川涼一
忍性　松尾剛次
夢窓疎石　田中博美
宗峰妙超　竹貫元勝

南北朝・室町

後醍醐天皇　上横手雅敬
楠正成　兵藤裕己
新田義貞　山本隆志
北畠親房　岡野友彦
足利尊氏　市沢　哲
佐々木道誉　下坂　守
円観・文観　田中貴子
足利義満　川嶋將生
大内義弘　平瀬直樹
足利義教　横井　清
日野富子　脇田晴子
世阿弥　西野春雄
一休宗純　原田正俊
雪舟等楊　河合正朝
宗祇　鶴崎裕雄
満済　森　茂暁

戦国・織豊

北条早雲　家永遵嗣
今川義元　小和田哲男
武田信玄　笹本正治
三好長慶　仁木　宏
上杉謙信　矢田俊文
吉田兼倶　西山　克
顕如　神田千里
織田信長　三鬼清一郎
豊臣秀吉　藤井讓治
前田利家　東四柳史明
蒲生氏郷　藤田達生
北政所おね　田端泰子
淀殿　福田千鶴
ルイス・フロイス　エンゲルベルト・ヨリッセン
長谷川等伯　宮島新一

江戸

徳川家康　笠谷和比古
徳川吉宗　横田冬彦
後水尾天皇　久保貴子
池田光政　倉地克直
佐竹曙山　成瀬不二雄
田沼意次　藤田　覚
山崎闇斎　澤井啓一
雨森芳洲　上田正昭
シャクシャイン　岩崎奈緒子
平賀源内　石上　敏
前野良沢　松田　清
杉田玄白　吉田　忠
上田秋成　佐藤深雪
菅江真澄　赤坂憲雄
ケンペル　ボダルト・ベイリー
平田篤胤　川喜田八潮
シーボルト　宮坂正英
本阿弥光悦　岡　佳子
北村季吟　島内景二
良寛　阿部龍一
二代目市川団十郎　田口章子
尾形光琳・乾山　河野元昭
伊藤若冲　狩野博幸
与謝蕪村　佐々木丞平
鈴木春信　小林　忠
円山応挙　佐々木正子
葛飾北斎　岸　文和
酒井抱一　玉蟲敏子
*吉田松陰　海原　徹
西郷隆盛　草森紳一

近代

明治天皇　伊藤之雄
大久保利通　三谷太一郎
山県有朋　鳥海　靖
木戸孝允　落合弘樹

井上　馨　高橋秀直
松方正義　室山義正
北垣国道　小林丈広
伊藤博文　坂本一登
井上　毅　大石　眞
桂　太郎　小林道彦
小村寿太郎　簑原俊洋
林　董　君塚直隆
加藤高明　櫻井良樹
田中義一　黒沢文貴
浜口雄幸　川田　稔
関　一　玉井金五
宮崎滔天　榎本泰子
安重根　上垣外憲一
平沼騏一郎　堀田慎一郎
幣原喜重郎　西田敏宏
広田弘毅　井上寿一
グルー　廣部　泉
東條英機　牛村　圭
乃木希典　佐々木英昭
加藤友三郎・加藤寛治　麻田貞雄

宇垣一成　北岡伸一
石原莞爾　山室信一
五代友厚　田付茉莉子
安田善次郎　由井常彦
渋沢栄一　武田晴人
武藤山治　阿部武司・桑原哲也
小林一三　橋爪紳也
大原孫三郎　猪木武徳
ラフカディオ・ハーン　平川祐弘
イザベラ・バード　加納孝代
林　忠正　木々康子
森　鷗外　小堀桂一郎
二葉亭四迷　ヨコタ村上孝之
泉　鏡花　東郷克美
有島武郎　亀井俊介
永井荷風　川本三郎
北原白秋　平石典子
宮澤賢治　千葉一幹

正岡子規　夏石番矢
高浜虚子　坪内稔典
与謝野晶子　佐伯順子
斎藤茂吉　品田悦一
萩原朔太郎　エリス俊子
原阿佐緒　秋山佐和子
P・クローデル　内藤　高
＊高村光太郎　湯原かの子
狩野芳崖・高橋由一　古田　亮
黒田清輝　高階秀爾
中村不折　石川九楊
横山大観　高階秀爾
橋本関雪　西原大輔
小出楢重　芳賀　徹
ニコライ　中村健之介
出口なお・王仁三郎　川村邦光
島地黙雷　阪本是丸
新島　襄　太田雄三
澤柳政太郎　新田義之
大谷光瑞　白須淨眞

西田幾多郎　大橋良介
内藤湖南・桑原隲蔵　礪波　護
柳田国男　鶴見太郎
久米邦武　髙田誠二
喜田貞吉　中村生雄
岩村　透　今橋映子
厨川白村　張　競
辰野　隆　金沢公子
薩摩治郎八　小林　茂
徳富蘇峰　杉原志啓
上田　敏　及川　茂
田口卯吉　鈴木栄樹
陸　羯南　松田宏一郎
竹越与三郎　西田　毅
宮武外骨　山口昌男
吉野作造　田澤晴子
野間清治　佐藤卓己
北　一輝　宮本盛太郎
南方熊楠　飯倉照平
寺田寅彦　金森　修
小川治兵衛　尼崎博正

J・コンドル　鈴木博之

現代

昭和天皇　御厨　貴
吉田　茂　中西　寛
重光　葵　武田知己
マッカーサー　柴山　太
竹下　登　真渕　勝
松永安左ヱ門　橘川武郎
鮎川義介　井口治夫
松下幸之助　米倉誠一郎
井深　大　武田　徹

本田宗一郎　伊丹敬之
幸田家の人々　金井景子
川端康成　大久保喬樹
松本清張　杉原志啓
保田與重郎　谷崎昭男
R・H・ブライス　菅原克也
金　素雲　林　容澤
イサム・ノグチ　酒井忠康
柳　宗悦　熊倉功夫
バーナード・リーチ　鈴木禎宏

川端龍子　岡部昌幸
藤田嗣治　林　洋子
山田耕筰　後藤暢子
武満　徹　船山　隆
西田天香　宮田昌明
安倍能成　中根隆行
和辻哲郎　小坂国継
平泉　澄　若井敏明
青木正児　井波律子
石田幹之助　岡本さえ
前嶋信次　杉田英明
G・サンソム　牧野陽子

正宗白鳥　大嶋　仁
佐々木惣一　松尾尊兊
*瀧川幸辰　伊藤孝夫
福本和夫　伊藤　晃
フランク=ロイド・ライト　大久保美春

*は既刊
二〇〇三年九月現在